Die Insel der weißen Affen

Dieter Kermas

Die Insel der weißen Affen

Gefahr aus dem All

Roman

Bibliografische Information der Deutschen Nationalbibliothek:
Die Deutsche Nationalbibliothek verzeichnet diese Publikation in der Deutschen Nationalbibliografie; detaillierte bibliografische Daten sind im Internet über http://dnb.dnb.de abrufbar.

Illustration: Dieter Kermas

Herstellung und Verlag: BoD – Books on Demand, Norderstedt

ISBN 978-3-7528-6227-0

»Kurs zwo-zwo-null, Ruder mittschiffs und voraus Große Fahrt!«.

Die Fahrbefehle ließen die Dieselmaschinen dröhnend anspringen und das Hafenwasser am Heck aufschäumen. Zufrieden wandte sich Dirk Westermann, der Erste Nautische Offizier auf der ›Anja‹, wieder dem Radarschirm zu. Behäbig wie ein Wal, schob sich das Schiff Richtung See. Nachdem sie die Ladung gelöscht hatten, verließ der Frachter den schützenden Hafen von Valparaiso und nahm Kurs auf Brisbane.

Ein Anschlussauftrag, der für Valparaiso vorlag, war zurückgezogen worden. Das teilte der Reeder Hein Olsen Kapitän Hansen am Morgen mit. Er nahm es mit der gewohnten Gelassenheit zur Kenntnis. Bevor er auf einem Schiff der Reederei Olsen & Berger GmbH anheuerte, fuhr er viele Jahre für die Deutsche-Seereederei-Rostock. So wie er auf der Brücke stand, mit seinem wettergegerbten Gesicht, den angegrauten Haaren und die Mütze immer etwas nach hinten geschoben, käme er sicher gut bei den weiblichen Passieren eines Kreuzfahrtschiffes an. Ein Seebär, der selbst bei rauer See nicht ins Wanken kam.

Sechs Stunden später endete die beschaulichen Ruhe. Kapitän Hansen beobachtete mit angespannter Miene das Barometer. Der Luftdruck fiel rapide. Kurz darauf traf der Sturm den Stückgutfrachter mit voller Stärke. Die ›Anja‹, ragte nun, ohne Fracht, um vieles leichter, höher aus dem Wasser und bot den Naturgewalten eine größere Angriffsfläche dar. Die Wellenberge türmten sich in kurzer Zeit höher und höher und

der Sturm peitschte sintflutartige Regenschauer gegen die Fenster der Brücke. Die Windsbraut heulte durch das Gewirr der Lademasten und Ladebäume und die ersten Brecher überfluteten das Vorschiff. Die Mannschaft wartete geduldig auf das Abflauen des Sturms. Sie vertrieb sich die Zeit mit Kartenspielen, Musik hören, oder sie versuchten zu schlafen. Nur der Koch Behrens konnte sich nicht ausruhen. Er musste in der engen Kombüse zusehen, wie er bei diesen Wetterbedingungen eine warme Mahlzeit für die Besatzung zubereitet bekam. Die ›Anja‹ kränkte mit ihren zwölftausend Bruttoregistertonnen tief in der Dünung, um sich danach schwerfällig wieder aufzurichten. Sie war in die Jahre gekommen. Ihr ehemals schneeweißer Anstrich zeigte sich fleckig und der Rost hatte die Farbe an vielen Stellen abplatzen lassen. Auch auf Backbord konnte man vom Namen nur noch … ›nja‹ lesen. Selbst nach dreißig Jahren erwies sie sich immer noch als ein rüstiges altes Mädchen. Mit Kapitän Hansen hatte sie einige Tausend Seemeilen gemeinsam überstanden. Nach fünf Tagen begann sich das Meer allmählich zu beruhigen und ließ den Frachter ruhiger durch die Fluten des Pazifiks gleiten. Auf der Brücke der ›Anja‹ schaute Dirk Westermann auf die tief hängende Wolkendecke, wo sich erste Sonnenstrahlen durch die Lücken drängten.

Hansen stand neben ihm, sog gemächlich an der Pfeife und blies den Rauch gegen die Scheiben der Brücke, von denen die Tropfen des letzten Regenschauers hinabrannen. Er wusste, wie sich sein Erster allergisch gegen den Tabakrauch zeigte, betrachtete jedoch sein Pfeifenrauchen als sein einziges Laster. Der Erste wedelte auch sofort mit der Hand einige Schwaden aus dem Gesichtskreis, hustete diskret als Protest und meinte mit einem leicht vorwurfsvollen Unterton: »Schade, dass die Zeiten vom Kautabak vorbei sind. Das war gesünder für die Mitmenschen.« Hansen sog noch einmal genussvoll an der Pfeife, ehe er grinsend entgegnete:

»Dafür waren die Spucknäpfe für die Tabakreste sicher auch nicht sehr hygienisch.« Fiete Claasen, der Zweite Nautische Offizier, stand etwas abseits, die Hände auf der Kante des Frontpanels abgestützt und beobachtete konzentriert die Anzeige auf dem satellitengestützten Schiffsradar. »Verstehe ich nicht«, hörten sie ihn leise vor sich hinmurmeln.

Hansen drehte sich zu ihm um und erkundigte sich:

»Was verstehen Sie nicht?«

»Die Anzeige ist anders als sonst. Schiffe, die ich noch vor einigen Minuten in unserer näheren und weiteren Umgebung auf dem Monitor gesehen habe, sind verschwunden. Die können wohl nicht allesamt untergegangen sein, oder?«

Westermann und Hansen traten neben Claasen und schauten auf die Anzeige. In diesem Moment verdunkelte sich die Bildschirmanzeige. Die Männer hatten keine Zeit über das, was sie sahen, nachzudenken, da flackerten alle Kontrolllämpchen und Instrumentenbeleuchtungen. Dann erloschen sie ebenfalls. Sprachlos verfolgten die Männer das Geschehen. Ehe sie jedoch auf diesen Ausfall reagieren konnten, kam es noch schlimmer, denn auch die Beleuchtung auf der Brücke begann immer schwächer zu werden, bis sie endgültig ausging. Jetzt hätte die Notbeleuchtung einsetzen müssen, tat sie aber nicht.

»Feddersen, jetzt sind ihre Fähigkeiten gefragt«, wandte sich der Kapitän an seinen Ersten Ingenieur. »Sehen Sie zu, dass wir umgehend wieder mit der Welt verbunden sind.« Er hatte die letzten Worte kaum ausgesprochen, als sie etwas zusammenzucken ließ. Nein, es war kein Geräusch, sondern die plötzliche Stille beunruhigte sie. Allein das Klatschen der Wellen gegen den Schiffsrumpf vernahmen sie. Das vertraute Grummeln der Schiffsdiesel war verstummt. Diese Ruhe ließ augenblicklich ein ungutes Gefühl in den Männern aufkommen.

»Verdammt, was ist hier los«, entfuhr es Claasen. »So wie es aussieht, sind wir nicht mehr in der Lage zu manövrieren, denn die Ruderanlage dürfte auch nicht mehr reagieren. Wir sind im Moment so etwas wie ein fliegender Holländer«, setzte er sarkastisch hinzu. Der sonst beherrschte Hansen fuhr ihn sofort heftig an:

»Jetzt ist es sicher nicht der Zeitpunkt, um Späße zu machen.« Entschuldigte sich aber sofort mit den Worten. »War nicht so gemeint, aber wir haben sicher ein größeres Problem.« Mit hochrotem Kopf und schnaufend betrat in diesem Moment der Schiffskoch Uwe Behrens die Brücke und quetschte ein:

»Heute bleibt die Küche kalt, ich habe keinen Strom und in meiner Kombüse ist es auch duster«, heraus. Die von seiner Stirn herablaufenden Schweißbahnen tupfte er mit einem rot-weiß karierten Taschentuch ab. Scholz, der Zweite Ingenieur, der kurz hinter Behrens die Brücke betreten hatte, antwortete spöttisch:

»Ich hole dir nachher ein paar Kerzen Smutje, dann sieh zu, wie du damit die Suppe warm bekommst.« Das Duzen nahm er Scholz nicht übel, denn nur er und einige der Besatzung durften ihn so anreden.

»Wenn das unsere einzige Sorge wäre, könnten wir glücklich sein«, bemerkte Westermann und zeigte auf die erloschenen Anzeigen. Smutje Behrens fühlte sich hier überflüssig und schob seinen feisten Körper aus dem Raum.

Die Stille hatte ein paar Besatzungsmitglieder auf Deck getrieben. Wie es von hier oben aussah, diskutierten sie heftig. Zwischen ihnen stand Erik Feddersen der Leitende Ingenieur und bemühte sich, die aufgeregten Gemüter, wenn sie seine Handbewegungen richtig deuteten, zu beruhigen. Westermann versuchte, ihn mit dem Handy anzurufen, um ihn heraufzubitten. Doch das Handy blieb dunkel. Das Schiff hatte eine Basisstation für mobile Kommunikation installiert, und per Satellit eine Verbindung mit dem Internet. Doch das nützte jetzt auch nichts. Feddersen schaute in diesem Moment zu ihm hoch und Westermann winkte ihn zu sich. Nachdem er die Brücke betreten hatte, begannen sie die Lage zu bewerten. Da jede Kommunikationstechnik ihren Geist aufgegeben hatte, konnten sie weder Hilfe herbeizuholen, noch die Reederei informieren. Kapitän Hansen nahm die erloschene Pfeife aus dem Mund, wandte sich an seine Männer und konstatierte nüchtern:

»Im Moment sind wir hilflos und ein Spielball der Naturgewalten. Der Südostpassat und die Strömung werden uns nach Süden driften lassen. Damit kommen wir weit weg von den üblichen Schifffahrtsrouten. Hoffen wir inständig, dass wir das Problem lösen, ehe wir durch einen erneuten Sturm in Gefahr geraten. Jetzt sollten wir alles daran setzen, wenigstens einige Anlagen wieder betriebsfähig zu machen. Zuerst müssen unsere Bemühungen der Instandsetzung der Kommunikations- und Navigationstechnik gelten.« Bei den letzten Worten wandte er sich an den Schiffselektriker Jansen, der sich ebenfalls auf der Brücke eingefunden hatte. Den Ernst der Lagestand sah man ihren Gesichtern deutlich an.

Zwei Tage später gab es nicht einen einzigen Lichtblick in den Bemühungen der Männer. Weder gelang es, der Welt ihre Notlage funktechnisch zu übermitteln, noch die Schiffsmaschinen wieder zum Laufen zu bringen. Alles, was Elektrizität benötigte, um zu funktionieren, war tot, mausetot.

Kapitän Hansen ordnete an, aus den Rettungsbooten Sturmlaternen und Taschenlampen zu holen. Lampen aus Privatbesitz hatten sie bereits gesammelt und verteilt, dass sie an wichtigen Orten, wie auf der Brücke, im Maschinenraum, an Niedergängen und der Kombüse zur

Verfügung standen. Kerzen, die als Vorrat für Geburtstage und Weihnachten einlagerten, brachte man auf die Brücke. Sie verbreiteten ein anheimelndes Licht, das jedoch keiner in dieser Lage zu würdigen wusste. Jansen, der Schiffselektriker verzweifelte fast, da er immer öfter gefragt wurde, ob er die Ursache gefunden hätte. Man hörte ihn immer wieder murmeln:

»Das ist nicht normal, das ist gewiss nicht normal.« Westermann versuchte, mit Sextant und nautischem Tafelwerk die Position zu bestimmen. Selbst das gestaltete sich schwierig, weil der Magnetkompass unablässig seine Richtungsanzeige wechselte. Die Unruhe unter der Besatzung war verständlich, hatte man doch noch nie von einem Totalausfall auf einem Schiff gehört. Weiterhin trug das Ausbleiben von warmen Mahlzeiten nicht zur Verbesserung der Laune bei. Zum Ärger des Kapitäns machte der Filipino Ginto Del Rosario die Besatzung rebellisch, indem er steif und fest behauptete, ein Fluch läge auf dem Schiff und sie wären alle dem Untergang geweiht. Lars Brunken, der Bootsmann, der mit Hansen viele Jahre zusammen die Meere befahren hatte und allein den Kapitän duzen durfte, knöpfte sich Ginto vor und drohte ihn über Bord zu werfen, wenn er die Männer weiter aufhetzte. Ein Blick auf die kräftige Gestalt des Mannes, auf seine tellergroßen Hände und seine finstere Miene, lies den schmächtigen Ginto nur verschüchtert flüstern:

»Jawoll Bootsmann.« Zufrieden brummend schob sich Brunken aus dem Mannschaftsdeck. Auf den bei der Marine erworbenen Dienstgrad Bootsmann legte er auch bei der Handelsschifffahrt großen Wert. Der Wind legte sich und machte einer feuchtheißen Luft platz. Wolken schoben sich am Himmel zusammen und Regenschauer prasselten auf das Schiff. Die Luft lastete feucht und stickig auf der ›Anja‹. Den Männern rann der Schweiß in breiten Bahnen am Körper hinab. Einerseits hofften sie, auf ein Schiff zu treffen, um Hilfe zu erhalten, andererseits befürchteten sie, nicht rechtzeitig entdeckt, womöglich sogar gerammt zu werden, da das Seenot- und Sicherheitsfunksystem gleich zu Anfang mit versagte. Aus diesem Grund ordnete Hansen einen verstärkten Ausguck an. Der Ausguck hatte sämtliche für die Sicherheit bedeutsamen Dinge oder Vorkommnisse in der Umgebung des Schiffes zu beobachten und zu melden. Zwei Mann standen für diese Aufgabe stets auf der Brücke. Lars Brunken und Fiete Claasen übernahmen die Wache. Sie lösten Hans Albers und Dirk Westermann ab. Hans Albers hatte sich im Laufe des Lebens daran gewöhnt, mit dem Namen Heiterkeit auszulösen. Zumal er weder aussah wie der echte Hans Albers, noch singen konnte. Am Morgen des dritten Tages hüllten dichte Nebelbänke das Schiff ein. Die Scheiben der Brücke beschlugen. Für freie Sicht mussten sie laufend abgewischt werden. Trotzdem gelang es nicht, weiter als zwanzig Meter zu sehen. Der Schrei:

»Land voraus«, ließ Claasen aus einem Moment des Dösens hochschrecken. Lars Brunken hatte den Ruf ausgestoßen. Kurz zuvor hatte ein Windstoß den Nebel zur Seite gefegt und die Sicht auf eine Insel freigegeben. Dirk Westermann, der versuchte die Position zu berechnen, schaute hoch und eilte zum Fenster. In diesem Moment schob sich die Nebelwand wieder vor das Schiff und verdeckte die Aussicht.

»Sie haben doch nicht etwa getrunken«, fragte Westermann mit einem Lächeln.

»Nein, sicher nicht. Ich habe die Insel gesehen. Das können sie mir glauben«, stotterte Brunken. »Wenn das wahr ist, so befinden wir uns in höchster Gefahr. Holen sie sofort den Kapitän her. Wir müssen überlegen, was zu tun ist, damit wir nicht auflaufen«, befahl Westermann. In diesem Moment überschlugen sich die Ereignisse. Brunken hatte kaum die Tür geschlossen, als die Beleuchtung der Brücke anging. Kurz darauf begannen die Lämpchen der Anzeigetafeln und die Instrumentenbeleuchtung zu brennen. Die Zeiger sprangen auf ihre vorherigen

Werte, Radar und andere Navigationsgeräte zeigte sich schlagartig betriebsbereit. Ihnen blieb keine Zeit, um sich über diese Wendung zu wundern. Der Leitende Ingenieur, und Kapitän Hansen stürzten fast gleichzeitig in den Raum. Feddersen übersah die Lage sofort und startete die Maschinen.

»Wo ist eine Insel«, kam die Frage von Hansen, »ich sehe keine!«

»Genau voraus!«, rief Westermann und wie ein Theatervorhang hob sich der Nebel erneut und gab den Blick frei auf eine Insel, auf die das Schiff zu glitt. Feddersen reagierte umgehend. »Alle Kraft zurück«, rief er und gab sofort den Fahrbefehl ein.

»Tatsache, das ist eine Insel«, entfuhr es nicht sehr geistreich dem Kapitän. »Selbst wenn wir sehr weit abgetrieben sein sollten, sind mir keine Inseln in diesem Bereich bekannt.« Der Nebel lichtete sich mehr und mehr, nur eine watteweiße Wolkenschicht überdeckte die Insel und einen Teil des Meeres. Auffällig schien, dass sich die Wolken weder in der Größe änderten, noch von der Stelle bewegten. Dirk Westermann fasste sich sofort und meinte:

»Zuerst sollten wir die Reederei informieren, dass es uns noch gibt.«

»Ja, das mache ich«, stimmte Hansen zu, »und ich werde Herrn Olsen Senior mitteilen, dass wir eine Insel entdeckt haben.« Das Gespräch verlief nicht glatt wie erwartet. Das konnte man am Gesicht des Kapitäns deutlich ablesen. Der Reeder war in letzter Zeit leicht reizbar, da die Frachtaufträge kontinuierlich zurückgingen. Mit einem »Jawohl, Herr Olsen«, beendete er das Gespräch, lehnte sich auf dem Stuhl zurück und berichtete. »Der Chef ist stocksauer. Der Frachtauftrag aus Brisbane wurde storniert, weil wir den Termin nicht einhalten können. Olsen meinte, eine Insel interessiere ihn nicht, wir sollen zusehen, dass wir umgehend Rostock anlaufen.« Dirk Westermann hob die Hand, um sich Aufmerksamkeit zu verschaffen, und sprach aus, was fast alle dachten:

»Wenn das wirklich eine Insel ist, die noch keiner betreten hat, so wäre es unverantwortlich, diese Chance nicht wahrzunehmen.« Zustimmendes Raunen von allen Seiten.

»Damit wir uns nicht noch mehr den Zorn des Reeders zuziehen, sind wir eben für eine Weile wieder nicht erreichbar«, entschied Hansen. Umgehend ließ der Kapitän den Standort des Schiffes feststellen. Dirk Westermann überprüfte mehrfach die Koordinaten, schüttelte den Kopf und, indem er sich an die Umstehenden wandte, erklärte er:

»Wir liegen jetzt auf 14 Grad südliche Breite und 112 Grad westlicher Länge. Das bedeutet, wir sind über einhundert Seemeilen nach Südwest abgedriftet. Wir sind somit recht weit von den normalen Seefahrtsrouten entfernt. Auf den Karten ist hier keine Insel verzeichnet. In dieser verlassenen Ecke des Pazifiks kann uns niemand finden.« Unterdessen hatte die ›Anja‹ ein gutes Stück von der Insel entfernt, Anker geworfen. Kapitän Hansen schaute mit dem Fernglas zur Insel und berichtete:

»Ich sehe zwei Berge, die vulkanischen Ursprungs sein könnten. Zwischen den Bergen liegt ein Tal mit Bäumen. Auf der linken Seite der Insel ist eine hohe Felswand, die steil zum Meer hin abfällt. Auf der rechten Seite läuft die Insel flach bis zum Wasser aus.« Er reichte das Glas weiter an den Bootsmann. Nach einigen Minuten, das Glas immer noch vor den Augen, meinte der zögernd:

»Wenn ich es richtig sehe, bewegen sich weiße Gestalten auf den Bäumen. Es ist zu weit, um sie genauer zu beschreiben. So wie sie sich bewegen, könnten es Affen sein.«

»Was sollen wir lange rätseln. Wir schicken ein paar Mann mit dem Boot rüber und werden danach mehr wissen«, entschied Hansen und darauf, »wer meldet sich freiwillig?« Bootsmann Brunken, Feddersen und Westermann hoben die Hände.

»Wir wissen nicht, ob die Insel bewohnt ist, oder ob es größere Raubtiere gibt. Zur Sicherheit, und weil wir keine Waffen haben, gebe ich ihnen die Signalpistole mit. Das ist immerhin besser als nichts«, ordnete der Kapitän an. Das Boot wurde zu Wasser gelassen und die Männer ruderten durch die schäumende Brandung zum Strand. Feddersen nahm sein Handy mit und Westermann ein Fernglas. Gespannt verfolgte die Mannschaft vom Schiff aus das Unternehmen. Nachdem sie das Boot gesichert hatten, marschierten die Drei in Richtung Wald, wo sie glaubten, die Affen zu finden. Beim Näherkommen entdeckten sie weiße Affen im Dickicht. Diese verhielten sich ungewöhnlich. Sie flüchteten nicht vor den Menschen, im Gegenteil, sie kletterten von den Bäumen herab und versammelten sich auf der Erde.

»Was sagt man dazu«, rief Brunken aus, »das ist aber eine seltene Begrüßungsabordnung.« Feddersen machte die ersten Aufnahmen. Erstaunt stellten sie fest, dass die Affen aufrecht liefen und etwa einen Meter und fünfzig maßen. Sie ähnelten Gibbons. Sie hatten kürzere Arme und längere, gerade Beine. Die Männer konnten auch keine Schwänze an ihnen sehen. Ihr Fell schimmerte schlohweiß. Nur die Füße und die Hände und um die Augen sah das Fell schwarz, wie bei den Pandabären aus. Je näher sie der Affenschar kamen, desto lauter vernahmen sie deren Rufe.

»Anscheinend begrüßen sie uns «, freute sich der Bootsmann und kurz darauf, »die Stimmen klingen recht wenig nach dem üblichen Affengeschrei. Sie hören sich fast menschlich an.« Die Begleiter wollten sich gerade lustig über diesen Vergleich machen, als Westermann den Bootsmann am Arm packte und flüsterte:

»Ich glaube jetzt auch etwas gehört zu haben, das wie »hallo« geklungen hat.« Sie näherten sich und waren nur noch so um die dreißig Meter entfernt, als sie zusammenzuckten. Laut und deutlich vernahmen sie die Worte, die sich deutsch anhörten:

»Nee, nich«, und darauf, »weg, weg, weg!« So jedenfalls hatte es sich für die Männer angehört. Westermann flüsterte Feddersen ins Ohr:

»Machen sie schnell eine Videoaufnahme, dass man auch hören kann, was sie sagen.« Feddersen ging noch näher an die Affen heran, um bessere Bilder zu erhalten, doch dann riefen diese durcheinander und flüchteten auf die Bäume.

»Haben sie etwas aufgenommen«, fragte Brunken.

»Ja, ich denke, die Stimmen sind mit drauf«, versicherte Feddersen.

»Den Schock muss ich erst einmal verdauen«, ließt sich Brunken vernehmen. »Das glaubt uns keiner, wenn wir nicht die Aufnahme hätten.« Bevor sie zum Strand zurückkehrten, unternahmen sie einen kurzen Abstecher in das Tal zwischen den Bergen. Der Pflanzenbewuchs auf dem flachen Stück am Ufer bestand aus kurzem, recht spärlichem Gras. Hier im Tal, geschützt durch die beiden Berge, entfaltete sich im Gegensatz dazu, eine üppige, tropische Flora. Auf den Bäumen wuchsen Früchte, die sie nicht kannten, und je tiefer sie in das Tal eindrangen, desto undurchdringlicher wurde der Urwald. Nach einigen Hundert Metern stießen sie zu ihrer großen Überraschung auf einen kleinen Süßwasserbach, der sicher von den hohen Bergen gespeist wurde.

Papageien und taubengroße Vögel mit farbenprächtigem Gefieder und langen schleppenähnlichen Schwanzfedern flatterten durch die Bäume. Eine unbekannte Geräuschkulisse umgab sie. Kleine eidechsenartige Reptilien huschten durch das Gras und handtellergroße Schmetterlinge saugten Nektar aus großen Blüten. Sie beschlossen es für heute genug sein zu lassen und traten den Rückweg an. Auf dem Weg zum Ufer entdeckten sie Bananenstauden mit kleinen Früchten. Diese stellten sich bei einer Kostprobe als honigsüß heraus und sie nahmen einige mit. Der Kapitän bat sie, sowie Scholz und Claasen, in die Offiziersmesse, um zu erfahren, was sie auf der Insel entdeckt hatten. Ihr Bericht löste allseitiges Erstaunen aus. Ungläubig hörten sie von den Affen, die sprechen können. Auf der Videoaufnahme waren einige Worte laut und deutlich zu verstehen. Nach einer lebhaften Diskussion, hob Kapitän Hansen die Hand und ordnete an, wie es weitergehen sollte:

»Morgen in aller Frühe werden fünf Mann zur Insel fahren. Ihre Aufgabe besteht darin, weiter in das Innere der Insel vorzudringen. Alles muss mit Videoaufnahmen und Fotos festgehalten werden. Ich schlage vor, einige Affen zu fangen, um sie später in Deutschland untersuchen zu lassen. Vielleicht gelingt es, sie in eine Falle aus unseren Netzen, die wir für den Transport von Säcken und kleineren Kisten an Bord haben, und mit Bananen als Futter, zu locken. In der Zwischenzeit werden wir die größten Transportkisten zu geeigneten Käfigen umbauen. Über Handys bleiben wir stets in Verbindung, um im Falle von unvorhergesehenen Ereignissen eingreifen zu können.« Der Mannschaft, die am nächsten Tag zur Insel übersetzen sollte, gehörten, neben dem Bootsmann Brunken, Feddersen, Westermann, noch Claasen und Albers an. Auf der Insel teilten sie sich in zwei Gruppen. Brunken, Feddersen und Claasen bildeten eine Gruppe und Westermann und Albers die zweite Gruppe. Treffpunkt und Zeit für die Rückfahrt wurden vereinbart und sie marschierten los.

Westermann und Albers hatten sich entschlossen, die flache Seite der Insel zu erkunden, während die andere Gruppe dem Tal zwischen den Bergen zustrebte. Nach etwa einer Stunde, Feddersen hatte einen kleinen Hügel umrundet, erblickte er im Pflanzendickicht etwas Blankes aufleuchten. Er ging näher und stand vor einem mehrere Meter großem, runden Metallteil. Sofort rief er seinen Begleitern zu:

»Hierher, ich glaube, ich habe ein Flugzeugwrack gefunden.« Brunken und Claasen kamen sofort herbei und betrachteten den Fund. Sie klopften auf das Metall. Brunken meinte:

»Klingt aber nicht nach Aluminium.« Sie verfolgten den weiteren Verlauf des Gegenstandes, den teilweise Pflanzen verdeckten, und standen kurz darauf auf einer kleinen, weniger zugewachsenen Anhöhe. Bis hier konnten sie mit den Händen immer wieder ein Stück Metall freilegen. Hier oben jedoch brachte das Freilegen kein Metall zum Vorschein, sondern eine Glasfläche, die sich abgerundet, weiter unter dem Pflanzenbewuchs fortzusetzen, schien.

»Das sieht aber nicht nach einem Flugzeug aus«, äußerte sich Feddersen.

»Und was sollte es sonst sein?«, fragte Claasen. »Vielleicht ist es ein abgestürzter Satellit? Keine Ahnung«, gab Feddersen zu, »wir sollten weitersuchen, vielleicht finden wir eine Öffnung.

Sehr lange kann das jedenfalls hier noch nicht gelegen haben, sonst hätte die tropische Pflanzenwelt es bereits völlig zugedeckt.« Auf der gegenüberliegenden Seite, die Rundung weiter verfolgend, entdeckten sie tatsächlich eine kaum wahrnehmbare Markierung von achtzig Zentimeter Durchmesser.

»Könnte das eine Luke sein?«, stellte Claasen die Frage, mehr zu sich, als zu seinen Begleitern. Sie untersuchten die Stelle und fanden eine kleine Mulde, in der sich ein handbreiter Bügel befand. »Jetzt wird es spannend«, meinte Brunken, und begann am Hebel zu ziehen.

»Vielleicht sollten wir vorher die anderen von unserem Fund informieren. Wer weiß was uns erwartet«, gab Feddersen zu bedenken. Sie riefen die anderen heran und berichteten, dass sie vorhätten, in das Innere des gefundenen Gegenstandes einzudringen. Der Bootsmann hatte indessen so lange am Hebel gezerrt, dass sich der Rand der Luke zu bewegen schien.

»Weiter so«, stachelte Claasen Lars Brunken an. Mit einem schmatzenden Geräusch öffnete sich die Luke. Ein muffiger Geruch wehte ihnen entgegen.

»Wer will der Erste sein?«, fragte Feddersen. »Der Bootsmann hat die Büchse aufbekommen, also hat er den Vortritt«, schlug Claasen vor. Bevor sich Brunken durch die Öffnung zwängte, knipste er noch die Lampe seines Handys an. Aus dem Inneren kam dumpf die aufgeregte Stimme des Bootsmanns:

»Ich werd verrückt. Kommen Sie schnell rein. So etwas hat die Welt noch nicht gesehen. Ich glaube, wir haben ein UFO gefunden.« Ehe sich Feddersen durch die Luke quetschte, bat er Claasen, draußen zu warten, damit er im Falle einer Gefahr, Hilfe holen kann. Im Schein der Lampen tasteten sie sich weiter in Richtung eines schwachen Lichts vor, das von oben durch die freigelegte Glasfläche, den Raum trübe erhellte. Was sie entdeckten, bestätigte, dass es nur ein außerirdisches Flugobjekt sein konnte. Sie standen in der Mitte eines kreisförmigen Raumes. Der Fußboden sah aus wie Hartgummi, kratzfest, aber nicht metallisch hart. Die Temperatur war merklich kühler als draußen, also klimatisiert. An zwei Wänden befanden sich gewölbte Schalttafeln, auf denen kleine Lämpchen matt leuchteten. In der Mitte war eine Ausbuchtung, die stark einem Cockpit eines modernen Kampfjets ähnelte. Davor ein Pilotensitz. Nur dieser war klein, viel zu klein für einen Menschen. Die Sicherheitsgurte sahen aus, wie die von einem Autositz für Kinder. Ihre Augen hatten sich inzwischen an das Dämmerlicht gewöhnt. Sie schätzten den Durchmesser des Kontrollraumes auf sechs Meter, so groß wie die Glaskuppel. Sie wagten sich vorsichtig in den weiter hinten liegenden Bereich. Noch im Weitergehen konnte es Feddersen nicht lassen und drückte auf einige Tasten am Anzeigen-Display. Ehe er weitertappte, entdeckte er auf einer Ablage eine kleine Pistole und einen Gegenstand, der wie ein großes Handy aussah. Er steckte beides ein. Brunken hatte davon nichts bemerkt, weil er sich bereits ein Stück weiter nach vorne getastet hatte. Erschreckt merkten sie, wie sich oben die helle Glaskuppel dunkel färbte. Kein Licht drang mehr von außen herein. Urplötzlich wurde der Raum von allen Seiten indirekt erleuchtet. Brunken, der vor Feddersen ging, blieb abrupt stehen, drehte den Kopf zu ihm und flüsterte:

»Da sind sie!«

»Wer?«, flüsterte Feddersen zurück.

»Na, die!«, hörte er Brunken murmeln. Feddersen stellte sich neben Brunken und ihnen bot sich ein überraschendes Bild. Zwölf kleine Behälter, die wie gläserne Särge aussahen, standen aufgereiht an einer Wand. Noch zögerten sie näherzutreten. Ihnen waren noch die Gestalten aus Horrorfilmen mit schleimigen Körpern, saugnapfbewehrten Fangarmen und mit furchterregenden Zähnen vor Augen. Die Männer überwanden sich, jederzeit auf dem Sprung, den Rückzug anzutreten, und näherten sich vorsichtig den Behältnissen. Sie leuchteten hinein, schauten sich an und Brunken stellte fest:

»Alles hätte ich erwartet, aber nicht, dass uns eine Zwergenbande aus dem All besucht.« Ein entspanntes Lächeln huschte über sein Gesicht. »Das hier, das glaubt uns niemand.« Sie sahen kleine, etwa einen Meter zwanzig große Gestalten, die in hellblauen Raumanzügen steckten. Die Gesichter konnten sie in den Helmen nicht erkennen, denn sie waren undurchsichtig. Der Außerirdische, der direkt vor ihnen lag, hatte, anders als die anderen, eine Symbol auf der Brust des Raumanzuges. Die ineinander verschlungenen Ringe könnten Planetenbahnen darstellen.

»Sicher der Kommandant«, vermutete der Bootsmann.

»Wie die wohl aussehen mögen?«, raunte Feddersen. Ehe Feddersen einschreiten konnte, hatte dieses Mal Brunken, voller Neugier, Knöpfe, die am Fußende der Behälter blau leuchteten, gedrückt.

Sie wechselten in ein kräftiges Orangegelb und in fünf Glaskapseln begann ein diffuses Licht zu glimmen. Die anderen Behälter blieben dunkel. Erst jetzt bemerkten sie, dass das Innere der Särge mit einer Flüssigkeit gefüllt war. Ein summendes Geräusch ließ sie aufhorchen.

»Was ist das nun wieder«, fragte Brunken mit leiser Stimme.

»Sehen Sie«, antwortete Feddersen, »die liegen in einer Flüssigkeit, die, so scheint es, jetzt abgepumpt wird.« Gebannt schauten die beiden in die Behälter.

»Da, die Helme werden durchsichtig«, murmelte Brunken.

»Es sind Affen, einfach nur Affen. Kaum vorstellbar, dass die kleinen Kerlchen das UFO gebaut haben«, amüsierte sich Feddersen und grinste erleichtert. »Die Gesichter haben frappierende Ähnlichkeit mit unseren Schimpansen. Nur diese hier haben silberhelles Fell und«, er fuhr erschrocken zurück, weil einer der Affen die Augen öffnete, »blaue Augen.« Sie bemerkten noch, dass die Wesen Mundstücke mit Schläuchen im Maul hielten, die hinter ihren Rücken verschwanden. Eine hellgrüne Flüssigkeit wurde jetzt in den durchsichtigen Schläuchen sichtbar. Sie kam anscheinend aus einem ballonähnlichen Lagertank, den Brunken weiter hinten entdeckte. War das flüssige Nahrung, oder ein Mittel, um das Aufwachen einzuleiten? In einer Nische sah er eine blaue Kugel von etwas zwei Metern Durchmesser. Armdicke Kabel führten direkt in die Rückseite der Armaturentafeln. Als Brunken sich der Kugel näherte, begann es auf der Haut zu kribbeln und die Haare stellten sich auf. Er hatte das Gefühl wie bei einem Elektrisierapparat. Vielleicht war das die zentrale Energieversorgung, überlegte er, und zog sich augenblicklich zurück.

»Jetzt bewegen sie sich«, rief Feddersen in diesem Moment, »sehen Sie nur, die Behälter öffnen sich. Wir sollten lieber verschwinden. Wer weiß, wie sie auf uns reagieren. Vielleicht wollten sie jetzt noch nicht aufwachen und wir haben sie gestört?« Sie erkannten gerade noch, dass sich die Affen aufrichteten und die Schläuche, mit denen die Helme bisher verbunden waren, abfielen. Der erste der Fremden tastete mit der Hand am Rand des Behälters entlang, packte zu und schwenkte in diesem Moment seine Beine langsam über den Rand der Liegewanne, wobei Reste der Flüssigkeit auf den Fußboden tropften. Brunken wich einen Schritt zurück und stieß gegen einen Behälter, der scheppernd umfiel. Sofort drehte der vordere Affe seinen Kopf in Richtung der Menschen. Seine blauen Augen blickten sie seltsam starr und durchdringend an. Nun gab es kein Halten mehr. Augenblicklich verließ sie jetzt der Mut und ohne sich noch einmal umzudrehen, traten sie hastig den Rückzug an. Brunken stolperte über den angestoßenen Behälter, fiel und verlor den Anschluss an Feddersen. Zischend füllte sich in diesem Augenblick der Raum mit einem gelben Nebel. Er brannte in den Augen und sie bekamen kaum noch Luft. Halb blind und in Panik erreichte Feddersen als Erster die Luke und rettete sich nach draußen. Brunken versuchte auf die Beine zu kommen. Verschwommen sah er noch die hellen Öffnung der Luke, dann begann es in seinen Ohren zu rauschen, die gelben Nebelschwaden raubten ihm das Bewusstsein und er sackte zusammen. Zum Entsetzen von Claasen schloss sich die Luke sofort hinter Feddersen.

»Brunken ist noch drin«, schrie Feddersen verzweifelt und zerrte wie wild am Hebel der Luke. Es gelang beiden nicht, die Luke zu öffnen. »Wir müssen sofort zurück zum Schiff und besprechen, was zu tun ist«, keuchte Feddersen.

Von dem Ereignis noch aufgewühlt, trafen sie sich alle am Strand und waren erleichtert, kurz darauf wieder auf dem Schiff zu sein. In der Messe wurde die Situation unter Leitung von Hansen ausführlich besprochen. Vordringlich jedoch war die Rettung von Lars Brunken. Der Hinweis von Feddersen, dass sich der Raum mit gelbem Nebel gefüllt hatte, beunruhigte sie sehr. Wahrscheinlich befand sich der Bootsmann in unmittelbarer Lebensgefahr. Jetzt galt es keine Zeit zu versäumen.

Zu diesem Zweck sollte noch am Nachmittag eine zweite Gruppe zu dem Objekt aufbrechen und mit allen Mitteln versuchen, einzudringen, um Brunken zu befreien.

Feddersen, der sich insgeheim Vorwürfe machte, dass er nicht mehr auf Brunken geachtet hatte, meldete sich sofort als Erster für den Einsatz. Jansen, Scholz und zwei Mann der Besatzung vervollständigten das Team.

Vorher hörte sich Hansen voller Erstaunen den Bericht über das UFO an. Er äußerte sich skeptisch:

»Wenn ich mir die Fotos ansehe und überlege dass das Raumschiff von weiß woher die Erde erreicht hat und dann höre, dass es kleine Affen sein sollen, die das alles bewerkstelligt haben, dann gestatten Sie mir meine Zweifel.« Die Fotos von der Außenseite des UFOs konnten ihn nicht restlos von Außerirdischen überzeugen. Er meinte, dass es sich vielleicht auch um eine geheime Versuchsstation des Militärs handeln könnte. Auf seine Frage, ob sie Aufnahmen mit dem Handy vom Inneren gemacht haben, antworteten sie, daran hätten sie in dem Moment nicht gedacht. Da erinnerte sich Feddersen an die zwei Gegenstände die er aus dem UFO mitgenommen hatte. Er nahm Hansen zur Seite und bat ihn, alleine sprechen zu dürfen. Verwundert folgte Hansen seinem Leitenden Ingenieur in dessen Kabine. Hier übergab Feddersen die kleine Pistole und das handyähnliche Gerät an den Kapitän.

»Ich meine, die Dinger aus dem UFO sind bei Ihnen besser aufgehoben«, erklärte er. Hansen zog verwundert die Augenbrauen hoch, nahm jedoch die Sachen, ohne Fragen zu stellen, und schloss sie im Stahlschrank ein.

Alles, was sich an technischen Geräten und Werkzeugen für den Rettungseinsatz eignen könnte, wurde in das Boot gebracht. Dann brachen sie auf. Am UFO angekommen versuchten sie mit vereinten Kräften und unter Zuhilfenahme einer Eisenstange, die sie durch den Bügel schoben, die Luke zu öffnen. Sie rückte und rührte sich nicht einen Millimeter. Selbst die schneidende Flamme des mitgeschleppten Schweißgerätes hinterließ keine sichtbaren Spuren auf dem Metall. Der Versuch, durch die freigelegte Fläche von der Glaskuppel mit Lampen in das Innere zu leuchten, scheiterte, da sich das Glas von innen her verdunkelt hatte. Ratlosigkeit machte sich breit.

Da sie das Flugobjekt an mehreren Seiten vom Pflanzenbewuchs befreit hatten, um andere Öffnungen zu finden, konnte sie nun seine Größe erkennen. Das UFO hatte einen Gesamtdurchmesser von etwa dreißig Metern und da, wo sich die Glaskuppel befand, eine Höhe von etwa fünf Metern. Da keine weiteren Lösungsvorschläge, wie sie in das Innere eindringen könnten, gemacht wurden, traten sie bedrückt den Rückweg an. Kapitän Hansen befahl, morgen einen weiteren Rettungsversuch zu unternehmen. Sie hofften, dass es gelänge, die Glaskuppel mit schwerem Gerät zu zertrümmern. Sofort wurden die Vorbereitungen getroffen.

Am Abend erstattete Harro Hansen dem Reeder Olsen Bericht. Die Laune Olsens hatte sich sichtlich gebessert, weil er unerwartet mehrere größere Frachtaufträge an Land ziehen konnte. Zum Glück wurde die ›Anja‹ hierbei nicht benötigt. Nachdem er den Bericht über die bisherigen Ereignisse gehört hatte, gab Olsen spontan die Anweisung so viele weiße Affen zu fangen, wie nur möglich. Er ahnte nicht, dass die Fangaktion vom Kapitän bereits am Tag der Entdeckung angeordnet worden war. Olsen erhoffte sich, durch den Verkauf der ›sprechenden‹ Affen, ein gutes Geschäft zu machen. Er überlegte, ob man die Affen gegen Eintritt zur Besichtigung ausstellen könnte. Außerdem beabsichtigte er, Affen an den Berliner Tiergarten Friedrichsfelde verkaufen. Seine Reederei hatte in früheren Jahren Wildtierfänge, wie Antilopen, Leoparden und Giraffen, aus Angola für den Tiergarten transportiert. Weiterhin ordnete er an, die Rettung des Bootsmannes mit allen Mitteln weiter zu betreiben. Für den Affenfang und die Rettung gab er der Mannschaft noch drei Tage Zeit. Die Entdeckung des UFOs wollte er nicht kommentieren, ehe nicht handfeste Beweise vorlagen. Solange würde die Angelegenheit keinesfalls der Öffentlichkeit zugänglich gemacht werden. Hansen gab er den dringenden Hinweis, dass er die Koordinaten der Insel vorerst nicht übermitteln sollte, damit, falls diese Nachricht abgehört würde, nicht umgehend Journalisten aus der ganzen Welt die Insel aufsuchten.

*

In Rostock hatte Dorit Bremer, Chefsekretärin des Reeders Olsen, die Gespräche mit angehört. Obwohl sie wusste, dass die Entdeckung der Insel im Moment als vertraulich behandelt werden sollte, rief sie noch am selben Abend Sven Rabe an. Mit Sven Rabe hatte sie seit einem halben Jahr ein Verhältnis. Sven Rabe lebte mehr schlecht als recht von kleinen Aufträgen als Privatdetektiv. Da sie annahm, dass er aus der Inselgeschichte Kapital schlagen könnte, überließ sie ihm die schriftlichen Notizen, die sie für den Reeder aufgeschrieben hatte und kopierte heimlich die ersten Fotos von der Insel, von den weißen Affen und sogar eine Aufnahme vom UFO. Sven Rabe war wie elektrisiert, witterte er doch die Chance, hiermit Geld zu verdienen. Umgehend rief er Hanni Baumann, eine Journalistin vom Ostseekurier, an. Beide gingen lange Zeit miteinander, bis sie sich in Martin Masurek, der als Journalist bei dieser Zeitung arbeitete, verliebte.

Rabe hoffte, hier zwei Fliegen mit einer Klappe zu schlagen. Erstens dachte er sich, die Information vom Ostseekurier gut honorieren zu lassen und zweitens sah er dadurch die Möglichkeit, Hanni wieder näher zu kommen. Hanni war anfangs recht erstaunt, als Sven sie nach so langer Zeit anrief, versprach aber, ihn am finanziellen Erfolg zu beteiligen.

Sie bat Sven die Informationen für sich zu behalten, bis der Artikel darüber in der Zeitung erschien. Sven Rabe versicherte hoch und heilig, sich daran zu halten. Hanni ahnte sofort die Tragweite der Meldung und weihte Martin Masurek ein. Er erkannte die Einmaligkeit dieser Nachricht. Er hielt die Notizen und die Fotos im Prinzip für ausreichend, um darüber einen Artikel zu schreiben, wüsste aber gerne noch mehr Einzelheiten. Dorit Bremer, um weitere Informationen zu bitten, hielt er, zumal er sie nicht kannte, für nicht erfolgreich. Ihm fiel jedoch ein, dass von Hanni bereits mehrere Berichte über die Reederei in der Zeitung standen und dass sie dort gut bekannt sein dürfte. Daher bat er sie, sich bei der Reederei nach weiteren Details umzuhören und erfuhr erfreut, dass Hanni ab und zu mit Jörg Olsen, dem Juniorchef, Tennis spielte.

Jörg Olsen sagte zu und schlug vor, sich am kommenden Wochenende im Akademischen Rostocker Tennisklub 90 e.V. zu treffen. Hanni brachte das Gespräch nebenbei auf die Insel. Jörg Olsen reagierte anfangs verärgert, als er merkte, dass die Verabredung nur zu diesem Zweck arrangiert wurde, ließ sich aber überreden, ihr weitere Einzelheiten, sowie Fotos, die Kapitän Hansen gesendet hatte, und die Dorit Bremer nicht kannte, zu überlassen. Er ließ sich versichern, dass vorläufig kein Artikel über diese Geschichte im Ostseekurier erscheinen werde. Sie versprach es. Am folgenden Tag überbrachte ein Bote ein Kuvert mit den versprochenen Informationen.

In der Redaktion prüfte Masurek das Material und beschloss, sich diese Sensation nicht entgehen zu lassen. Nach längerem Zureden, ließ sich Hanni schließlich von ihm überzeugen, den Artikel bereits jetzt zu schreiben. Ihren Wortbruch gegenüber Olsen entkräftete er mit dem sensationellen Inhalt der Geschichte und der einmaligen Chance für sie, den Artikel schreiben zu dürfen. Ihr Chefredakteur Peter Paulsen war begeistert und witterte eine Jahrhundertstory. Er sah schon die Schlagzeile: ›Die Insel der weißen

Affen, UFOs im Pazifik, Aliens beobachten uns!‹ Der Bericht sollte in der kommenden Wochenendausgabe groß aufgemacht erscheinen. Am Mittwoch davor erschienen zwei Herren in der Redaktion. Sie wiesen sich als Mitarbeiter einer Bundesbehörde, zuständig für die innere Sicherheit, aus, und beschlagnahmten das Material. Sie hatten vermutlich Telefongespräche abgehört. Chefredakteur Paulsen schäumte vor Wut und wollte rechtlich gegen die Beschlagnahme vorgehen. Bereits einen Tag später erschien jedoch ein kurzer Beitrag in einem Fernsehsender, der Aufnahmen der weißen Affen zeigte und dass man außerirdische Lebensformen gefunden hätte. Genauere Informationen erhoffte man erst nach Einlaufen des Schiffes zu erhalten. Damit war der Deckel vom Topf und das angeordnete Stillschweigen für die Redaktion hinfällig. Der große Aufmacher mit der Exklusivstory erwies sich in diesem Moment nur noch als eine geplatzte Seifenblase. Die Enttäuschung bei der Redaktion war groß, riesengroß. In der Reederei breitete sich Fassungslosigkeit aus. Hein Olsen schrie seine Wut heraus und schwor mit allen rechtlichen Mitteln gegen den ›Verräter‹, wie er sagte, vorzugehen.

Anhand des weitergegebenen Materials fiel der Verdacht sofort auf Dorit Bremer. Am nächsten Tag rief Olsen seine Sekretärin, kaum dass sie das Haus betreten hatte, zu sich ins Büro. Sie ahnte, was nun auf sie zukäme, und versuchte, das Gespräch mit einer Entschuldigung zu beginnen. Nach den ersten Sätzen schnitt der Chef ihre Rede mit einer energischen Handbewegung ab und teilte ihr in kurzen heftigen Worten ihre Entlassung mit. Er bemerkte noch, nun etwas ruhiger, dass er sie wegen Verrats von Betriebsinterna hätte verklagen können, aber wegen ihrer bisher langjährigen und tadellose Arbeit, davon Abstand nähme. Mit Tränen in den Augen stürzte sie aus dem Büro, verdammte Rabe für den Wortbruch und beschloss, ihn nie wiederzusehen. Am selben Abend beichtete sein Sohn Jörg seine Verfehlung und die Weitergabe der vertraulichen Berichte an Hanni Baumann. Der alte Olsen bekam einem Tobsuchtsanfall.

»Wenn ich nicht wenigsten Rückhalt in meiner eigenen Familie habe«, brüllte er, »dann ist es kein Wunder, wenn es mit uns bergab geht. Außerdem sind bei dir«, damit wandte er sich wütend seinem Sohn zu, »wie immer die Weiber daran schuld.« Er wuchtete sich aus dem Sessel hoch und verließ, die schwere Eichentür hinter sich krachend ins Schloss fallend lassend, den Salon. Schuld an dieser frühzeitigen Bekanntmachung hatte Hannis früherer Freund Sven Rabe, der sich neben der Bezahlung vom Ostseekurier, weitere Einnahmen vom Sender Kultur-TV erhoffte. Hanni hatte ihm, als Dank für die Notizen und Fotos, einen ersten Bericht, den sie für die Zeitung vorbereitet hatte, überlassen, aber verlangt, dass er ihn vorläufig nicht weitergeben dürfe. Sven Rabe hatte daraufhin umgehend und ohne Skrupel, einen Redakteur des Senders angerufen und in Stichworten die sensationelle Geschichte, wie er sich ausdrückte, erzählt. Sein Bericht stieß anfangs auf absoluten Unglauben. Erst als sich Rabe mit ihm traf und ihm die Quelle der Information nannte, sowie Fotos vorlegte, witterte der Chefredakteur die Tragweite des Berichtes. Umgehend stellten sie einen Fernsehbericht zusammen und sendeten ihn. Sie ließen durchblicken, weitere Unterlagen für eine hohe Bezahlung aufzukaufen.

Nach der Ausstrahlung der Geschichte fasste sich Masurek als Erster und versuchte doch noch Kapital für seine Redaktion herauszuschlagen, indem er einen Exklusivbericht verfassen wollte, mit bisher unbekannten Details und neuem Bildmaterial. Dazu musste er die Ankunft der ›Anja‹ abwarten und Kontakt mit dem Kapitän aufnehmen.

*

Am Morgen des dritten Tages, die Vorbereitungen für die Rettungsaktion liefen auf vollen

Touren, hörten sie Jansen den Schiffselektriker aufgeregt schreien:

»Da ist Lars, da ist Lars!« Die Mannschaft stürzte auf das Vorderdeck hin zu Jansen. »Dort, da am Strand ist er!«, rief er voller Freude.

»Schnell, lasst sofort das Boot zu Wasser, alles andere hat jetzt Zeit«, gab Hansen den Befehl.

Der Kapitän hatte sich das Fernglas reichen lassen, starrte zum Strand und meinte dann etwas unsicher:

»Wenn ich mich nicht irre, trägt er eine Gestalt über der Schulter. Ein weißer Affe ist es nicht, wie es scheint, denn das Ding ist hellblau.«

In diesem Moment ging ein Aufschrei durch die Besatzung. Sie sahen bestürzt, dass Brunken die Beine wegknickten und er langsam auf die Knie sank. Er schien am Ende der Kräfte zu sein.

»Los, los, wie lange dauert das denn noch«, schnauzte Hansen seine Männer an.

Drei Seeleute und Feddersen sprangen in das Boot und ruderten zum Strand.

Sofort eilten sie zu ihrem Kameraden, der halb bewusstlos auf den Knien lag, aber das mitgeschleppte Geschöpf fest umklammert vor sich auf dem Sand festhielt.

Sie sprachen Lars an, der nicht richtig wach zu sein schien, denn er beantwortete keine der Fragen, sondern brabbelte Unverständliches vor sich hin. Zwei Mann schleppten ihn ins Boot, während Feddersen sich das blaue Etwas über die Schulter warf und zum Boot stapfte.

An Bord brachten sie ihn sofort in die Krankenstation.

Feddersen hatte Brunkens Beute in die Messe getragen, wo Hansen, Scholz und Westermann bereits ungeduldig warteten. »So, nun wollen wir mal sehen, was Brunken mitgebracht hat«, begann der Kapitän. Sie sahen sich den blauen Raumfahreranzug an, betasteten den wieder undurchsichtigen Helm, und überlegten, ob der kleine Kanister auf dem Rücken zur Atmung oder zur Nahrungsaufnahme dienen könnte. Feddersen zeigte auf die Brust des Außerirdischen und stellte fest:

»Das ist sicher der Chefpilot. Er war der einzige, der das Emblem mit den Planetenbahnen auf dem Anzug hatte.« Die Gestalt zeigte kaum Lebenszeichen, abgesehen von einem kaum merklichen Heben und Senken des Brustkorbs.

»Ich möchte gerne wissen, wie unser Gast aussieht«, wünschte sich Hansen.

»Kapitän, wie ich bereits nach unserem Besuch im UFO geschildert habe, handelt es sich hier auch um einen Affen, der aber ganz anders als die Weißen im Freien aussieht«, erklärte Feddersen.

»Sie machen mich nur noch neugieriger«, grinste Hansen, »nehmen wir ihm den Helm jetzt ab, dann sehen wir, wer oder was darunter steckt.«

»Womöglich bringen wir den Besucher aber damit um. Kann doch sein, dass er unsere Luft nicht verträgt«, gab Westermann zu bedenken.

»Egal, ich denke, er wird sowieso nicht lange auf unserer Erde überleben«, entschied Hansen entschlossen. Behutsam begann er, zuerst den Schlauch, der zum Rückenbehälter führte und dann noch vorsichtiger den Helm, den ein paar Riegel am Anzug festhielten, zu lösen.

In dem Augenblick, wo er den Helm vom Kopf gehoben hatte, fuhr er irritiert zurück, denn der Affe hatte den Kopf in seine Richtung gedreht und ihn mit weit aufgerissenen Augen angestarrt. Dann zogen sich die Lippen zurück und sie sahen seine gelblichen Zähne. Alle warteten gespannt, ob er jetzt zu sprechen begänne. Doch sie vernahmen nur ein röchelndes Geräusch und ein unverständliches Murmeln, das eher dem Schnurren einer Katze glich. Er drehte er den Kopf wieder zurück, schloss das Maul sowie die Augen, und lag wie leblos da.

Albers, der eine Sanitäterausbildung genossen hatte und an Bord die Aufgabe einer Krankenschwester wahrnahm, kam in diesem Moment in den Raum und berichtete, dass es Brunken wieder besser ginge. Er habe ihm ein

Beruhigungsmittel gegeben und er müsste jetzt schlafen.

»Vielleicht sollten wir den Gast etwas zum Trinken geben«, schlug er vor. Westermann holte ein Glas Wasser, Scholz schob den Affen in eine aufrechtere Position und Albers setzte ihm das Glas an die Lippen. Bei den ersten Tropfen öffnete sich das Maul und der Affe nahm selber das Glas langsam mit beiden Händen und begann zu trinken.

»Na also, jetzt wissen wir jedenfalls, dass er unsere Luft verträgt und uns nicht verdursten wird«, lautete Albers Kommentar. Doch dann bewegte sich der Affe unruhig. Seine Arme langten nach hinten, zerrten den Schlauch, der zum Rückenbehälter führte nach vorne. Er nahm das Mundstück ins Maul, schloss die Augen und es sah danach aus, als ob er etwas durch den Schlauch ansaugte.

»Ich könnte mir denken, dass in dem Behälter flüssige Nahrung ist«, mutmaßte der Kapitän.

»Soweit, so gut«, stellte Hansen fest. »Für heute bringen wir ihn in eine der Passagierkabinen unter. Ich möchte ihn nicht fesseln, denn viel Schaden, so denke ich, wird er in dem Raum nicht anrichten können. Die Tür schließen wir ab und alle zwei Stunde wird nachgesehen, wie es ihm geht.«

»Morgen werden wir versuchen, ob ihm normale Menschenkost schmeckt«, regte Albers an und schlug vor, den Raumfahrer vom Anzug zu befreien. »Immerhin werden wie ihn einige Zeit, jedenfalls bis zum Eintreffen in Rostock, füttern und tränken. Wenn das alles danach im Anzug landet, möchte ich ihn nicht auspacken wollen«, begründete er den Vorschlag.

»Ich bin mir nicht sicher, wie er auf unsere Idee reagieren wird. Vorsichtshalber sollten wir uns mit Handschuhen schützen, falls er uns beißt. Mit diesen Zähnen möchte ich jedenfalls keine nähere Bekanntschaft machen. Wir haben Glück, dass er noch so geschwächt ist.« Scholz lief los und kam nach einer geraumen Weile mit zwei Paar Arbeitshandschuhen, die sie bei den Verladearbeiten benützten, zurück. Ehe es sich der Affe versah, hatte ihn Scholz gepackt und Albers versuchte, den Anzug zu öffnen.

»Verdammt, wir hätten vorher nachsehen sollen, wie das Ding aufgeht«, keuchte er, nachdem er das Tier bereits zwei Mal gedreht hatte und keine Möglichkeit zum Öffnen des Anzuges fand. »Halt, warten Sie mal«, fällt ihm Scholz ins Wort, »hier am Rücken sieht es aus, als ob da eine Art Reißverschluss ist, nur ohne Zähne. Halten Sie ihn jetzt fest und ich versuche den Anzug zu öffnen.« Albers packte fest zu, der Affe wehrte sich und fletschte knurrend die Zähne.

»Ist doch gleich vorbei«, versuchte ihn Albers zu beruhigen. Scholz hatte indessen Erfolg mit dem Reißverschluss und zog ihn herunter, dass sie den Affen jetzt, wie aus einem Arbeitsanzug, heraus ziehen konnten. Danach ergab sie das Tier und verharrte bewegungslos.

»Der hat aber ein schönes Fell«, entfuhr es Hansen und schaute auf das silberfarbene Affenfell. Auf der Stirn fiel ihnen ein rotes Haarbüschel auf. Sie sahen seine unbehaarten Hände, und dass er an den Füßen Socken mit gummiartigen Noppen auf der Sohlenseite trug. Ihnen fiel noch seine eng anliegende kurze seidenweiche Hose aus glänzendem Material, ähnlich einer Aluminiumfolie auf. Albers und Scholz brachten den Weltraumgast mit dem Nahrungsbehälter in die Passagierkabine. Hansen faltete den kleinen blauen Anzug zusammen und nahm ihn mit in seinen Raum.

Am nächsten Tag bot Albers dem Gast Obst an, das er kostete, aber dann wieder ausspie. Da die Nahrung aus dem Tank flüssig war, versuchte er es mit dem Saft vom Obst. Das trank der Affe gierig. Voller Sorge stellte er bald fest, dass der Affe schwächer zu werden schien. Nur mit dem Obstsaft könnte er nicht lange überleben, das wusste er. Da kam ihm eine Idee. Albers, erinnerte sich, dass Affen ab und zu auch tierische Nahrung, wie kleine Tiere, zum Beispiel junge Vögel, fraßen. Daraufhin reichte er seinem Schützling einen Becher mit verrührten rohen Eiern. Erst zögerte der Patient, dann aber, als er vorsichtig gekostet hatte, trank er das Gefäß in einem Zug leer. Albers konnte nun sicher sein, dass er das Problem der Ernährung gelöst hatte.

»Lars Brunken haben wir gottlob wieder an Bord, trotzdem werden wir jetzt zur Insel fahren und uns gründlich umsehen«, ordnete der Kapitän an.

Da schlug die Tür auf und Lars Brunken stand leicht schwankend im Türrahmen.

»Hey Albers, was haben Sie mir für ein Teufelszeug gegeben, das haut einen ja stärker um als einige Gläser Rum«, kam es schwerfällig über seine Lippen.

Sie begrüßten ihn stürmisch und baten ihn, sofort zu erzählen, was er erlebt hatte.

»An sich sollten Sie ein paar Stunden schlafen«, meinte Albers leicht enttäuscht, »aber nun sind Sie da und wir hören gerne ihre Geschichte.«

»Das ging alles sehr schnell«, begann Brunken, »ich war gerade dabei, mich vom Sturz aufzurappeln, als ich merkte, wie mir die Sinne schwanden. Sicher war es der gelbe Nebel, der mich außer Gefecht setzte. Wie lange ich dort gelegen bin, weiß ich nicht. Irgendwann kam ich wieder zu mir, spürte einen frischen Luftzug und wollte gerade aufstehen, als mehrere der kleinen Blauen über mich hinweg aus der Luke ins Freie stürzten. Sofort kroch ich zur Luke und quälte mich durch das Loch. Da erschien hinter mir noch einer der Kleinen, den ich sofort packte. Dabei ist er wohl mit dem Kopf gegen die Lukenkante geknallt und bewusstlos geworden. Ich nahm ihn auf die Schulter und war im Begriff meine Beute zum Ufer zu tragen. Unterwegs wurden die Knie wieder weich und ich erreichte nur mühsam den Strand. Ob die anderen kleinen Affen wieder ins UFO zurückgekehrt sind, habe ich nicht gesehen. Das Weitere wissen Sie ja.«

Feddersen berichtete dem Bootrsmann kurz, was in der Zwischenzeit geschehen war und wie es um den kleinen Affen stand. Brunken, immer noch ein wenig neben sich, meinte, er hätte das Kerlchen mitgebracht und fühle sich für ihn verantwortlich. Ergänzend regte er an, ihm einen Namen zu geben, damit es nicht immer hieße »der kleine Affe«. Sie schlugen Robinson, Blue Eye, Pansy und etliche andere vor. Brunken fand sie alle nicht passend und entschied:

»Er ist unser einziger UFO-Affe. Nennen wir ihn doch einfach Mister Uffo. Mit zwei f, wenn ich bitten darf«, setze er mit einem Lächeln hinzu. Der Vorschlag fand allgemeimne Zustimmung und der kleine Affe hieß ab sofort Mister Uffo.

Feddersen bot Brunken an, die Aufsicht über den kleinen Affen zu übernehmen, was dieser gerne akzeptierte. Kapitän Hansen informierte den Bootsmann über die heute vorgesehene Erkundung der Insel. Der Bitte mitzukommen, kam man zu seinem Bedauern, nicht nach.

Dieses Mal fuhren sie mit zwei Booten zur Insel. An Land teilten sie sich in eine Gruppe unter der Leitung von Feddersen und eine andere unter Westermann auf.

Ziel war es, weiter in das Tal vorzudringen, um mehr über die seltsamen Affen und das UFO herauszufinden. Westermanns Gruppe stieß, etwa zweihundert Meter hinter dem ersten UFO, auf ein zweites Raumfahrzeug. Sie unterrichteten die andere Mannschaft und riefen sie herbei.

Gemeinsam befreiten sie das Fluggerät etwas von Büschen und wuchernden Pflanzen. Ein Teil war sogar mit Sand bedeckt, und gewaltige Bäume hatten bereits ihre Wurzeln um den Metallkörper geschlungen. Dieses UFO sah weitaus größer aus und es schien, als ob es bereits viele Jahrzehnte hier läge. Selbst das Metall, das beim ersten UFO noch blank glänzte, sah hier grau und korrodiert aus. Beim Umrunden stießen sie dann auf eine Luke, die viel größer als die beim ersten UFO aussah. Sie stand eine handbreit offen. Bernd Scholz nahm vorsichtshalber die Signalpistole in die Hand und knurrte:

»Sicher ist sicher.«

Es dauerte eine Weile und bedurfte großer Anstrengung, die Luke mit einer Brechstange weiter zu öffnen. Man ließ Feddersen den Vortritt und Westermann meinte mit einem Grinsen:

»Sie haben ja bereits Erfahrung mit den Außerirdischen.«

Dieses Mal hatten sie starke Handlampen mitgenommen. Nach Feddersen stiegen Claasen und Scholz in das Innere. Modergeruch nahm ihnen fast den Atem.

Feddersen leuchtete in den hinteren Teil des Raumes und fuhr erschrocken zurück. Der Anblick, der sich ihm bot, ließ ihm sogleich eine Gänsehaut den Rücken heraufkriechen. Bis zu einem Meter hoch lagen vollständige Skelette, einzelne Köpfe und Haufen von losen Knochen in diesem Teil des Raumfahrzeugs. »Das sieht wie ein Friedhof aus«, raunte er Claasen zu, der wie erstarrt hinter ihm stand. Als er näher trat, stieß er mit dem Knie gegen den Skeletthaufen, der daraufhin klappernd in sich zusammenstürzte. Das Geräusch fuhr ihnen durch und durch. Die Drei richteten ihre Lampen jetzt konzentriert auf die Knochenberge. Scholz zeigte auf ein dicht

vor ihnen liegendes Skelett und meinte kopf-
schüttelnd:

»Sehen Sie nur, das ist viel größer als die Affen. Im Leben müsste er etwa so groß wie ein
Mensch gewesen sein, und hier«, Scholz bückte
sich und hielt einen Stofffetzen in der Hand, »ist
sogar noch Kleidung.«

»Hier liegt ein fast verfaulter Hut«, rief Claasen, der sich ein Stück weiter in den Raum hi-
neingewagt hatte. Er leuchtete mit der Lampe
den Hut an und rief verblüfft: »Solche Hüte trugen die Kauffahrer zur Zeit der Segelschiffe«,
und ergänzte mit deutlichem Entsetzen in der
Stimme: »Es sind die Überreste von Seeleuten.«

Allmählich nahm ihnen die stickige Luft den
Atem und sie konnte das Gefühl eines aufstei-
genden Grauens nicht mehr unterdrücken.

»Ich verschwinde«, verkündete Scholz und
trat augenblicklich den Rückzug an, »wer weiß,
was hier noch zu Tage kommt.«

In Feddersen jedoch erwachte der Forscher-
geist. »Herr Claasen, bitte bleiben Sie noch da,
mich interessiert es nun wirklich, was sich hier
zugetragen hat.« Der nickte stumm und tappte
schicksalsergeben mit der Lampe zum hinteren
Teil des Raumes auf Spurensuche.

»Herr Feddersen, kommen Sie bitte, ich glaube hier ist etwas sehr Aufschlussreiches«, rief er
und beleuchtete eine mit rostigem Eisen beschla-

gene Schiffskiste, wie sie früher zu Aufbewahrung von wichtigen Dingen auf Segelschiffen üblich war.

»Ich glaube wir werden sie nicht öffnen können, das Schloss sieht sehr verrostet aus. Vielleicht schaffen wir es, sie auf das Schiff zu schleppen, da können wir sie dann aufbrechen«, schlug Claasen vor.

»Einverstanden, aber ein paar Minuten möchte ich mich noch umschauen«, erwiderte Feddersen und kurz darauf, »hier, hier liegen sogar noch Skelette mit Fell, anscheinend mumifizierte Reste von den weißen Affen. Ich habe genug gesehen, lassen Sie uns die Kiste rausziehen und an Bord bringen.«

Sie zogen und zerrten solange, bis sich die Kiste bewegte. Mühsam schleppten sie die Schiffstruhe bis in die Nähe der Luke. Dort riefen sie um Unterstützung. Jansen und Scholz kamen Ihnen zur Hilfe.

Die Männer um Feddersen brachten die Kiste zum Boot, während die Gruppe Westermann, angestachelt von dem Fund, selber noch eine Weile weitersuchen wollte. Jansen schloss sich ihnen an.

An Bord waren die Aufregung und die Neugier riesengroß.

Kapitän Hansen ließ die Kiste in einen Arbeitsraum bringen. Das Schloss erwies sich als zu stark verrostet, dass man es nicht öffnen konnte. »Dann eben mit Gewalt«, beschloss Scholz, schob eine Brechstange durch die Ösen und mit einem weiteren Mann gelang es, die Verriegelung aufzusprengen. Angespannt, fast atemlos sahen sie zu, wie der Kapitän und Scholz den gewölbten Deckel hochwuchteten.

»Kaum zu glauben«, entfuhr es Hansen, »das ist die Seemannstruhe von einem Kapitän. Sehen sie nur, hier die nautischen Instrumente, hier Reste von Schreibzeug und hier«, diese Worte kamen fast ehrfurchtsvoll über die Lippen von Hansen, »scheint es sich um die Reste des Logbuches zu handeln.«

Mit äußerster Vorsicht und unter Zuhilfenahme eines Messers, löste er die ersten Seiten nach dem vermoderten Einband.

»Was steht da«, fragte einer der Umstehenden. »Würde ich gerne selber wissen«, gab Hansen zurück, »aber das ist in einer so alten Schrift geschrieben, die ähnlich wie die Schrift in den Briefen meiner Oma aussieht. Vielleicht kann ich herausbekommen, woher das Schiff kam und wohin es wollte. Ah ja, hier kann ich etwas entziffern. Heimathafen war Hamburg und sie fuhren für die Norddeutsche Hanse. Der Kapitän hieß Jan van den Heuvels und es waren zweiundzwanzig Mann an Bord. Die Besatzung war wohl deutsch, wenn ich hier einige der Namen richtig deute. Das Schiff war keine Kogge, wie ich anfangs vermutete, sondern eine Schiff ähnlicher Bauart aus Holland, eine Fleute. Das kann ich noch lesen.«

Er löste Blatt für Blatt mit dem Messer, wobei viele beim Umblättern zerfielen. Besonders vorsichtig schlug er die hinteren Seiten auf. Er begann:

»Hier steht der letzte Eintrag. Er ist nur noch schwer zu lesen, weil Tinte über einen Teil der Seite gelaufen ist. Die letzten Worte könnten sinngemäß heißen ›Gott erbarme sich unserer Seelen‹.«

Claasen erkundigte sich:

»Steht da irgendwo ein Datum?«

Hansen blätterte noch einmal zurück zu den ersten Seiten und las laut:

»13. April 1635.«

»1635«, flüsterte Claasen. Er kratzte sich am Hinterkopf und meinte dann grübelnd »Jetzt hätte ich gerne gewusst, wie das alles hier zusammenhängt. Ein Schiff aus dem 17. Jahrhundert und UFOs aus dem 21. Jahrhundert.«

Der Kapitän kramte indessen weiter in der Kiste und förderte eine vermoderte Bibel und einen kleinen, aber recht schweren, mit Ornamenten bemalten, Blechkasten zu Tage. Er schüttelte den Behälter und als es klapperte, äußerte er die Vermutung, dass er Münzen enthielte. Könnte es die Heuer für die Besatzung, oder Geld für den Ankauf von Handelsgut sein? Das Schloss war verrostet wie das der Kiste.

Nach bewährter Manier und roher Gewalt, sprengte Scholz die Verriegelung auf. Hansen hob den Deckel hoch und ein allgemeines Staunen konnte man auf den Gesichtern ablesen. Fast randvoll war der Kasten mit Dukaten aus Gold, Reichstalern aus Silber und anderen Münzen gefüllt.

»Ich denke, diesen Schatz werde ich im Safe gut verwahren«, ließ sich der Kapitän vernehmen. »Später können sich Historiker und Numismatiker damit befassen.«

In diesem Moment klingelte das Handy des Kapitäns.

Es war Westermann. Was er zu berichten hatte, brachte weitere Erkenntnisse über die UFOs. Einige hundert Meter hinter dem zweiten UFO hatte die Gruppe, die nicht mit zurück auf die ›Anja‹ kam, zwei weitere Raumschiffe entdeckt. Bevor sie versuchten, sich durch das Pflanzendickicht den Objekten zu nähern, hatte Westermann mit dem Fernglas die Umgebung abgesucht. Seine Aufmerksamkeit galt den steilen Abhängen der beiden Berge, die rechts und links neben dem Tal aufragten. Die Wolkendecke, die ständig über der Insel schwebte und kaum ihre

Lage änderte, gab für einen Moment die Sicht auf die Gipfel frei. Ein Blitzen hatte dort oben seine Aufmerksamkeit erregt. Er sah erstaunt, dass auf dem rechten Berg ein glänzender Metallmast mit einer schwarzen Kugel an der Spitze aufragte. Er schätzte den Durchmesser der Kugel auf einen Meter. Ehe sich die Wolken wieder über die Bergspitzen schoben, gelang es ihm noch, ein Foto von dem Mast zu schießen. Westermann klang aufgeregt und Hansen schlug vor, alles zu fotografieren und einige Videos zu machen. Den Bericht könnte er sich später auf dem Schiff anhören.

Am späten Nachmittag kam Westermann mit seinem Team zurück und begab sich umgehend in die Kapitänsunterkunft. Hansen bat ihn, Feddersen, Claasen und Scholz hinzu.

Westermann berichtete, wie sie ein drittes UFO, noch weitaus dichter überwuchert, und völlig zerstört, mehrere hundert Meter vom ersten UFO entfernt, freigelegt hatten. Es sah aus, als ob eine Explosion das Objekt zerfetzt hätte. Die Glaskuppel lag, in viele Stücke zerborsten, über einhundert Meter weiter. Was sich im Inneren befunden hatte, konnten sie nicht feststellen, da im UFO fauliges, übel riechendem Wasser kniehoch stand. Erstaunt stellten sie nebenbei fest, dass dieser Flugkörper um etliches größer als die beiden vorherigen schien. Nachdem sie Aufnahmen gemacht hatten, wollten sie bereits umkehren. Jansen fand, einem Jagdhund gleich, in größerer Entfernung, ein weiteres UFO und informierte Westermann mit dem Handy.

Zuerst beabsichtigte Westermann nicht weiterzugehen, da seine Begleitung von der schwülen Hitze und dem anstrengenden Freilegen der UFOs erschöpft, umkehren wollte. Er ließ sich aber überreden und stapfte allein weiter. Dieses vierte Objekt barg wiederum weitere Überraschungen. Wie das vorher gefundene Raumschiff, war es zerstört. Es sah aus, wie eine seitlich aufgeplatzte überreife Tomate. Die Glaskuppel schloss den Innenraum gegen die Umgebung ab, und sie konnten, durch wenige Pflanzen behindert, durch den breiten Riss ins Innere vordringen.

Im Dämmerlicht, das durch wenige freien Stellen das Glasdachs fielen, entdeckten sie Gänge mit zahlreichen Gitterboxen, in denen ab und zu Knochen und Schädel lagen. Westermann leuchtete in einen der Käfige und sah mumifizierte Tiere, die Ähnlichkeit mit Fledermäusen aufwiesen, nur schienen sie ihm viel größer. Er machte ein Foto von den Tierresten. Einige Behältnisse weiter fuhr er erschrocken zurück. In diesem weitläufigen Käfig lagen, noch zweifelsfrei zu erkennen, die Überbleibsel von zwei

Menschenaffen. Deutlich sah er die noch mit Fell überzogenen Köpfe mit den Gebissen. Von der Größe her könnten es Gorillas gewesen sein, dachte Westermann und beeilte sich weiterzugehen. Was haben die kleinen Affen nur hier gemacht?, zuckte es ihm durch den Kopf. Die Käfige ließen jedenfalls darauf schließen, dass man hier mit lebenden Tieren experimentiert hatte.

Auf dem Boden stand knöcheltief schwarzbraunes Regenwasser in dem sich fingerlange, blasse Würmer schlängelten. Jansen bekämpfte tapfer sein aufsteigendes Würgegefühl. An den Wänden sahen sie niedrige, der Körpergröße der kleinen Affen angepasste Labortische, Schränke und davor festgeschraubte Sessel. Auf dem Boden lagen, teilweise vom Wasser bedeckt, unverkennbar medizinische Geräte und auf den Tischen Instrumente. Unvermittelt kam aus der Dunkelheit des hinteren Raumes ein Schatten lautlos auf Jansen zugeflogen, der instinktiv die Hände vor das Gesicht riss. Etwas streifte die Hände und verschwand nach draußen. Vor Schreck begann das Herz zu rasen und er rief seinem Begleiter aufgeregt zu:

»Haben Sie gesehen, was das war?« Westermann, der näher am Ausgang stand, beruhigte seinen Kameraden:

»War doch nur ′ne Eule, ich konnte sie gegen das Tageslicht sehen.«

»Das tröstet mich ungemein. Nur hätte ich das lieber vorher gewusst«, knurrte Jansen.

Nachdem sich sein Puls beruhigt hatte, versuchten sie, weitere Räume zu erkunden, scheiterten aber an einigen Türen, die sich nicht öffnen ließen. Die Ausmaße dieses Raumschiffes stellten sich als gewaltig heraus, sicher doppelt so groß, wie das dritte. Die Ausstattung und die gefundenen Gegenstände deuteten auf ein weitläufiges Labor hin. Sie fotografierten alles gründlich, drehten noch ein Video und traten völlig ausgelaugt den Rückweg an.

Nachdem Westermann seine Schilderung beendet hatte, breitete sich Stille im Raum aus. Die Käfige, die laborähnliche Einrichtung und auch die Knochenfunde ließen Vermutungen in alle Richtungen zu. Zuerst fasste sich Claasen. Er räusperte sich, wie als ob sich etwas auf die Stimmbänder gelegt hätte und begann:

»Vielleicht liege ich mit meiner Überlegung falsch, aber ich meine, hier ist etwas Unglaubliches vor sich gegangen. Wenn ich an die weißen Affen denke, die eindeutig menschliche Worte sprechen können, seien sie auch noch so unsinnig, weil ohne erkennbaren Zusammenhang, und an die Überreste der Mannschaft des Handelsschiffes, so beschleicht mich ein Grauen. Könnte es sein, dass die außerirdischen Affen sich Gibbons gefangen haben, um sie größer und menschenähnlicher zu züchten? Haben sie versucht mit Hilfe der Schiffsbesatzung des Segelschiffes den weißen Affen die Sprache beizubringen? Haben sie die Menschen als Versuchskaninchen, und zum Ausschlachten der Stimmorgane benutzt? Wozu sollte das alles dienen? Wir sollten sogar sehr froh sein, dass ihnen die Laboratorien um die Ohren geflogen sind. Ich denke, dass ihre Pläne, welche es auch gewesen sein mögen, dadurch zunichte gemacht wurden. Wir haben wahrscheinlich die Reste dieser Forschung und die letzten der Forschenden entdeckt.« Damit beendete er seine Mutmaßung.

Hansen fasste sich als erster und meinte, sichtlich beeindruckt von Claasens Ausführungen:

»So abwegig, wie es sich anhört, ist es sicher nicht. Was sie aber mit ihrer Experimenten erreichen wollten, ist mir schleierhaft. Mag sein, dass sie etwas gegen die Menschheit im Schilde führten und wir einer Katastrophe entgangen sind. Die hatten, wie wir an den zerstörten UFOs sehen können, auch einige herbe Rückschläge hinnehmen müssen. Wenn das unzusammenhängende Gestammel der weißen Affen alles ist, was dabei rausgekommen ist, dann hat sich der Aufenthalt auf unserer Mutter Erde nicht gelohnt. Da sind einige Generationen der UFO-Affen dabei draufgegangen. Nur wie ein paar weiße,

nicht einmal vernünftig sprechende Affen die
Erde bedrohen könnten, erschließt sich mir nicht.
Vielleicht steckt dahinter ein ganz anderer Plan,
den wir nicht kennen. Da sollen sich unsere Wissenschaftler und andere die Köpfe zerbrechen.
Von uns bekommen sie genug Material. Das
reicht einige Jahre. Wenn ich mir noch einmal
den Zeitunterschied von den alten verrotteten
UFOs zum letzten, noch bemannten Fluggerät
überlege, dann habe ich den Eindruck, die kleinen Affen haben noch einmal einen Kontrollflug
gemacht, um zu sehen, was hier in den vielen
Jahren passiert ist.«

Claasen hob die Hand:

»Mir ist noch etwas eingefallen. Warum hatte
das UFO nicht den Rückflug angetreten? Die
Mannschaft lag doch bereits in den Schutzbehäl-
tern in der speziellen Flüssigkeit. Der Startvor-
gang muss irgendwie schiefgegangen sein. Das
muss bereits recht lange her sein, wenn ich überlege, wie weit die Pflanzen das UFO bereits
überwuchert haben. Vermutlich haben wir durch
unser Eindringen und durch das Betätigen der
Schalter sie wieder zum Aufwachen gezwungen.
Es fragt sich, ob die übrigen kleinen Affen ins
UFO zurückkehren werden und einen erneuten
Starversuch ohne ihren Kommandanten wagen
werden. Ich kann es mir nicht vorstellen.«

Claasen sah, wie Scholz den Kopf schüttelte und fragte:

»Sind Sie anderer Meinung?« Worauf Scholz erwiderte:

»Ich dachte nur daran, dass sie nicht vor der Rückreise waren, sondern dass sie bereits vor längerer Zeit gelandet sind und ihr Aufwachmechanismus versagt hat. Sie sind erst durch unser versehentliches Eingreifen munter geworden.« Hansen beendete die Überlegungen mit den Worten:

»Machen wir Schluss meine Herren, denn eine Antwort auf die vielen Fragen werden wir heute sicher nicht finden.«

Westermann nahm Jansen in diesem Moment zur Seite und zeigte ihm das Foto von dem Metallmast mit der schwarzen Kugel an der Spitze. »Habe Sie eine Ahnung, wozu das dienen könnte?«, fragte er. Jansen betrachtete lange und genau das Bild und äußerte seine Vermutung.

»Bei der Technik, die wir hier vorgefunden haben, könnte ich mir vorstellen, dass sie die Kugel dafür benutzt haben, fremde Energiefelder, wie zum Beispiel die Elektrizität unseres Schiffes und der Kommunikationstechnik abzusaugen. Damit hatten sie ein einfaches Mittel, technische Geräte nach Belieben lahmzulegen. Einfach genial.« Westermann war verblüfft über diese Erklärung und meinte:

»Jetzt verstehe ich auch, was die Ursache für den kompletten Stromausfall war. Ich bin mir sicher, dass Sie damit das Rätsel gelöst haben. Hier hat ihre Technik jedenfalls funktioniert und uns die Elektrizität sogar rechtzeitig zurückgegeben.«

»Jetzt werden wir der Bitte von Olsen nachkommen und so viele weiße Affen fangen wie nur möglich«, gab Hansen den Befehl.

Hansen hatte, kurz nachdem sie die weißen Affen sichteten, bereits vorgeschlagen, einige zu fangen. Jetzt lag sogar die Aufforderung vom Reeder dafür vor.

Wie angedacht, holten sie ein großes Transportnetz und Seile aus dem Laderaum. Bananen und Früchten von der Insel, dachten sie, als Köder im Netz auszulegen. Der Filipino Ginto meinte zweifelnd:

»Also wenn ich Affe wäre, warum sollte ich in die Falle gehen, wenn der Köder aus Nahrung besteht, die ich mir jeden Tag holen kann.«

»Womit er nicht ganz Unrecht hat«, überlegte Westermann. »Hey Smutje, was hast du noch in deinen Vorräten, das für Affen besonders lecker sein könnte?«

Behrens verdrehte die Augen, dachte sichtlich angestrengt nach und erwiderte kichernd:

»Vielleicht sollten wir den Viechern noch Reispudding mit Rosinen kochen?«

Westermann Antwort ließ den Koch sichtlich blasser werden.

»Gute Idee Smutje, mach dich an die Arbeit und koche mindestens zwei Eimer voll mit dem Zeug.«

Mit hängenden Schultern, und sich wegen des eigenen Vorschlags einen Esel schimpfend, schlicht der Koch davon.

Am frühen Morgen schleppten Behrens und sein Küchengehilfe, die zwei Eimer Pudding, unter Gelächter der Besatzung, an Deck.

Einige Seeleute, unter der Leitung von Feddersen, beluden die Boote und fuhren zum Strand. Feddersen diskutierte noch am Vortag mit Westermann und Scholz, wie die Falle aussehen müsste. Scholz erinnerte sich, in einem Film über eine Tierfangexpedition, gesehen zu haben, wie man elastische Bäume zu Boden bog. Mit Seilen hatte man sie an der Erde festgezurrt und ein Netz zwischen ihnen ausgelegt. Die Ecken des Netzes, das flach auf dem Boden ausgebreitet lag, banden sie an den Spitzen der Bäume. Die Köder legte man in die Mitte der Falle, und sobald sich die Tiere über das Futter hermachten, schnitt man die Seile durch und das

Netz schnellte in die Höhe. Im Netzbeutel hatte die Beute keine Chance zu entkommen.

Alle fanden den Plan gut und beschlossen, ihn so auszuführen.

Um die richtige Stelle für die Aufstellung des Netzes zu finden, sollten zwei Matrosen an unterschiedlichen Orten versteckt, die Affen beobachten, um herauszufinden, welchen Wege sie bevorzugten und wo sie sich am liebsten aufhielten. Die beiden fanden heraus, dass die Affen jeden Tag zu dem Bach liefen, um dort zu trinken. Auf ihrem Weg dorthin mussten sie an der Stelle vorbei, wo das UFO des kleinen Affen, halb vom Pflanzenwuchs bedeckt, lag. Sobald sie sich auf der gleichen Höhe wie das UFO befanden, begannen sie laut kreischend und zähnefletschend an dieser Stelle vorbeizurennen. Dabei wandten sie ihren Kopf, sichtlich angsterfüllt, zum Raumschiff. Offensichtlich verbanden die weißen Affen unangenehme Erinnerungen mit dem Flugobjekt, oder besser gesagt, mit dessen Insassen.

Am Waldrand fanden die Männer eine geeignete Stelle, an der sich jüngere Bäume für diesen Zweck anboten. Es kostete einige Mühe und aufgerissene Hände, die Bäume bis zur Erde zu biegen, aber nach mehreren Stunden war die

Falle für den Einsatz aufgestellt. Die Männer, die die Aufgabe hatten, die Seile durchzuschneiden, legten sich gut getarnt auf die Lauer.

Sie hatten sich auf eine längere Wartezeit eingerichtet, weil sie während der Arbeiten keine weißen Affen zu sehen bekamen. Doch es dauerte nur Minuten und die ersten Affen näherten sich in den Baumkronen. Ein Affe, vielleicht das ranghöchste Tier, löste sich aus der Menge, kletterte den Stamm herab und lief, aufrecht wie ein Mensch, zum Netz. Kurz schnupperte er am Netz, dann näherte er sich dem aufgehäuften Pudding. Nachdem er am Köder gerochen hatte, kratze er eine Kostprobe aus der Masse und steckte sie sich ins Maul.

Es schien ihm zu schmecken, denn er setzte sich und begann sich eine Handvoll nach der anderen einzuverleiben. Das war das Zeichen für die Familienmitglieder, die nun in wilder Hast, um nicht zu spät zu kommen, die Bäume verließen und zum Netz eilten. Je nach Stellung in der Gruppe bedienten sich die Tiere. Einigen verweigerten sie anfangs durch Zähnefletschen den Zugriff. Je satter sie sich fühlten, desto friedlicher ging es zu. Nun war der Augenblick gekommen, um die Falle zuschnappen zu lassen. Auf ein lautes »Jetzt!«, von Feddersen hin, schnitten die Männer die Halteseile durch, und die zurückschnellenden Bäume schleuderten das nun sich zuziehende Netz in die Luft. Ein vielstimmiges Angstgeschrei hallte durch den Wald. Durch die Netzmaschen ragten zappelnde Arme und Beine, die vergeblich nach Halt suchten. Sofort eilten die Männer zu der im Netz unruhigen Beute, um sie zu sichern. Sie schnürten mit Stricken das obere Ende der Falle endgültig zu und kappten die Halteseile. Mit einem weiteren Aufschrei der Affen fiel das Netz zu Boden.

»So Männer, jetzt aber schnell mit der Affenbande zum Schiff!«, befahl Feddersen. Wie besprochen, schleppten einige Besatzungsmitglieder das schwere Netzbündel, unsanft über den Boden zerrend, zum Strand. Sie mussten sogar einen weiteren Weg zurücklegen, weil das Schiff an dem Ort, wo die Boote lagen, nicht so dicht wie notwendig ans Ufer fahren konnte. Hierfür hatten sie eine Stelle, ein gutes Stück weiter, wo das Ufer steil ins Wasser abfiel, ausgesucht. Nun gelang es, einen der Ladebäume vom Lademast soweit zum Ufer auszuschwenken, um das Netz anzuhängen. Aus dem Netz vernahm man kein Geschrei mehr. Nur leise, klagende Laute, drangen aus dem zusammengepferchten Affenhaufen.

Noch einmal schwoll das Wehgeschrei an, als sie das Netz über das Wasser, auf das Schiff schwenkten. Dann verschwand das Bündel unter Deck.

Dort warteten einige Matrosen, um das Netz in einem der zu einem Käfig umgebauten Holzverschläge, zu versenken. Dann wuchteten sie den Deckel auf den Käfig. Mit einem an einer Stange befestigtem Messer durchtrennten sie die Verschnürung des Netzes.

Es dauerte nicht lange und die ersten Affen befreiten sich aus dem Netz und saßen nun, sich gegenseitig festhaltend, auf dem Käfigboden. Die Männer bekamen die Aufgabe, die Affen zu zählen und möglichst herauszufinden wie viele Männchen und Weibchen es sein könnten. Die Zählung ergab, vorausgesetzt, dass man sich durch die unruhig durcheinanderlaufenden Tiere, nicht verzählte, sechszehn weibliche Tiere, fünf männliche und zwei Junge. Feddersen überwachte die Aktion und gab die Anweisung, das Licht zu löschen, und den Raum zu verlassen. Er hoffte, dass sich die Gefangenen dadurch beruhigten.

Bevor das Licht ausging, schoben sie zwei große Schüsseln mit Wasser durch eine Luke in den Transportbehälter.

Sobald sich die Affen entspannt hatten, das war der Plan, wollte man sie auf drei Käfige verteilen, um Stress und mögliche Rangkämpfe zu minimieren.

Zuerst hatte Feddersen Uwe Behrens dazu ausersehen, die Affen zu füttern. Doch hier biss er beim Smutje auf Granit. Mit den Worten:

»Mir reicht es schon die Mannschaft zu versorgen, da muss ich nicht auch noch Affenkoch sein.«

Kurzer Hand guckte man sich den Filipino Ginto für die Aufgabe aus. Der sah ebenso wenig begeistert aus, wagte aber nicht, zu widersprechen.

Feddersen meinte, Ginto wäre prädestiniert für diese Arbeit, da er ja Affen aus seiner Heimat kenne.

Bevor der Kapitän den Befehl zur Heimreise gab, ließ er einige Männer zur Insel übersetzen, deren Aufgabe es sein sollte, so viele Früchte zu pflücken wie nur möglich, um die Futterversorgung der weißen Affen sicherzustellen. Smutjes Kühlräume eigneten sich gut, um das Obst längere Zeit frisch zu halten.

Dann hieß es Kurs Rostock und die ›Anja‹ begab sich auf die Rückfahrt. Die Mannschaft war überglücklich. Bedeutete die Entdeckung der weißen Affen und der UFOs für alle ein aufregendes und einmaliges Erlebnis, sehnten sie sich nach Landurlaub und nach dem Wiedersehen mit ihren Familien. Die Vorräte an Früchten für die Tiere nahmen schneller ab, als gedacht. Deshalb entschloss sich der Kapitän, vor der

Durchquerung des Panamakanals, in Balboa, Früchte nachzukaufen. Die Stadt erreichte das Schiff nach mehr als einer Woche.

Fünf Tage nach der Passage durch den Panamakanal wurde die beschauliche Ruhe abrupt unterbrochen. Mitten in der Nacht schreckte ein lautes, nicht endendes Klopfen Kapitän Hansen aus dem Schlaf. Er öffnete die Kabinentür und Ginto der Filipino stand schwer atmend vor ihm. »Sinken wir, oder hat es noch Zeit, sich etwas überzuziehen«, spottete Hansen. Ginto reagierte nicht darauf, sondern sprudelte nur hektisch heraus:

»Die Affen sind los!«

»Alle?«, erkundigte sich Hansen.

»Nein, nur aus einem Käfig«, versicherte Ginto.

»Sind sie noch im Laderaum, oder schon an Deck?«, wollte der Kapitän wissen.

»Nein, sie sind noch unter Deck, soweit ich weiß«, antwortete der Filipino.

»Gut. Wecken Sie sofort Herrn Feddersen, Herrn Westermann und Herrn Brunken und sagen Sie ihnen was geschehen ist. Ich werde mir die Lage unten ansehen.« Hansen zog sich rasch etwas über, nahm eine Taschenlampe und das

Handy und machte sich auf den Weg zu den Laderäumen.

Was er ein wenig später unten vorfand, konnte man ein richtiges Affentheater nennen.

Aus dem dritten Käfig waren sechs erwachsene Affen und das eine Jungtier geflüchtet. Sie saßen auf den beiden anderen Käfigen und Hansen hatte den Eindruck, dass sie sich mit ihren Verwandten unterhielten. Es sah recht friedlich aus. Kurz darauf kamen die anderen Männer und schauten auf die Ausbrecher.

»Leider sind wir nicht ausgerüstet wie eine Tierfangexpedition«, klagte Feddersen. »Dann hätten wir wenigsten Kescher zum Einfangen, oder Betäubungsblasrohre.«

»Überlegen wir, was uns noch für andere Möglichkeiten bleiben«, antwortete Hansen. »Sie mit den Händen einzufangen, halte ich für nicht ratsam. Erstens, sind sie viel zu flink und zweitens ist so ein Affengebiss eine nicht zu unterschätzende Waffe. Ihnen Schlaftabletten im Wasser aufzulösen, würde sicher auch nicht klappen, weil sie es am Geschmack merkten. Außerdem könnte das Jungtier Schaden nehmen.« Da hob Brunken die Hand und meinte trocken:

»Hunger und Durst sind gute Mittel, um sie wieder in den Käfig zu locken.«

Mit einem: »Ja, das könnte klappen«, bedankte sich Hansen für den Vorschlag.

Westermann hatte die friedlich dasitzenden Affen eine Weile beobachtet. Dann trat er näher an den Käfig heran und wollte gerade nach dem Jungtier greifen, als ein größerer Affe, vermutlich das Muttertier, sich zwischen ihn und dem Kleinen stellte, die Zähne fletschte und Westermann mit den lauten, etwas undeutlichen Worten »Weg, weg, nee nich«, heftig erschreckte.

Westermann zuckte zurück, schüttelte den Kopf und fluchte, wobei er sich an die grinsenden Zuschauer wandte:

»Wenn die sprechen können, dann sollten sie auch verstehen, wenn wir ihnen befehlen, wieder in den Käfig zu klettern.« Nachdem sich alle ausreichend über diesen Zwischenfall amüsiert hatten, hielt man Brunkens Plan für gut, und übertrug Ginto die Ausführung. Man wollte den ausgerissenen Affen mindestens drei Tage lang weder Futter noch zu trinken geben. Am vierten Tag sollte Ginto frische Früchte und Wasser in den leeren Käfig stellen. Sobald sich die Affen im Käfig befänden, müsste er die Käfigtür zuwerfen. Bereits am zweiten Tag traf Ginto auf Westermann und meinte mit sorgenvoller Miene:

»Das wird nicht funktionieren.«

»Und warum nicht?«, erkundigte sich Westermann.

»Die sind schlauer als wir ahnten. Die Affen in den anderen Käfigen haben ihr Futter mit ihren befreiten Genossen geteilt und sogar das Wasser so dicht an die Luke geschoben, dass die trinken konnten.«

»Jetzt reicht es, wir lassen uns doch von ein paar Affen nicht austricksen«, erregte sich Westermann. »Ginto, Sie werden für die nächsten Tage für alle Tiere weder Futter noch Wasser bringen. Dann, wenn wir meinen, sie sind hungrig und durstig genug, werden sie den leeren Käfig mit Futter und Wasser ausstatten und wenn die Ausreißer drin sind, die Tür zuwerfen.«

»Jawoll, das werde ich so machen«, versprach Ginto und zog los.

Er zeigte sich besonders eifrig, weil er das Gefühl hatte, die anderen wollten ihm die Schuld an dem Ausbruch in die Schuhe schieben.

Der Plan erwies sich als richtig. Nach vier Tagen trieben Hunger und Durst die Ausreißer in den Käfig, Ginto warf die Tür zu und berichtete umgehend den Erfolg an Kapitän Hansen.

Die weitere Fahrt verlief ohne Zwischenfälle, bis auf zwei weiße Affen, die man morgens tot in den Käfigen fand und kurzerhand über Bord warf.

*

Harro Hansen teilte pflichtgemäß dem Reeder Olsen die letzten Entdeckungen mit. Olsen freute sich über die Anzahl der gefangenen weißen Affen und bat, sie gut zu behandeln und möglichst alle lebend nach Rostock zu bringen.

Die Brisanz, die das Auffinden der UFOs und des gefangenen Außerirdischen barg, wusste er nicht richtig einzuschätzen. Er hatte sich die zuletzt aufgenommenen Fotos und Videos angesehen und beschlossen, eine umfassende Veröffentlichung so lange hinauszuzögern, bis das Schiff wieder im Hafen lag. Ihn schien, neben den weißen Affen, nur noch der kleine Außerirdische zu interessieren. Hier rechnete er sich ebenfalls eine Chance aus, mit Vermarktungsrechten Geld zu verdienen. Wie sensationell diese einmalige Entdeckung für die Wissenschaft von Bedeutung sein könnte, war ihm nicht wichtig.

Hansen wusste, dass Olsen stets nur ans Geldverdienen dachte, und verschwieg deshalb den Fund, die mit Geldstücken gefüllte Kassette des Segelschiffes. Er nahm sich vor, die Münzen umgehend einem staatlichen Museum zu übergeben.

Nach der Ausstrahlung des Fernsehberichtes über die Insel breitete sich erwartungsvolle Unruhe unter den Journalisten und auch bei den Wissenschaftlern aus. Die weißen Affen waren bereits eine kleine Sensation, aber der Hinweis auf UFOs und außerirdische Lebensformen elektrisierte sie alle. Es gab etliche Versuche, mehr Informationen von der Reederei zu erhalten. Olsen, hielt sich bedeckt, wollte er seine finanziellen Pläne mit den weißen Affen und dem Außerirdischen, nicht aufdecken.

Was er nicht ahnte, Spezialisten hatte den Funkverkehr zwischen dem Schiff und der Reederei abgehört. Die Horcher, die meist staatlichen Sicherheitsorganen angehörten, sammelten alle Informationen. Es gab aber auch Abhörspezialisten von Nachrichtenagenturen, die damit ihr Geld verdienten, alles zuerst zu erfahren.

Ärgerlich für sie, dass die genaue Insellage nicht gesendet wurde. Die Chance, zum ersten Mal außerirdische Flugkörper untersuchen zu können, versetzten Militärs und Rüstungskonzerne in helle Aufregung. Mit hohen Summen und sogar mit erpresserischen Drohungen versuchten sie, den Reeder Olsen und Kapitän Hansen zur Herausgabe der Inselkoordinaten zu drängen. Zu ihrem eigenen Schutz ließen beide verlauten, dass man die Koordinaten bereits den deutschen Sicherheitsbehörden übergeben hätte. Das entsprach zwar nicht der Wahrheit, aber half, den Fragen ein Ende zu setzen. Die an den UFOs interessierten Organisationen suchten daraufhin mit allen ihnen zur Verfügung stehenden Mitteln weiter nach der Insel. Sie werteten selbst Satellitenbilder aus, doch erfolglos. Was sie nicht ahnten, war die Tatsache, dass die künstliche weiße Wolke, die permanent über der Insel schwebte, jegliche Art von Strahlen, wie von einer Wasseroberfläche reflektierte. Somit konnte die Insel nicht entdeckt werden. Die Suche mit Flugzeugen hatte bei den spärlichen Angaben vom ursprünglichen Kurs der ›Anja‹, in Hinblick auf das riesige Gebiet im Pazifik, keinen Erfolg. Fernsehanstalten und Verlage hatten Prämien für denjenigen ausgelobt, der die Insel wiederentdeckte. Sogar die Kapitäne der Schiffe, die Seewege wie die ›Anja‹ befuhren, wurden aufgefordert, nach der Insel Ausschau zu halten. Doch es gab keine Erfolgsmeldung und so wartete man ungeduldig auf die Rückkehr des Schiffes.

Die Mannschaft des Frachters konnte es kaum erwarten, im Rostocker Hafen einzulaufen. Die Tage auf See hatten Spuren bei den Männern hinterlassen. Der Zustand des Außerirdischen hatte sich leicht gebessert. Die Atemzüge wurden regelmäßiger und er öffnete die Augen, wenn er Menschen bemerkte. Mit Zeichen verlangte er, wann er essen oder trinken wollte. Im Nachhinein erwies es sich als richtig, den Kleinen auf normale Kost umgestellt zu haben.

Nach weiteren drei Wochen erreicht die ›Anja‹ endlich Rostock. Einige Seeleute standen an

Deck und starrten mit sehnsüchtigen Augen zum Hafenkai, während der Kapitän und Erik Feddersen auf der Brücke Anweisungen von der Hafenbehörde erhielten. Für das Schiff war ein Ankerplatz weit vor dem Hafen angeordnet worden. Dort sollte es für eine gewisse Quarantänezeit auf Reede liegen. Diese Maßnahme hielt man für angebracht, da man nicht ausschloss, dass mit den Affen unbekannte Krankheiten eingeschleppt werden könnten. Hansen hatte gehofft, am Stückgut-Terminal anlegen zu können. Den Bereich um das Schiff schirmten Marineeinheiten ab und er galt ab sofort als militärisches Sperrgebiet. Mit dieser Nachricht kam Feddersen zu den Wartenden an Deck. Große Enttäuschung breitete sich unter der Mannschaft aus.

*

Martin Masurek hatte, bereits vor Ankunft des Schiffes, telefonischen Kontakt mit dem Kapitän aufgenommen. Er berichtet ihm, was die Nachricht von den weißen Affen und den UFOs für Wellen geschlagen hatte. Er erzählte Hansen offen und ehrlich, dass er Journalist vom Ostseekurier sei und mit seiner Kollegin Baumann gerne die weiteren Ergebnisse der Reise exklusiv brächte. Nach Rücksprache mit dem Reeder Olsen, hatte Hansen zugestimmt und Masurek für ein Interview auf das Schiff gebeten. Durch die verhängte Quarantäne fiel der Plan nun ins Wasser. Doch Masurek war nicht der Mann, der schnell aufgab.

In der Nacht darauf versuchten Hanni Baumann und Martin Masurek in schwarzen Neoprenanzügen und mit einem Schlauchboot, im Schutz der Dunkelheit, das Schiff zu erreichen. Fast lautlos paddelten sie in Richtung des Lichtscheins vom Frachter. Kaum hatte sie die Hälfte der Strecke hinter sich gebracht, als sie ein Suchscheinwerfer erfasste. Ein Boot der Marine rauschte heran und stoppte die Journalisten. Die Soldaten brachten sie umgehend zum Verhör in ein für diesen Zweck vorgesehenes Gebäude auf dem Marinestützpunkt. Glaubhaft erklärten die beiden, warum sie zum Schiff fahren wollten. Nach Belehrung und Androhung eines Verfahrens, besonders wegen der Verletzung des Quarantänebereichs, entließ man die beiden am nächsten Morgen und verpflichtete sie vorher zum Stillschweigen.

Was sie nicht wussten: Sven Rabe hatte Hanni verfolgt, um sie zum wiederholten Male zu einem Treffen zu überreden. Doch als er sah, dass sie sich mit Masurek traf, wollte er bereits umkehren, besann sich jedoch, als er bemerkte, wie beide in einer Lagerhalle verschwanden. Er folgte ihnen, und als sie mit einem Lagerarbeiter zum Schlauchboot liefen und es sich ansahen, ahnte er, was sie vorhatten. Seine Vermutung gab er umgehend an die Marine weiter, um den Nebenbuhler anzuschwärzen.

Am nächsten Tag begann der Verwaltungsapparat anzulaufen. Die vorher ausgearbeiteten Pläne für das Eintreffen des Schiffes wurden nun Stück für Stück umgesetzt. Zuerst befragten sie den Kapitän, ob er Lebensmittel, Getränke oder medizinische Hilfe benötige. Rückfrage von Hansen:

»Wie lange sollen wir hier ausharren?« Antwort: »Etwa zwei Tage. Danach bringen wir sie in eine Quarantänestation. Dort werden Sie voraussichtlich zwei Wochen bleiben. Vorher werden wir alle Tiere mit den entsprechenden Vorsichtsmaßnahmen abholen.« Hansen unterdrückte nur mühsam einen Fluch.

Am Vormittag des Tages näherte sich ein Boot der Marine mit mehreren, in Schutzanzügen steckenden Männern, dem Schiff. Der Kapitän gab ihnen die Erlaubnis an Bord kommen zu dürfen. Sie wollten zuerst den kleinen Affen aus dem UFO sehen. Sie packten ihn, wobei ihm sein abwehrendes Strampeln und Zähnefletschen nichts nützte, und steckten ihn in einen, an drei Seiten mit Sichtfenstern versehen, Transportbehälter. Sie verlangten auch die Herausgabe des Raumanzugs und des Nahrungsbehälters vom Rücken. Auf die Frage des Kapitäns, was mit den weißen Affen geschehen werde, erklärte der Leiter der Aktion, einer nach dem anderen würde morgen in gesonderten Boxen abtransportiert und ebenfalls in Quarantäne verbracht werden.

Um wenigstens etwas den Zuschauern und Lesern zu präsentieren, versuchten einige Erfindungsreiche, mit Minihelicoptern Aufnahmen von den Aktivitäten auf dem Schiff zu machen. Als einige das von der Marine ausgesprochene Überflugverbot nicht befolgten, schoss man mehrere der Fluggeräte ab. Das half.

Die Besatzung brächte man am übernächsten Tag ebenfalls unter Sicherheitsvorkehrungen in einer Quarantänestation unter, hieß es. Die Schutzanzugträger mussten sich einige Kommentare der Besatzung anhören.

»Aha, Affen zuerst, erst dann die Menschen«, bemerkte Brunken, als sie die weißen Affen vorbei trugen. Allgemein herrschte großer Unmut über die Art und Weise, wie sie behandelt wurden.

»Hätten wir nur nicht diese verdammte Insel gefunden«, wetterte Smutje Behrens, der sich schon im Geist längst zu Hause bei seiner Familie wähnte.

»Na, was habe ich gesagt«, fing Ginto, der Filipino, wieder an zu maulen, »meine Ahnung hat mich nicht betrogen, dieses Schiff ist doch verflucht, wie ihr seht.« Als er jedoch den Bootsmann auf sich zukommen sah, verstummte er augenblicklich. Erinnerte er sich noch deutlich an Brunkens damalige Warnung, ihn über Bord zu werfen, wenn er nicht aufhörte die Mannschaft zu verunsichern.

Am Abend kamen zwei Beauftragte des Gesundheitsamtes und drei, die sich als Mitarbeiter einer Staatsschutzabteilung auswiesen an Bord. Sie forderten Kapitän Hansen auf, die Männer, die das Innere der UFOs gesehen hätten, zu einer Besprechung in einen separaten Raum zu beordern. Feddersen, Brunken, Claasen Scholz und Westermann fanden sich nach und nach ein und die Befragung begann. Die Schilderung der Männer von den Skeletten, den Käfigen und der Laboreinrichtung stieß auf weniger Interesse. Vielmehr interessierten sie sich dafür, wie die technische Ausstattung, das Steuerpult, oder die Energiekugel ausgesehen haben. Ob sie etwas Waffenähnliches entdeckt hätten, dass zum Angriff geeignet erschien. Die Fragesteller erkundigten sich, ob sie noch Fotos, oder Videos besäßen, was sie verneinten. Feddersen überlegte, ob er etwas von dem handyähnlichen Gegenstand und der kleinen Pistole erwähnen sollte, unterließ es aber. Anschließend vergatterte man die Besatzung, keinen Außenstehenden ihre Erlebnisse zu erzählen. Widerstrebend mussten sie das Versprechen noch unterschreiben.

Diese Vorgänge blieben nicht unbemerkt. Seit sich die Neuigkeit von der Insel und den Außerirdischen rund um den Erdball verbreitete, strömten Journalisten nach Rostock. Sogar Geheimdienste aus vielen Ländern fanden sich ein. Die mehr oder weniger sichtbar auftretenden Agenten agierten weit unangenehmer als die Nachrichtenleute. Der amerikanische Geheimdienst fiel sofort auf. Seine Leute traten recht forsch auf, aber sie irrten sich in der Annahme, sie hätten in Deutschland dieselben Rechte, wie in den Staaten. Dagegen arbeiteten die Dienste der anderen Großmächte unauffällig. Die ersten Verschwörungstheorien tauchen auf. Das russische Militär hätte sich der Wunderwaffen der Außerirdischen bemächtigt und plane nun einen entscheidenden Schlag gegen den Westen. Andere Horrorstorys berichten von Kampfstoffen, die sich in den Händen radikaler religiöser Fanatiker befänden. Die Gerüchteküche kochte. Falschmeldungen kursierten in den sozialen Medien und schreckten die Menschen.

Die alte Hansestadt besitzt viele gut erhaltene historische Gebäude, wie die Nikolaikirche, das Rathaus mit seinem barocken Vorbau oder das Kerkhoffhaus, um nur einige zu nennen. Für diese Sehenswürdigkeiten hatte jedoch kaum einer der Anreisenden einen Blick übrig. Die Suche nach einer Unterkunft erwies sich als weitaus vordringlicher. Freie Hotelzimmer gab es keine mehr. Wohnmobile und Personenwagen mit Wohnanhängern verstopften die Innenstadt und die umliegenden Straßen. Es musste etwas geschehen. Die Stadtverwaltung sah sich per Aufruf, durch Bekanntmachung im Radio und im Fernsehen genötigt, die Innenstadt für alle nicht Rostocker Fahrzeuge zu sperren. Bei Nichtbeachtung müssten Bußgelder in abschreckender Höhe eingezogen werden.

Hanni und Martin bemühten sich intensiv darum, ein Interview mit dem Leiter der Quarantänestation zu bekommen. Die Erlaubnis, sich bei den Mitarbeitern der Station umzuhören, gestatte man nur nach mehrmaliger Nachfrage. Hier stießen sie auf ausweichende Antworten, oder auf Schweigen. Doktor Herbert Behring, der die Untersuchung der Schiffsmannschaft leitete, beantwortete die Fragen der beiden Journalisten nur zögernd und so knapp wie möglich. Die Frage von Masurek, ob die Chance bestünde mit den Seeleuten der ›Anja‹ selbst zu sprechen, lehnte Doktor Behring mit dem Hinweis auf die Vorschriften für ein Quarantänelager ab.

Auf die Frage von Hanni Baumann, ob sie die Männer auch auf Viren, wie die von Ebola untersucht hätten, antwortete der Arzt mit leicht spöttischem Unterton, dass es unwahrscheinlich sei, eine Viruskrankheit, deren Ursprung in Westafrika liegt, im Pazifik zu vermuten. Nein, auf Ebola hätte man die Männer nicht untersucht. Er schien etwas beleidigt zu sein, weil er aus der Frage einen Vorwurf herauszuhören glaubte.

Mit dieser unbefriedigenden Auskunft verließen beide die Station.

Nahe bei der Quarantänestation für die Mannschaft harrten die Berichterstatter abwechselnd aus, um ja nicht den Moment zu verpassen, wenn die Sperre vorbei wäre und die Seeleute herauskämen.

Es gab weder Auffälligkeiten in den Laborwerten, noch am allgemeinen Gesundheitszustand. Alle Ergebnisse der Untersuchungen blieben negativ. Es gab also keinen Grund, sie länger festzusetzen.

Dann öffneten sich die Türen. Nach zwei Wochen stürzte sich die Medienmeute sofort auf die Mannschaft der ›Anja‹, um sie zu befragen. Kapitän Hansen und Lars Brunken drängten sich als erste wortlos durch die Menge und eilten nach Hause. Auch die anderen Seeleute schwiegen eisern. Ihnen standen die angedrohten Folgen bei Bruch des Stillschweigens noch vor Augen. Nach der langen Seefahrt, dem Zwangsaufenthalt bei der Insel und nach zwei Wochen in der Quarantänestation, hatten fast alle nur noch einen Gedanken - so schnell wie möglich nach Hause zur Familie und den Freunden. Nur der Filipino Ginto hielt sich nicht daran und nahm sich vor, für eine gewisse Summe, von einigen noch nicht veröffentlichen Details zu berichten.

Er schilderte den Affenfang, den er vom Schiff aus beobachtete, dass zwei Affen starben und man sie über Bord warf, den Ausbruch der weißen Affen und dass die Affen nur dank seiner guten Pflege überlebten. Vom kleinen Affen aus dem UFO konnte er nur berichten, dass es große Mühe machte, ihn am Leben zu erhalten. Was er auf der Insel noch selber alles gesehen hätte, fragten sie ihn. Darauf musste er eingestehen, das Schiff nicht verlassen zu haben und nur alles von Bord beobachtet hatte. Aus Gesprächen seiner Kameraden konnte er noch entnehmen, dass die Außerirdischen schon viele Jahre auf der

Insel hausten und es Hinweise gab, dass sie früher Versuche an Menschen durchführten. Einzelheiten hierzu konnte er leider nicht berichten. Die Bezahlung, die er für seinen Verrat erhielt, stellte sich als weitaus geringer heraus, als er dachte. Im Nachhinein musste er sich noch vor den Konsequenzen fürchten, wenn herauskäme, dass er das vereinbarte Schweigen gebrochen hatte. Da sie jedoch weniger Material zusammen bekamen als erhofft, begannen die Journalisten mit Erfundenem die Seiten zu füllen. Die Spekulationen trieben wilde Blüten. Sie erfanden Geschichten, wie aufgetauchte Angriffspläne der Außerirdischen, Wunderwaffen und seltsame Kreaturen, die noch auf der Insel hausten. Diese sogenannten Enthüllungen ließen Lesern und Fernsehzuschauern Schauer der Furcht und des Entsetzens über die Körper laufen. Immer wieder versuchen Journalisten, durch Bestechung vertrauliche Informationen von der Schiffsbesatzung zu erlangen. Doch ohne Erfolg. Nach und nach sahen sie ein, dass sie hier nichts mehr erfuhren und begannen die Örtlichkeit zu verlassen. Nach chaotischen Wochen kehrte langsam wieder Normalität in Rostock ein.

*

Für Hanni und Martin zahlte es sich jetzt aus, dass sie Kapitän Hansen bereits kannte. Sie melden sich umgehend zu einem Besuch bei ihm an. Er sagt sofort zu, hatte er es doch bedauert, dass ihr erster Versuch mit dem Schlauchboot gescheitert war.

Sie trafen sich im Haus von Hansen, das etwas außerhalb von Rostock im Gerbergrabenweg liegt. Der Kapitän ließ sich versichern, dass alles, was er ihnen erzählen wird, erst nach seiner Einwilligung veröffentlich werden darf. Sie sagten zu.

Der Kapitän empfing sie am Gartentor und führte sie in die Wohnstube. Seine Frau hatte für den Besuch Kuchen gekauft. Eine Teekanne stand auf dem Stövchen und eine Kerze hielt sie warm. »Lange Sie zu, ich denke es wird eine längere Unterhaltung«, ermunterte der Kapitän seine Gäste. Nachdem sie sich gestärkt hatten, erhob sich Hansen, schritt zu einem kleinen Schreibsekretär, der nah beim Fenster stand, und kam mit einem Ordner zurück.

»Hier habe ich für Sie die wichtigsten Ereignisse aufgeschrieben und auch Fotos machen lassen.« Er reichte Martin einige zusammengeheftete Seiten und Hanni ein Kuvert mit den Fotos.

»Entschuldigung, aber ich platze fast vor Neugier«, entfuhr es Martin spontan. »Ich möchte gleich ein paar Seiten durchlesen, falls Sie nichts dagegen haben. Vielleicht ergibt sich die eine oder andere Frage.«

»Ja gerne, dafür haben wir uns ja zusammengefunden«, stimmte Hansen zu. Die erste Reaktion kam von Hanni, als sie die Fotos aus dem großen UFO in der Hand hielt, auf denen sie die Käfige voller Skelette entdeckte.

»Das sieht ja grausig aus«, flüsterte sie. Ein »Oh Gott«, kam ihr über die Lippen, als sie die Fotos von den Überresten der Besatzung des mittelalterliche Segelschiffes im zweiten UFO sah. »Was haben die nur vorgehabt. Wollten die kleinen Affen den Gibbons etwa das Sprechen beibringen? Wozu sollte das wohl gut sein? Wie sie mir erzählt haben«, dabei wandte sie sich an den Kapitän, »können die weißen Affen nur einige Worte reden, und die auch noch meist ohne direkten Zusammenhang zu der jeweiligen Situation.«

»Ich hatte genügend Zeit, um mir meine Gedanken darüber zu machen«, entgegnete Hansen bedächtig, »zuerst dachte ich, sie hätte die Absicht eine Invasionsarmee zu züchten, um sie gegen uns einzusetzen. Nachdem die weißen Affen länger bei uns waren, desto unwahrscheinlicher kam mir das vor. Sie sind weder besonders stark, noch können sie mit dem Wortschatz großen Schaden anrichten. Sie müssen irgendeinen anderen Plan verfolgt haben, wenn man bedenkt, über welch langen Zeitraum und großen Aufwand sie das betrieben haben.«

Hanni hatte ein Foto in der Hand, das einen einzelnen weißen Affen zeigte, wie er einen Trinkbecher in der Hand hält und mit großen Augen in die Kamera schaut.

»Mit dem weißen Plüschfell, den blauen Augen und der pandaähnlichen Gesichtsmaske, den schwarzen Händen und Füßen, gäbe so ein Tier, wenn es abgerichtet würde, einen lustigen Hausgenossen, oder? Vielleich könnte man ihm noch einige Kommandos beibringen, dann wäre er nicht nur niedlich, sondern auch noch nützlich. Ich wette, dass Kinder einen dieser Affen um alles in der Welt gerne als Spielkameraden hätten«, meinte sie, vor sich hinredend.

Ihr Begleiter hatte über ihre Worte nachgedacht und ergänzte:

»Soweit ich die bisherigen Ergebnisse, Fotos und Berichte bewerten kann, war es die Absicht der kleinen Affen, die Gibbons, eventuell als Haustiere unter die Menschen zu bringen, aber warum? Hinter dieser unglaublich langen und verlustreichen Zucht muss noch etwas anderes stecken. Da schließe ich mich ihrer Meinung an, Herr Hansen, aber was wollten sie erreichen?« Der Kapitän hatte aufmerksam zugehört und meinte, dass die Wissenschaftler, die die weißen

Affen nun in der Welt zur Untersuchung bekämen, mehr herausfänden.

Inzwischen schien die Abendsonne in den Raum. Martin schaute verblüfft auf die Uhr und stellte fest:

»Es ist bereits nach neunzehn Uhr. Ich denke, es wird Zeit zu gehen. Wir haben Ihre Gastfreundschaft lange genug strapaziert.«

Hansen entgegnete lächelnd:

»Es tut mir gut, wenn ich mal mit anderen Menschen sprechen darf und nicht immer nur der Kapitän einer Matrosenmeute bin. Kommen Sie so oft Sie möchten. Das würde mich freuen. Übrigens, ich hätte es beinahe vergessen, hier ist noch ein Video. Vielleicht begeistern Sie einen Fernsehsender damit. Denken Sie aber bitte daran, erst wenn ich die Erlaubnis gebe, dürfen Sie alles der Öffentlichkeit preisgeben.« Hanni und Martin bedankten sich bei Frau Hansen für Tee und Kuchen und verließen, hocherfreut über das erhaltene Material, das Haus des Kapitäns.

Die Quarantänestation für die weißen Affen und Mister Uffo, zeigte sich weitaus stärker abgesichert, als die für die Schiffsbesatzung.

Die Station lag in einem Labortrakt, mit der Sicherheitsstufe drei. Dieses Labor befand sich an die einhundert Kilometer weitab von Rostock auf einer Insel. Besucher mussten sich bereits außerhalb des vom Militär gezogenen Schutzgebietes anmelden. Nach Überprüfung setzte man sie mit Booten zu den Laboratorien über.

Mister Uffo hatte man in einem geräumigen Bereich mit mehreren Räumen untergebracht.

Für die vielen weißen Affen musste das Labor umgebaut und einige Räume zu einem großen zusammengelegt werden. Das Kunstlicht, die Enge der Käfige und die laufenden Störungen wirkten sich negativ auf die Tiere aus. Sie wurden zusehends apathischer und verweigerten hin und wieder die Nahrung. Mit Hochdruck führten die Mediziner die Untersuchungen durch. Das Blut wies keine Abweichungen auf. Der Leiter des Sicherheitslabors, Professor Schmalstich, wusste, wie schwer es sich gestaltete, in der virologischen Diagnostik nach Viren zu suchen, wenn es nicht den geringsten Anhaltspunkt gab. Da die Affen ab und zu leicht husteten, untersuchte man besonders die Lungen. Es ergaben sich keine Anzeichen einer krankheitsbedingten Ursache. Es fiel zwar auf, dass sie niesten, sobald nur ein kleiner Luftzug wehte, aber das führten die Ärzte auf das kühlere Wetter zurück und fanden es nicht einer gesonderten Betrachtung wert. Urin-, Kot- und Gewebeproben, stellten sich ebenfalls als negativ heraus und so entschloss man sich, die Affen anderen Institutionen zugänglich zu machen.

Wissenschaftler aus der Welt waren wie elektrisiert, als sie von der Fähigkeit, der Affen hörten, dass sie sprechen können.

So blieb es nicht aus, dass Anfragen von vielen namhaften Forschern und Universitäten eintrafen. Aufgrund der geringen Anzahl der Tiere, und um nicht eine Art Auktion zu initiieren, beschloss die Laborleitung, die Tiere per Los zu verteilen. Den nächsten Schritt, die Tiere nach der Untersuchung an andere Institutionen weiter zu geben, hatte man dem Reeder Olsen versehentlich nicht mitgeteilt.

Die Gewinner der Verlosung erhielten die Nachricht, dass man die Transporte vorbereite. Einige Affen flogen danach mit speziellen Frachtflugzeugen zu ihren neuen Aufenthaltsorten. Nach drei Wochen waren bereits alle verteilt und dienten nun weltweit als Probanden für die unterschiedlichsten Fachbereiche. Besonders Wissenschaftler, die sich mit dem Ursprung der Sprache, Paläolinguistik, befassten, rissen sich um diese seltenen Forschungsobjekte.

Kaum erfuhr Olsen, dass ›seine Affen‹ für ihn nicht mehr als Verkaufsobjekte zur Verfügung stünden, reichte er rechtliche Schritte ein, um sein Eigentum wieder zu erlangen. Um die Angelegenheit nicht in einen Rechtsstreit ausufern zu lassen, einigte sich man sich, Olsen die Tiere für eine erhebliche Summe abzukaufen.

Seine ursprünglichen Pläne, die Affen gegen Geld auszustellen, erwiesen sich hiermit als hinfällig. Allein seinem Wunsch, dem Tierpark Berlin ein Affenpärchen zur Zucht zu überlassen, gab man statt.

Nach Monaten, die Untersuchungen an den weißen Affen waren global beendet, begannen die Forschungsstätten die Affen abzugeben. Man hatte versucht hinter die Fähigkeit zu kommen, die es ihnen ermöglichte, zu sprechen. Da sich keine grundlegenden Ergebnisse hierbei ergaben, erlosch das Interesse an ihnen. An zwei Standorten hatte es sogar Nachwuchs gegeben. Einige Tiere übernahmen Zoologische Gärten, während eine geringe Anzahl an Privatleute verkauft wurden. So verteilten sich die Affen weltweit.

Die Abgabe der Tiere erfolgte nur unter strengen Auflagen, die auch von den Privatpersonen eingehalten werden musste. Hierzu zählte unter anderem eine umgehende Benachrichtigungspflicht, falls sich der Gesundheitszustand auffällig ändern sollte.

Besonders in den USA waren sie bei finanziell gut gestellten Familien als Spielkameraden für die Kinder begehrt. Bald galt es als Statussymbol, einen weißen Affen zu besitzen. Die Affen zeigten sich als angenehme Hausgenossen, die sich als gelehrig erwiesen. Sie stellten keine großen Anforderungen an die Verpflegung, abgesehen davon dass sie ab und zu fleischliche Nahrung benötigten. In der ersten Zeit kam es vor, dass die Besitzer das nicht beachteten und daher ein Wellensittich, oder ein Hauskaninchen spurlos verschwanden. Nachdem die Eltern das erkannten, ersetzten sie den weinenden Kindern umgehend die aufgefressenen Haustiere. Die Affen bekamen dafür jede Woche eine entsprechende Portion Fleisch.

Mister Uffo bereitete den Wissenschaftlern hingegen Sorgen. Anfangs hatte er sich zusehends erholt. Er hatte sogar an Gewicht zugenommen. Dann aber änderte sich sein Verhalten, ohne dass sich an der Umgebung, oder an der Ernährung etwas geändert hatte. Er verhielt sich unruhig, sogar aggressiv. Zur Ablenkung gab man ihm Spielzeug und, um seine Intelligenz zu testen, Schreibpapier und Filzstifte.

Mit dem Spielzeug konnte er nichts anfangen. Nachdem er jedoch Papier und Stifte eine

Weile untersucht hatte, begann er Zeichen und Symbole zu schreiben.

Da sich keiner unter den Zeichen etwas vorstellen konnte, zog man einen Kryptologen hinzu. Er ließ sich alle beschriebenen Blätter kopieren und versprach, sich um die Entschlüsselung zu bemühen. Hier sei vorausgeschickt, dass der Sinn der Zeichen und Symbole erst nach Jahren herausgefunden wurde.

Eines morgens entdeckte sein Betreuer, Herr Fischer, zu dem er Vertrauen gefasst hatte, auf einem Blatt Papier die Zeichnung eines Schiffes. Daneben stand ein großer Mann gezeichnet. Als Herr Fischer das Blatt in die Hand nahm, riss ihm Mister Uffo das Blatt weg, deutete mit dem Finger erregt und immer wieder auf das Schiff und den abgebildeten Mann. Beides hatte Uffo detailgenau dargestellt, dass es sich nur um die ›Anja‹ handeln konnte. Wer der Mann sein sollte, wusste sich der Pfleger nicht zu erklären.

Bei einer anschließenden Besprechung diskutierten sie sein Verhalten. Herr Fischer hatte eine Idee.

»Könnte es sein, dass Mister Uffo sich nach einem der Besatzungsmitglieder sehnt? Vielleicht ginge es ihm besser, wenn wir denjenigen herbringen.« Professor Schmalstich fand es einen Versuch wert und bat den Kollegen, sich beim Kapitän des Schiffes umzuhören.

Von Harro Hansen erfuhr Herr Fischer, dass die Person auf der Zeichnung vermutlich Lars Brunken sein könnte, da er ihn aus dem UFO mitgenommen und sich auf dem Schiff um ihn gekümmert hatte.

Hansen rief noch im Beisein des Labormitarbeiters Herrn Brunken an und erkundigte sich, ob er mit einem Besuch des Affen im Labor einverstanden wäre. Der Bootsmann sagte erfreut zu, hatte er doch manches Mal überlegt, wie es seinem Schützling ginge.

Für den kommenden Tag meldete sich Lars Brunken zum Besuch des Affen an.

Vor dem Eintritt bekam er einem Schutzanzug angezogen, der nur das Gesicht freiließ.

Sie betraten den Raum, wo der Affe regungslos in der Ecke seines Käfigs kauerte, und nicht einmal den Kopf wandte, als sich die Tür öffnete.

Brunken trat an den Käfig heran, betrachtete mitleidig das Tier und rief dann leise:

»Hallo Mister Uffo!« Als hätte das Tier einen elektrischen Schlag bekommen, sprang es auf, lief zum Gitter, krallte sich im Maschengeflecht fest und kreischte aus Leibeskräften. Das kam so unerwartet, dass die Männer erschrocken zurückfuhren. Doch dann trat sein alter Freund näher an den Käfig und streichelte die durch das Gitter gestreckten Arme des Affen. Sofort beruhigte sich Mister Uffo und ließ wieder sein katzenähnliches Schnurren hören.

»Bitte machen sie den Käfig auf, ich möchte ihn mir näher ansehen«, bat er. Herr Fischer zögerte, da er nicht wusste, was passieren könnte, überwand sich endlich und öffnete die Käfigtür. Blitzschnell sprang der Affe aus dem Käfig und klammerte sich wie ein Kind an Brunken fest. Gerührt bekam der beinahe feuchte Augen. Mister Uffo verhielt sich still, schnurrte leise und schloss, sichtlich entspannt, die Augen. Dann geschah etwas, was beide Männer nicht erwartet hatten. Der Affe sprang von Brunken weg, rannte zum Tisch, wo noch viele von ihm beschriebene Notizen lagen. Er wühlte hektisch in dem Stapel, fand ein Blatt, kam nun etwas langsamer, das Blatt krampfhaft festhaltend zu zurück, kletterte auf seinen Arm und zeigte auf das Blatt Papier. Brunken verstand anfangs nicht, was damit gemeint sein könnte und schüttelte den Kopf. Mister Uffo knurrte etwas lauter und deutet unablässig mit dem Finger auf das abgebildete Schiff und dann, zum Erstaunen der Männer, immer wieder auf sich.

Der Bootsmann kam als erster darauf, was der Affe damit meinte.

»Ich denke, er will uns mitteilen, dass er von hier weg und wieder zurück auf das Schiff will.

Immerhin hat er sich einige Wochen dort aufgehalten und wurde gut behandelt.«

»Tja, ich weiß nicht, was ich dazu sagen soll«, ließ sich Herr Fischer vernehmen.

»Ich werde mit unserem Leiter sprechen. Vielleicht könnte der Affe wieder zurück auf das Schiff, sobald die Untersuchungen abgeschlossen sind? Ich werde mich dafür einsetzen«, versprach er. Nach einer gründlichen Abschlussuntersuchung, die keine Auffälligkeiten zeigte, hatte Professor Schmalstich keine Einwände zur Verlegung des kleinen Affen auf das Schiff.

Brunken nickte zustimmend als er von der Entscheidung erfuhr. Doch dann zuckte der Gedanke durch den Kopf, dass das Schiff nicht allein für den Affen zur Verwendung stand, sondern das hierzu die Einwilligung des Reeders eingeholt werden musste. Dieses äußerte er gegenüber von Herrn Fischer und bat darum, dass man den Aufenthalt auf dem Schiff möglichst überzeugend mit wissenschaftlichen Notwendigkeiten begründen sollte, wobei Brunken Herrn Fischer komplizenhaft angrinste.

Dann kam der Abschied von Mister Uffo, der sich herzzerreißend gestaltete. Brunken fühlte sich erleichtert, als er wieder draußen an der frischen Luft stand.

Das Gespräch mit Herrn Olsen fand einige Tage später statt. Brunken hatte zu seiner Unterstützung den wissenschaftlichen Leiter, Herrn Professor, Doktor Schmalstich, mit zum Termin gebeten. Es begann ein recht langes Gespräch mit dem Austausch von Argumenten für und wider der Unterbringung. Schlussendlich beschloss man, das Schiff, und hier spielte das Schicksal eine entscheidende Rolle, abseits des Hafenbetriebes festzumachen, und als vorläufige Unterkunft für den Affen bereitzustellen. Eine Entschädigung, sozusagen die Miete für Mister Uffo, beschleunigte die Zustimmung Olsens.

Mit dem Schicksal war gemeint, dass der Reeder die in die Jahre gekommene ›Anja‹ nicht mehr einsetzen wollte und bereits nach einem Käufer suchte.

Professor Schmalstich machte darauf aufmerksam, dass sich während des Aufenthaltes des Affen in der Quarantänestation, einige namhafte Forschungsstätten um den Affen bemühten. Aus Amerika zum Beispiel hatte die Universität Berkeley, das Zentrum für neurokognitive Forschung der Universität Moskau und das Zentrum für Neurowissenschaften des Max-Planck-Institutes großes Interesse gezeigt. Es lagen Angebote vor, die mit hohen Übernahmesummen lockten. Er hatte abgelehnt, weil er meinte, dass Wissenschaftler nicht mit Untersuchungsobjekten handeln sollten. Nach längerer Beratung einigte man sich darauf, dem

Max-Planck-Institut die Möglichkeit zu geben, den kleinen Affen auf dem Schiff zu untersuchen. Ein Verbringen an einen anderen Ort kam von vorne herein nicht infrage. Das wissenschaftliche Team tat sich schwer, mit der Entscheidung, die weiteren Untersuchungen auf einem Schiff vorzunehmen. Nach eingehender Prüfung investierte das Institut schließlich eine bedeutende Summe in den Umbau der Schiffsräume zu Laborräumen. Die ›Anja‹ galt nun als hochgesichertes Forschungsschiff. Ein weiterer Punkt im Vertrag mit dem Institut besagte, dass es Herrn Lars Brunken jederzeit gestattet wird, den Affen zu besuchen.

Mit den mahnenden Worten von Professor Schmalstich:

»Nach der Auffindung der UFOs liegt es nahe, dass besonders das Militär größtes Interesse daran hat, den einzigen überlebenden Außerirdischen für Forschungszwecke in die Hände zu bekommen. Daher sollten wir darauf gefasst sein, dass sie es, sicher auch mit Gewalt, versuchen werden. Aus diesen Gründen plädierte ich für absolute Geheimhaltung und Bewachung von Mister Uffo auf dem Schiff. Noch sicherer ist, wenn wir das Gerücht, dass der kleine Affe inzwischen verstorben sei, in die Welt setzten. Ich werde das umgehend veranlassen.«

Olsen und Brunken versprachen, die Aktion mit der größten Vorsicht durchzuführen.

*

Am Montag klingelte das Telefon in aller Frühe bei Martin Masurek. Er wurde schlagartig munter, als er Herrn Hansen sagen hörte:

»Moin Herr Masurek, ich denke jetzt ist es an der Zeit, dass Sie den Artikel schreiben können. Wenn Sie möchten, habe ich auch nichts dagegen, den Fernsehanstalten das Video anzubieten. Ich habe mir die Erlaubnis von den Sicherheitsbehörden dafür schriftlich geben lassen.«

Masurek bedankte sich herzlich für die Freigabe der Unterlagen und legte schwungvoll den Hörer auf.

»Wer war das denn so früh am Morgen«, maulte eine verschlafene Stimme aus dem Bett.

»Raus aus den Federn. Es gibt Arbeit«, verkündete Masurek und eilte in die Küche. Von dort rief er: »Es war Kapitän Hansen. Jetzt kann uns niemand mehr daran hindern, diese sensationellen Berichte zu veröffentlichen.«

Sein fröhliches Pfeifen und der alsbald durch das Zimmer wehende Kaffeeduft veranlassten Hanni, endlich aufzustehen.

Nach einem ausführlichen Frühstück machten sich beide an die Arbeit. Zwei Tage später lagen die fertigen Ausarbeitungen Herrn Paulsen, dem Chefredakteur des Ostseekuriers, vor. Der in der folgenden Wochenendausgabe groß aufgemachte Artikel, mit eindrucksvollen Fotos von weißen Affen, Mister Uffo und Flugkörpern, schlug ein wie eine Bombe. Erschreckende Bilder von Skeletten aus den Laborufos ergänzten die Reportage. Die Nachfrage nach der Zeitung entwickelte sich so gewaltig, dass die Ausgabe zum ersten Mal seit ihres Bestehens mehrmals nachgedruckt werden musste.

Kurz darauf strahlten auch einige Fernsehsender einen ähnlichen Bericht aus, der mit dem Video eine noch größere Beachtung in der Welt fand. Noch mehrere Wochen danach blieben die Veröffentlichungen das Thema rund um den Globus.

*

Voller Neid hatte Sven Rabe die Artikel gelesen. Er fühlte sich in irgend einer Weise betrogen. Hatte es dieser Masurek doch geschafft, den Ruhm für sich zu verbuchen. Noch mehr wurmte ihn die Erkenntnis, dass Hanni nun endgültig für ihn verloren schien.

Er grübelte, wie er doch noch einen kleinen Teil vom Kuchen abbekäme. Da fiel ihm ein, dass alle Unterlagen aus dem Haus des Kapitäns

Hansen stammten. Er überlegte, ob er dort noch unveröffentlichtes Material finden könnte. Einen Versuch sollte es wert sein, fuhr es ihm durch den Kopf.

Als Privatdetektiv war er gewohnt, Leute auszuspionieren. Er beobachtete die Gewohnheiten von Hansen und dessen Frau. Wann sie das Haus verließen, wie lange sie fortblieben und so weiter. Er fand heraus, dass es zu der Gewohnheit des Kapitäns gehörte, am Sonntag seiner alten ›Anja‹ einen Besuch abzustatten und dort für eine Nacht zu bleiben. Das hatte er mit den dortigen Wachleuten vereinbart, nachdem es als Laborschiff diente. Seine Frau beschloss, da sie solange nicht allein das Haus hüten wollte, während dieser Zeit, zu ihrer Schwester zu fahren. Ihre Abwesenheit hatte Rabe einkalkuliert. Darauf baute er seinen Plan auf. In der folgenden Sonntagnacht wollte er ihn in die Tat umsetzen.

Gegen drei Uhr in der Nacht schlich Rabe, dunkel gekleidet, zum Haus des Kapitäns. Der Zaun stellte kein Hindernis dar und auch die Terrassentür ließ sich mit einem Trick öffnen. Mit abgeblendeter Taschenlampe tastete er sich durch die Räume im Erdgeschoss. Im Wohnzimmer entdeckte er den kleinen Schreibsekretär neben dem Fenster. Verwundert stelle er fest, dass die Schübe nicht einmal abgeschlossen waren. Er begann in den Papieren zu wühlen und hatte sich bereits einige eingesteckt, als er sich zum zweiten Mal wundern durfte, da Hansen an diesem Wochenende nicht das Schiff besuchte.

Die Stimme des Kapitäns klang laut und deutlich:

»Halt, was haben Sie hier zu suchen!« Ehe Hansen den Lichtschalter erreichte, sah er noch schemenhaft, wie sich die Gestalt mit erhobenem Arm auf ihn stürzte. Ein dünner, hellroter Strahl traf den ungebetenen Gast in dem Moment, als er den Hausherrn erreichte. Lautlos sackte der Einbrecher zusammen. Endlich gelang es Hansen, den Lichtschalter mit der linken Hand zu bedienen. Zusammengekrümmt lag der Mann zu seinen Füßen. Der schwere Bronzeaschenbecher lag etwas abseits. Einige Aufzeichnungen lagen neben dem Sekretär verstreut auf dem Boden. Hansen sah auf seine rechte Hand, in der er noch krampfhaft die kleine Pistole aus dem UFO hielt.

Hansen hatte sich vorgenommen, auch an diesem Sonntag zum Schiff zu fahren und seine Frau mit dem Wagen bereits am Nachmittag zu ihrer Schwester gefahren. Als er zu Hause ankam, zog ein Unwetter herauf. Der Wetterbericht warnte vor starken Sturmböen bis Windstärke zehn und Dauerregen. Daraufhin entschloss sich Hansen, heute nicht zur ›Anja‹ zu fahren.

Als er die ersten Geräusche aus dem Erdgeschoss hörte, nahm er die Pistole und schlich die Treppe hinunter. Er hatte die Waffe vor einigen Tagen mit ins Schlafzimmer genommen, nachdem er herausgefunden hatte, wie sie funktionierte. Als Test hatte er auf eine Blechbüchse geschossen, die zwar umfiel, aber keine Beschädigung aufwies. Habe ich den Mann etwa getötet? Der Gedanke schoss ihm durch den Kopf. Erschrocken beugte er sich über den Einbrecher. In dem Moment stöhnte dieser auf und begann sich aufzusetzen.

Hansen riss ihm die schwarze Sturmhaube vom Kopf und hielt ihm die Pistole vor die Augen. Sven Rabe blinzelte in das Licht und versuchte zu sprechen. Doch die Worte klangen undeutlich und kaum vernehmbar. Hansen erschrak ein wenig, wusste er doch nicht, ob der Strahl gesundheitliche Schäden verursacht hatte. Er setzte sich auf die unterste Stufe der Treppe und beobachtete den Mann. Nach einigen Minuten hob dieser die Hand und sprach mit leicht zitternder Stimme:

»Bitte keine Polizei, Herr Hansen.«

Hansen staunte, mit seinem Namen angesprochen zu werden, fasste sich aber sofort und forderte den Eindringling auf, sich auszuweisen. Dieser griff in seine Windjacke, vorher jedoch von Hansen darauf hingewiesen nur langsame

Bewegungen zu machen, und zog etwas umständlich einen Ausweis heraus.

»Schau an«, grinste der Kapitän, »Sie sind Privatdetektiv. Das könnte sich nach dem heutigen Einbruch erledigt haben, Herr Rabe. Warum sind Sie bei mir eingestiegen, welche Beute dachten Sie hier zu finden?«

Rabe saß noch immer am Boden, hatte sich indessen an ein Tischbein angelehnt und begann stockend zu erzählen. Er berichtete ausführlich von den Versuchen, Kapital aus der UFO-Geschichte zu schlagen und seiner Wut auf Masurek wegen Hanni. Er hatte vermutet, noch unveröffentlichtes Material hier zu finden. Innerlich musste Hansen über die Pechsträhne des Mannes lachen, konnte sich aber nicht verkneifen zu sagen:

»Zum Glück ist ja nichts passiert, wenn ich auch den Versuch, mir eins mit dem Aschenbecher überzuziehen, missbillige, werde ich davon absehen, Sie der Polizei zu übergeben. Dafür müssen Sie mir versprechen, sich ab sofort aus der UFO-Angelegenheit herauszuhalten.«

Rabe stand mühsam auf und wollte Hansen den Ausweis aus der Hand nehmen.

»Nein, mein Lieber, den behalte ich für alle Fälle als Sicherheit.«

Rabe nickte und versprach:

»Herr Hansen Sie haben etwas gut bei mir. Falls Sie einmal die Dienste eines Privatdetektivs benötigen, rufen Sie mich an. Danke für Ihre Entscheidung mich nicht der Polizei zu übergeben. Gestatten Sie mir bitte noch eine Frage. Was für eine Waffe hat mich so schlagartig außer Gefecht gesetzt? Mich lähmte etwas wie ein gewaltiger Stromschlag.«

Hansen hatte inzwischen die Pistole eingesteckt und erwiderte:

»Das kann ich Ihnen leider nicht sagen. Das ist geheim und es ist besser, wenn Sie in diesem Fall Ihre Neugier zügeln.«

Damit beendete er das Gespräch und begleitete Rabe zur Tür. Er rief ihm noch nach:

»Und denken Sie daran, Frau Baumann und Herr Masurek sind für Sie ab sofort tabu.«

Am nächsten Tag rief er Masurek an und bat ihn vorbeizukommen. Masurek wollte auch Hansens Frau begrüßen, die weilte aber noch bei ihrer Schwester. Der Kapitän berichtete ausführlich über den nächtlichen Überfall, ohne jedoch den Namen von Rabe zu nennen. Auf die Frage Masureks, warum er nicht die Polizei gerufen habe, meinte Hansen, er hätte die Situation selber meistern können. Dann kam er auf den Grund seines Wunsches, warum er Masurek sprechen wollte.

»Wie sie aus meinen Berichten ersehen konnten, haben wir einige Gegenstände aus den UFOs retten können. Darunter befand sich auch ein Gegenstand der unseren Handys ähnelt. Nach dem Einbruch ist es mir lieber, wenn das Handy nicht mehr im Haus ist. Ich halte es für angebracht, das Ding einem Wissenschaftler zu übergeben, damit er untersuchen kann wie es funktioniert.« Hansen stand auf, lief ins Nebenzimmer und kam mit dem Handy zurück.

»Tatsächlich«, bemerkte Masurek, »sieht aus wie eines unserer Handys, nur das es doppelt so groß ist. Ich könnte mir denken, dass es wie ein Tablet-PC funktioniert. Wenn es ihnen recht ist, werde ich es dem Leiter der Forschungseinrichtung auf der ›Anja‹ geben. Der kann es Mister Uffo zeigen. Vielleicht finden sie so heraus was man damit machen kann.« Der Kapitän war mit der Lösung einverstanden und verabschiedete Masurek. Die kleine Pistole hatte er ihm nicht mitgegeben, damit sie nicht aus Versehen Schaden anrichten könnte.

*

Wie Olsen seinem Kunden, Dr. Lehmann, dem Kurator vom Berliner Tiergarten, versprochen hatte, traf das Pärchen weißer Affen wohlbehalten ein. Für die seltenen Tiere hatte man mit großem Aufwand eine neue Käfiganlage mit Nebenräumen gebaut. Hans Krawuttke, der sich seit vielen Jahren als Tierpfleger für Affen aller Art bewährte, gab während der Bauzeit hilfreiche Tipps zu Ausstattung. Zwei Wochen vor Ankunft der Tiere startete der Tierpark eine groß angelegte Werbe-Aktion in Zeitungen, im Fernsehen und auf Plakaten. In werbewirksamen Schlagworten konnte man lesen, dass ab Sonntag ein Pärchen der seltenen weißen Affen von der geheimnisvollen Insel, wo sich die UFOs befinden, zu besichtigen seien. Zu besonderen Gelegenheiten, so stand zu lesen, könnten die Besucher die Tiere nah, ohne trennende Gitter ansehen und sogar berühren. Nun bezogen die Affen ihre neue Behausung. Eine Quarantäne schien, aufgrund der vorangegangenen Untersuchungen, nicht mehr nötig zu sein. Dr. Lehmann und Herr Krawuttke ließen es sich nicht nehmen, die Tiere in ihrer neuen Umgebung zu beobachten. Das erste, was ihnen auffiel, war, wie die Affen sichtlich befreit von den vorherigen kleinen Käfigen, die neue großzügige Anlage annahmen. Sie sprangen umher, beschäftigten sich mit den eingebauten Gegenständen und nahmen sofort das hingelegte Futter an.

Nach einer Weile begann Doktor Lehmann laut nachzudenken: »Wozu haben die kleinen Affen aus dem UFO versucht, ihnen das Sprechen beizubringen? Wenn ich daran denke, wie viele Generationen dabei draufgegangen sind, mussten sie direkt besessen sein, dass sie unsere Sprache lernten. Sie haben etwas versucht, das von Anfang an zum Scheitern verurteilt war. Ich entsinne mich, dass während meines Studiums die Frage gestellt wurde, warum Affen nicht sprechen können, sinngemäß geantwortet wurde: Dass bisherige Versuche an den Begrenzungen in der Vokalanatomie der Tiere, also dem Merkmale von Kehlkopf, Zunge und Lippen scheiterten. Weiterhin können Affen nicht sprechen, weil ihnen die kognitive Fähigkeit fehlt, die für komplexe Kommunikationsprozesse notwendig ist. Nach den vielen Jahren hat es deshalb nur zu einem kleinen Teilerfolg geführt, nämlich, dass die Affen undeutlich Worte formulieren können, mehr aber auch nicht. Außerdem, wie wollten die kleinen Affen die Fortschritte in der Sprache kontrollieren, wenn sie die selber nicht sprechen?«

Hans Krawuttke hat gespannt zugehört und meinte hoffnungsvoll:

»Vielleicht gelingt es mir, ihnen wenigsten noch einige Worte beizubringen. Die Besucher hätten sicher ihre Freude daran. Wenn sie sich sogar vermehrten, wäre das toll.«

»Dann wünsche ich Ihnen viel Erfolg«, schmunzelte Dr. Lehmann und verabschiedete sich.

*

Uwe Behrens, der als Koch auf einem anderen Schiff namens ›Kap Arkona‹, der Reederei Olsen & Berger GmbH fuhr, hatte eine unruhige Nacht. Er hatte geschwitzt und kaum geschlafen. Nach dem Aufstehen erfasste ihn ein Schwächegefühl, dass er sich sofort wieder setzen musste. Der Kopf fühlte sich heiß an und er vermutete, sich eine Erkältung, wenn nicht sogar eine Grippe zugezogen zu haben. Selbst ein starker Kaffee brachte ihn nicht wieder auf die Beine. Da sein Schiff am übernächsten Tag auslief, benachrichtigte er umgehend die Reederei von seinem Zustand. Danach fuhr er zum Arzt. Auf der Fahrt dorthin verschlechterte sich sein Befinden zusehends. Er schaffte es gerade noch in die Praxis, da lief ihm bereits der Schweiß am Körper herunter. Doktor Weiland, der ihn schon länger als Patient betreute, konnte die Symptome nicht sicher einer Krankheit zuordnen. Da er jedoch erkannte, wie rasch sich der Gesundheitszustand des Patienten verschlechterte, ließ er ihn umgehend in die Uniklinik Rostock, Abteilung für Tropenmedizin und Infektionskrankheiten, einweisen. Dem Stationsarzt berichtete er, dass Behrens Seemann ist und es sich bei der Krankheit um eine Tropenkrankheit wie Malaria handeln könnte.

Hier war man für diese Fälle vorbereitet. Die Untersuchung auf Malaria verlief negativ. Der Zustand des Patienten verschlechterte sich dramatisch. Als aus den Augen und der Nase Blut lief und Behrens in tiefe Ohnmacht fiel, begann man die Untersuchung auf Ebola auszudehnen und verlegte ihn sofort in den Hochsicherheitsbereich.

Die weiteren Untersuchungen brachten kein eindeutiges Ergebnis. Schlussendlich war man sich sicher, dass es sich hier um eine neue Variante des Ebolavirus handeln müsse.

Für den Patienten konnte sie nichts mehr tun. Der Koch der ›Kap Arkona‹ starb nach drei Tagen, ohne das Bewusstsein wiedererlangt zu haben.

Die ›Kap Arkona‹, befand sich indessen, mit einem anderen Koch, auf der Fahrt nach Südafrika. Da man Kapitän Hansen für dieses Schiff nicht vorgesehen hatte, fuhr sie nun unter Kapitän Karl Stetten. Für die nicht vollzählige Besatzung des Schiffes heuerte Stetten die restliche Mannschaft von der ›Anja‹ an.

Das Drama auf dem Schiff begann vor dem nördlichen Wendekreis, in der Höhe der Kanarischen Inseln. Kurz hintereinander erkrankte die gesamte Besatzung der ›Anja‹ auf dem neuen Schiff. Der Kapitän versuchte alles Menschenmögliche, um die Männer von Bord holen zu lassen, jedoch hielten sich keine entsprechend ausgerüstete Schiffe in der Nähe auf. Feddersen, Westermann, Albers, Claasen und die anderen Männer der ›Anja‹ hatte keine Chance zu überleben. Mit sechs Matrosen, die nicht von der ›Anja‹ kamen, und noch keine Krankheitssymptome zeigten, versuchte Stetten in aller Eile, den Hafen von Agadir zu erreichen. Als die Hafenbehörde den Grund für sein Einlaufen erkannte, verboten sie dem Schiff, sich dem Hafen zu nähern. Sie befahlen ihm, wegen der Seuchengefahr, möglichst weit außerhalb des Hafenbereiches zu ankern und umgehend die gelbschwarze Quarantäneflagge zu setzen. Innerhalb von drei Tagen verstarben alle zehn Männer von der ›Anja‹.

Diese Nachricht, die Kapitän Stetten der Reederei übermittelte, löste umgehend Hilfsaktionen aus. Das Internationale Rote Kreuz übernahm die Leitung für die Hilfsmaßnahmen. Als sie die ersten Opfer vom Schiff untersuchten, stellte man fest, dass sie an derselben Krankheit wie Smutje Behrens verstorben waren. Man ging jetzt davon aus, einen mutierten Ebolavirus als Ursache ausgemacht zu haben.

Das Schiff stand nun unter Quarantäne. Die Überlebenden verbrachte man nach Deutschland in die Quarantänestation, wo sich vorher die Besatzung der ›Anja‹ aufhielt. Von der ›Kap Arkona‹ waren es sechs Seeleute, die nicht von der ›Anja‹ kamen und Kapitän Karl Stetten. Speziellen Seuchenkommandos desinfizierten das Frachtschiff noch an Ort und Stelle. Dann trat es mit einer neuen Besatzung die Weiterfahrt nach Südafrika an, wie es der Reeder angeordnet hatte.

Nur durch Zufall, und erst viele Tage später, erfuhren Hanni und Martin vom Unglück auf der ›Kap Arkona‹.

»Ist das jetzt der Beginn der Katastrophe?«, murmelte Masurek, »Hanni, denke daran, dass der Tod des Schiffskochs und der Besatzung der ›Anja‹ durch einen mutierten Ebolavirus hervorgerufen sein soll.«

Er hatte die kurze Mitteilung über das Auftreten einer Seuche auf der ›Kap Arkona‹ in einer überregionalen Zeitung entdeckt, und dass man die Überlebenden in eine Quarantänestation nach Deutschland brachte.

»Wir sollten versuchen herauszufinden, welche Seeleute verstarben und welche, die sie in die Station einlieferten.« Er rief zuerst die Station an, in der sich vorher die Besatzung die ›Anja‹ aufgehalten hatte. Ja, es befänden sich sechs Seeleute und der Kapitän der ›Kap Arkona‹ zur Untersuchung im Haus. Er ließ sich die Namen geben und stellte fest, dass keiner der sechs Mann von der ›Anja‹ kam.

Der Laborleiter Doktor Behring klang äußerst nervös, als sich Martin danach erkundigte, ob es bereits erste Untersuchungsergebnisse gäbe. Nein, bisher lägen keine Ergebnisse vor, aber wegen der Brisanz der Todesfälle auf der ›Kap Arkona‹, erwäge man die Hinzuziehung des Robert-Koch-Institutes. Schau an, dachte Martin. Sie haben etwas zu verbergen, sonst würden sie sich nicht anderweitig absichern. Er erinnerte sich noch deutlich an die Aussage von Doktor Behring, als er damals nachfragte, ob sie die Besatzung auf Ebola untersucht hätten und das Behring spöttisch verneinte. Der spöttische Unterton war dem Doktor inzwischen merklich vergangen.

Doktor Behring bat um Verständnis, dass es zurzeit keine Erlaubnis für Außenstehende gäbe, die Männer zu sprechen.

»Ich meine, wir dürfen nicht aufgeben. Immerhin muss die Krankheit mit dem Schiff und der Insel zusammenhängen, denn die Mannschaft war nach ihrer Rückkehr nicht woanders im Einsatz. Was hältst Du davon, wenn wir nächste Woche der Quarantänestation der Affen einen Besuch abstatteten?«, schlug Martin vor. »Jetzt, wo die weißen Affen weltweit verteilt sind, könnte es uns doch gelingen, noch nicht bekannte Informationen zu erfahren.«

»Um wieder mit nichtssagenden Antworten abgefertigt zu werden?«, stichelte Hanni.

»Du weißt doch, ein Journalist darf sich nicht entmutigen lassen. Wir sollten uns sofort um einen Termin bemühen«, munterte Martin Hanni auf.

Bei dieser Quarantänestation stellte es sich noch schwieriger heraus, eine Besuchserlaubnis zu erhalten als bei der, wo die sich die Seeleute aufhielten.

Anfangs weigerte man sich, aber der Hinweis von Masurek, diese Absage mit entsprechenden Vermutungen im Ostseekurier zu veröffentlichen, machte Eindruck.

Professor Schmalstich empfing sie dann sogar persönlich. Die anfängliche Spannung löste sich im Laufe des Gesprächs und Herr Schmalstich erwies sich als ein guter Zuhörer, als Masurek erklärte, warum sie dieser Sache nachgingen.

»Wir haben die weißen Affen auf alle möglichen Krankheiten untersucht, auf Ebola speziell aber nicht, da sie aus einem ebolafreien Gebiet stammen. Einen Zusammenhang zwischen der Erkrankung der Schiffsbesatzung und den Affen kann ich deshalb nicht erkennen. Wären die Affen mit Ebolaviren verseucht, wäre die Krankheit unter den Menschen spätestens nach vierzig Tagen ausgebrochen und der Ausbruch geschah ja erst viele Monate später. Da Sie weiter an der Sache dran bleiben, würde ich mich freuen, falls Sie etwas herausfänden, es mir mitzuteilen«, bat Professor Schmalstich.

»Das werden wir sehr gerne tun, vielleicht brauchen wir irgendwann noch einmal ihren fachlichen Rat«, versprach Masurek.

»Das könnte ein Beweis dafür sein, dass sie sich den Virus auf dem alten Schiff geholt haben. Wenn das so wäre, dann müssten Kapitän Hansen und der Bootsmann, inzwischen auch erkrankt sein.« Sie verabschiedeten sich und versprachen, mit Herrn Schmalstich in Verbindung zu bleiben.

»Wir rufen die beiden an, dann wissen wir sofort, ob das so ist«, entschied Hanni spontan. Sie riefen noch am selben Nachmittag an, doch Herr Hansen meldete sich nicht. Am nächsten Tag, sie hatten es in der Frühe, gegen Mittag und noch einmal spät abends versucht, nahm niemand den Hörer ab. Erst am dritten Tag meldete

sich die verweint klingende Stimme von Frau
Hansen. Sie berichtete unter Schluchzen, ihr
Mann sei gestern im Tropenkrankenhaus ver-
storben.

Die Ärzte vermuteten anhand der Symptome, dass es sich um ein hämorrhagisches Fieber
handeln müsste und veranlassten, nach Einho-
lung der Erlaubnis von Hansens Frau, die Ein-
äscherung. Eine vorhergehende Untersuchung
hatte kein eindeutiges Bild ergeben und so entschlossen sie sich zu diesem Schritt. Hierdurch
glaubten sie, die Verbreitung des Virus gestoppt
zu haben. Dass es nun auch Hansen erwischt
hatte, schockierte die beiden besonders.

Martin und Hanni sahen sich an und sie war
es, die das Gespräch wieder aufnahm:

»Mir kommt die Sache unheimlich vor. Erst
der Koch, dann die Besatzung der ›Anja‹ und
jetzt auch noch der Kapitän. Alle, die sich damals
auf der Insel aufhielten, sind gestorben.«

»Du hättest Recht, wenn auch der Bootsmann
Lars Brunken inzwischen verstorben wäre. Ich
ahne nichts Gutes, aber damit wir sicher sein
können, rufen ich ihn sofort an.« Sie suchten sich
die Telefonnummer heraus und eine sonore
Stimme meldete sich:

»Brunken, wer will mich sprechen?« Martin
hatte nicht erwartet, dass er noch leben würde
und stotterte:

»Guten Abend Herr Brunken, mein Name ist Masurek. Meine Kollegin und ich haben den Bericht über die Insel der weißen Affen geschrieben. Wie Sie sicher erfahren haben, ist die Besatzung der ›Anja‹ an einer Tropenkrankheit verstorben.«

»Ja, ich habe davon gehört. Es ist tragisch, aber besonders trauere ich um Hans Albers und um unseren Smutje Uwe Behrens. Mit beiden verband mich eine jahrelange Freundschaft und viele tausend Seemeilen. Doch das Leben muss weitergehen, und da es noch keine Leitung zum Jenseits gibt, sprechen sie mit dem Bootsmann Brunken persönlich.« Ein tiefes angenehmes Lachen begleitete den letzten Satz.

»Das beruhigt uns, dass es ihnen gut geht. Wenn es Ihnen nichts ausmacht, möchten wir zu gegebener Zeit noch einmal auf Sie zukommen. Einige Details von der Inselgeschichte sind noch nicht geklärt.«

»Nur zu, ich bin sicher, dass ich noch manches zu der Geschichte beitragen könnte«, willigte der Bootsmann ein.

»Na dann bis bald«, entgegnete Masurek und legte auf.

Hanni saß da und schwieg. Nach einer Weile stupste sie Martin an:

»Das ist schon seltsam mit den Todesfällen und mit dem Bootsmann. Warum ist er als Einziger noch am Leben. Er hielt sich auch auf der Insel auf, hatte sogar mitgeholfen die weißen Affen zu fangen und brachte noch Mister Uffo an Bord. Wenn sich alle auf der Insel, oder bei den Tieren angesteckt haben sollten, warum ist er noch mopsfidel?«

»Woher soll ich das wissen«, grübelte Martin. »Ist er resistent gegen den Virus, oder ist er so widerstandsfähig, dass er Antikörper gebildet hat? Was meinst du, wäre die Aufklärung der Angelegenheit nicht eine reizvolle Aufgabe für uns? Im Moment sind wir nicht mit anderen Recherchen befasst, sodass wir uns damit beschäftigen könnten.«

»Gut, einverstanden«, kam die knappe Zustimmung von Hanni.

»Wir sollten demnächst noch einmal die Quarantänestation aufsuchen, wo sich die Männer der ›Anja‹ aufhielten und wo man jetzt die Seeleute der ›Kap Arkona‹ untersucht. Vielleicht finden wir Hinweise, auf die die Mediziner nicht geachtet haben. Ich finde es seltsam, dass die Seeleute sich gerade auf dieser einsamen Insel mit einer ebolaähnlichen Seuche angesteckt haben sollen.

Soweit ich mich erinnere tauchte der Virus in Westafrika auf und grassierte besonders in Liberia und Nigeria. Wie sollte der nun auf diese unbekannte Insel im Pazifik gekommen sein?«, zweifelte Masurek laut.

»Siehst du, das hat damals auch Doktor Behring für unwahrscheinlich gehalten, und jetzt?«, nach diesen Worten von Hanni, sahen sie sich ratlos an.

In der Redaktion besprachen sie das weitere Vorgehen.

»Wenn sie die weißen Affen nicht auf Ebola untersucht haben, könnte es sein, dass sie einen ähnlichen, aber mutierten Virus in sich tragen. Die Schiffsbesatzung hätte sich dann bei ihnen angesteckt. Seltsam ist nur, wie auch der Professor argumentierte, dass die Krankheit erst nach so langer Zeit ausgebrochen ist«, überlegte Masurek.

Hanni hatte aufmerksam zugehört und platze dann mit einer gewagten Theorie heraus:

»Hast du schon einmal von den Salinenkrebsen gehört, Martin? Die kleinen Salzwasserkrebse könne monatelang, sogar jahrelange Trockenperioden schadlos überstehen und sobald der erste Regen den See wieder füllt, werden sie munter und vermehren sich. Stell dir vor, ein unbekannter Virus benutzte die Affen als Wirstiere und je nach äußeren Umständen wäre er aktiv geworden.«

»Also da lehnst du dich ganz schön weit aus dem Fenster Hanni. Wenn ich deinen Gedanken weiterdenke, bedeutete das, dass sich alle bei den Affen angesteckt haben und nicht durch irgendetwas anderes auf der Insel. Wenn das so wäre, müssten alle, die mit den Affen in Berührung kamen, damit rechnen, krank zu werden. Gottseidank habe ich bisher von keinem Fall dieser Art gehört. Wir sollten trotzdem überprüfen, ob bei den Menschen, bei denen sich die Affen aufhalten, Krankheiten aufgetreten sind«, schlug Martin vor.

»Soweit ich mich erinnere, wurden die weißen Affen weltweit verteilt. In Deutschland hat nur der Tierpark Berlin ein Pärchen erhalten. Ich war lange nicht in Berlin. Was hältst du von einer kleinen Spritztour nach Berlin?«, regte Hanni an. »Vorher werden wir uns bei der Tierparkleitung und den Pflegern anmelden.«

Am Wochenende fuhren sie nach Berlin. Am Eingangstor des Tierparks Berlin Friedrichsfelde empfing sie Herr Krawuttke.

»Herr Doktor Lehmann erwartet uns am Affengehege«, erklärte Krawuttke unterwegs.

»Ich habe noch nicht festgestellt, das die kränkeln«, bemerkte er noch, bevor sie die Affen erreichen. Er dachte, der Besuch gälte dem Gesundheitszustand der Affen und nicht dem der Menschen. Der Kurator begrüßte sie herzlich.

Während des Gesprächs erkundigte sich Masurek nebenbei, ohne ihren Verdacht zu äußern, ob alle Pfleger, die mit den Affen zu tun hätten, gesund wären. Die Frage verwunderte Herrn Lehmann. Er bestätigte aber, alle fühlten sich putzmunter. Die Unterhaltung fand im Affenhaus vor dem Käfig der weißen Affen statt. Die Journalisten hatten genügend Zeit, sich die Affen anzusehen. Herr Krawuttke wollte ihnen eine besondere Freude machen und gab Hanni eine Banane in die Hand und forderte sie auf, die Affen zu füttern. Mit dem Verdacht, auf eine noch nicht erkannte Krankheit, die die Affen übertragen könnten, lehnte Hanni mit der Begründung ab, sie hätte ein wenig Angst vor den Tieren. Auch Martin schüttelte den Kopf, als Krawuttke ihm die Banane reichen wollte.

»Sie sind harmlos und tun ihnen gewiss nichts«, meinte er enttäuscht.

Der Kurator lud sie noch zum Essen ins Tierparkrestaurant ein und forderte mit verschmitzten Lächeln die Besucher auf, im Ostseekurier etwas Werbung für den Berliner Tierpark zu machen. Das versprachen die beiden.

Nach der Rückkehr saßen sie abends zusammen und gingen noch einmal das Gespräch mit Herrn Lehmann durch.

»Viel Neues haben wir nicht erfahren. Bevor wir weitere Besuche machen, sollten wir uns im

Internet genau den Krankheitsverlauf von Ebola und die Wege der Ansteckung ansehen«, schlug Martin vor.

»Das ist eine gute Idee«, stimmte Hanni zu, »lass uns sofort damit beginnen.«

*

Die nächsten Tage lasen sie alles über Ebola und ähnliche Seuchen. Über die Verläufe der Krankheiten und deren Ansteckungswege. Besonders dass die Quelle der Ebolaviren, bei Fledermäusen, Flughunden und Menschenaffen in Westafrika vermutet wird, ließ sie nachdenklich werden. Hanni erinnerte sich, auf den Aufnahmen aus dem großen UFO die Reste von Fledermäusen und die von Menschenaffen gesehen zu haben. Hatten die kleinen Affen die verseuchten Tiere aus Afrika geholt, um mit ihnen auf der Insel die weiteren Versuche durchzuführen? Martin überlegte und stimmte mit den Worten zu:

»Das wäre die Erklärung, wie diese Viren in den Pazifik kamen, was Doktor Behring kategorisch verneinte.« Sie erfuhren, dass diese Infektionskrankheit zu den sogenannten hämorrhagischen Fiebern zählt, hoch infektiös sei und von Mensch zu Mensch mittels Körperflüssigkeiten übertragen wird. Dazu zählen Blut auch Speichel, und das die Inkubationszeit zwischen Ansteckung und Ausbruch zwei bis einundzwanzig Tage beträgt und in seltenen Fällen erst nach vierzig Tagen.

»Kann es sein, dass wir uns geirrt haben mit der Vermutung, die Affen wären die Ursache für die Todesfälle? Es ist doch recht unwahrscheinlich, dass alle Seeleute der ›Anja‹ so engen Kontakt mit den Affen hatten, dass sie sich mit Blut und Speichel anstecken konnten. Haben wir bei unseren Überlegungen etwas übersehen?«, damit endete Martin.

Wieder ist es Hanni, die eine gewagte Idee äußerte.

»Erinnere dich, als wir den Leiter der Quarantänestation nach Auffälligkeiten bei den Affen fragten, erwähnte er in einem Nebensatz, sie hätte besonders die Lungen untersucht, weil die Affen husteten. Die Ergebnisse stellten sich aber als negativ heraus. Stell Dir vor, die Affen trügen einen unbekannten Virus in sich und verbreiteten diesen allein durch husten und niesen. Der Virus bliebe, wenn man nicht wüsste, wonach man gezielt suchen sollte, unentdeckt. Das hat uns der Mann erklärt. Die Folgen wären unabsehbar. Lass mich bitte trotzdem meine Theorie zu Ende erklären. Die Affen hätten die Seeleute angehustet, diese hätten die Viren aufgenommen und verstarben später daran. Soweit so gut, oder auch nicht gut.

Bis dahin könnte es doch möglich sein, dass die weißen Affen den Virus in der Welt durch husten, oder sogar allein durch die Atmung weiter verbreiteten. Alle Menschen, die mit ihnen in Kontakt kamen, wurden somit selbst Virusträger, ohne es zu wissen. Stell dir vor, wie schnell sich der Virus dann allein in den öffentlichen Verkehrsmitteln überträge. Damit hätten sich Unzählige angesteckt und jeder trüge die Ansteckung weiter. Der Virus ist so mutiert, dass er nur zu einem vorbestimmten Zeitpunkt aktiv wird. «

Martin unterbricht Hanni aufgeregt:

»Deshalb die lange Inkubatioinszeit. Die kleinen Affen wollten sicher gehen, dass sich der Virus erst vollständig über die Welt verbreitet hat.« Hanni setzt ihren Gedanken fort:

»Das ist jetzt geschehen. Falls ich richtig liege, wären Hunderte und aber Hunderte infiziert, ohne es zu wissen. Nein, wenn ich überlege, wie lange es bereits her ist, dass die Affen unter den Menschen weilen, müssen wir mit mehreren tausend Infizierten rechnen und jeden Tag werden es mehr. Sollte meine Annahme richtig sein, käme eine weltweite Seuche auf die Menschheit zu. Mir wird schwindelig, wenn ich daran denke, dass dahinter der Plan der kleinen Affen stecken

124

könnte. Bisher haben wir glücklicherweise noch keinen Beweis für meine Theorie. Ich kann nur hoffen, dass ich mich geirrt habe.« Martin sah sie ernst an und reagierte mit den Worten:

»Hoffentlich irrst du dich.«

*

Auf der ›Anja‹ kümmerte sich Lars Brunken derweil aufopfernd um Mister Uffo. Ab und zu gab es kleine Diskussionen, wenn er die Labormitarbeiter auf dies oder jenes hinwies, das für Mister Uffo besser wäre. Das betraf die Unterbringung und oft auch die einfallslose Nahrung, die man dem Affen anbot. Über Nacht blieben stets zwei Männer einer Security Firma zum Schutz des Tieres an Bord.

Er befand sich gerade auf dem Sprung um zu seinem Mister Uffo zu fahren, als es an der Tür klingelte.

»Moin Herr Masurek, was verschafft mir die Ehre«, begrüßte er schmunzelnd den Besucher. Er bat ihn freundlich herein und Masurek erzählte die Geschichte von dem handyähnlichen Gerät, wie er sie von Hansen gehört hatte und dessen Idee, es Mister Uffo, oder den Wissenschaftlern zu übergeben.

»Ich wusste nicht, dass Herr Feddersen das Gerät gefunden hat«, staunte Brunken, »aber wenn es meinem kleinen Freund Freude machen könnte, werde ich es ihm gerne mitbringen.« Dann nahm er das Tablet mit seinen großen Händen behutsam entgegen und steckte es in einen Beutel. Kaum hatte er Masurek verabschiedet, als er es nicht erwarten konnte seinem kleinen Freund, wie er ihn ab und zu nannte, das Geschenk zu bringen.

Eine Stunde später stand er vor dem Käfig, wo das Tier ihn bereits mit leisen Freudenlauten empfing. Kaum hatte er das Gerät aus dem Beutel gezogen, schrie der Affe auf, das selbst Brunken erschrocken zusammenzuckte. Mister Uffo streckte seine Arme, so weit es nur ging, durch die Gitterstäbe nach dem Tablet aus. »Wollen Sie es ihm tatsächlich geben?«, kam die Frage eines Mitarbeiters der Forschungsabteilung. »Wie Sie mir vorhin erzählt haben, ist das das einzige technische Gerät, was aus den UFOs geborgen werden konnte. Ich hoffe, dass er es nicht zerstört. Der Verlust könnte mich meinen Job kosten«, setzte er zögernd hinzu.

»Da können Sie beruhigt sein«, brummte Brunken. »Erstens gehört das Gerät immer noch Kapitän Hansen und zweitens werden Sie sehen, was gleich geschieht.« Kaum stand die Käfigtür offen, sprang der Affe dem Bootsmann in die Arme, griff blitzschnell nach dem Tablet und wieder zurück in den Käfig.

Mister Uffo legte es sogleich auf eine Ablage, wo sonst sein Futter lag, und berührte mit der rechten Handfläche die Vorderseite des Geräts. Diese Fläche funktionierte wie ein Touchscreen. Die Beleuchtung ging an und ohne nur eine Sekunde zu zögern, begann Mister Uffo mit seinen Fingern auf dem Gerät zu arbeiten. Sofort eilte der Mitarbeiter ins Nebenzimmer und holte zwei Kollegen, die ebenfalls gespannt zusahen, wie das Tier die Oberfläche bediente. Ohne Zweifel, es schrieb mit den Fingern. Nach dem Mister Uffo geschrieben hatte, hielt er inne, und wartete. Sein Gesicht verriet deutlich, das der Inhalt der Antwort ihn sichtlich aufregte. Zähnefletschen, das wie ein Lachen wirkte, wechselte ab mit aufgeregtem Gekreisch. Einer zückte sein Handy und drehte ein Video von der Szene. Hin und wieder unterbrach Uffo seine Arbeit und schien etwas auf der Bildfläche zu lesen. Dann nickte er und begann weiter zu schreiben, jedenfalls sah es so aus. Ein Laborassistent versuchte näher heranzukommen, um zu sehen, was auf dem Touchscreen zu lesen stand. Er schaute zurück zu den Zuschauern, zuckte die Schultern und berichtete:

»Ich kann nur viele kleine Symbole erkennen, die keiner mir bekannten Schrift ähneln. Ich meine, sie sehen eher aus wie Zeichen, die die Mayas benutzten.« Da sich Mister Uffo konzentriert mit dem Gerät beschäftigte, fühlte sich sein alter Freund überflüssig und verließ das Schiff.

Danach versuchten die Wissenschaftler, in Zusammenarbeit mit Mister Uffo, mehr über das Tablet herauszufinden, was sich aber als wenig erfolgreich herausstellte. Das größte Hindernis waren die Schriftzeichen. Dafür hätte es Spezialisten bedurft, die sie angefordert hatten, aber die erst in ein paar Tagen die Arbeit aufnehmen konnten. Man begnügte sich damit, das Gerät zu fotografieren, zu durchleuchten und zuzusehen, wie es Mister Uffo handhabte. Die Mitarbeiter saßen immer dicht vor dem Käfig, wenn Uffo das Gerät bediente. Wenn das dem Affen zu unangenehm wurde, so angestarrt zu werden, drehte er den Kopf zu einer der Personen und starrte dieser ebenfalls lange und ohne zu blinzeln in die Augen. Solange, bis der Mensch den Kopf abwandte, oder die Augen schloss. Allein dieses Verhalten zeigte den Unterschied zu normalen Affen, die es stets vermieden, direkten Blickkontakt mit den Menschen länger zu ertragen. Das Gerät an- und abzuschalten gelang nur Mister Uffo durch das Auflegen seiner Hand auf den Touchscreen.

Am Sonntag wollte Brunken seinen Affen besuchen. Bereits beim Aufstehen verspürte er starke Kopf- und Gliederschmerzen. Er fühlte sich schlapp und fiebrig. Vermutlich habe ich mir eine Grippe geholt, dachte er. Nach zwei Tassen Kaffee, nach Frühstück war ihm nicht zumute, riss er sich zusammen und nahm sich vor, nur kurz nach seinem Freund zu sehen. Zwei Tage vorher fühlte er sich schon ein wenig unwohl, was ihn aber nicht davon abhielt, Mister Uffo aus dem Käfig zu nehmen und liebevoll mit Leckereien zu füttern. Heute ging es ihm zusehends schlechter, sodass er sich noch einmal hinlegte und den Besuch auf abends verschob.

Er erinnerte sich in diesem Moment daran, dass etwa vor einem Monat Mister Uffo sich auch nicht wohl zu fühlen schien und sich anders zu verhalten begann. Er sah, wie der Affe kaum noch reagierte, wenn er ihn rief, sondern still und zusammengekauert in einer Ecke des Käfigs verharrte. Brunken machte sich Sorgen, weil er vermutete, Mister Uffo könnte krank sein. Nun geht es mir wie dir, dachte er noch, bevor ihm die Augen zufielen. Spät abends, es war bereits zweiundzwanzig Uhr, hatte er sich soweit erholt, dass er doch noch nach dem Affen sehen wollte. Für seinen Schützling hatte er einige besondere Leckereien eingekauft. Kaum war er an den Käfig herangetreten, geschah etwas Merkwürdiges. Er rief den Affen und zeigte ihm, was er mitgebracht hatte. Mister Uffo, hob den Kopf, den er gesenkt hielt, und sprang mit einem gewaltigen Satz gegen die Käfiggitter, während er laut kreischte und die Zähne fletschte. Brunken erschrak heftig über diesen Wutanfall und ließ das Obst fallen.

»Bist du verrückt geworden, du blöder Affe«, entfuhr es ihm spontan. »Was ist denn los mit dir?«

Der Affe benahm sich wie von Sinnen. Er rannte von eine Käfigecke in die andere, sprang gegen die Gitter und hörte nicht auf zu kreischen.

»Das reicht mir für heute. Hoffentlich hast du dich bis morgen beruhigt«, knurrte Brunken böse, wobei ihn ein schwerer Niesanfall genau in dem Moment überkam, als sich das Gesicht des Affen genau vor seinem Kopf am Gitter befand. Instinktiv wischte sich Mister Uffo über das Gesicht. Brunken warf das Obst enttäuscht durch die Futterluke und verließ den Laborbereich. Den beiden Wächtern wünschte er, beim Vorbeigehen, noch eine gute Nacht.

Als der Bootsmann aufatmend wieder an Deck stand, entdeckten seine Augen einen hellen Lichtpunkt am wolkenlosen Himmel. Dieser schien rasch näherzukommen. Ist das ein Meteor, der gerade in der Atmosphäre verglüht, oder sogar ein abstürzender Satellit?, fuhr es ihm durch den Kopf. Das schaue ich mir genauer an, beschloss er, und lief zur Brücke des Schiffes hoch, wo er wusste, das dort ein Fernglas in einem Schrank lag. Wieder auf dem Deck angekommen, schaute er zum hell leuchtenden Objekt. Dieses hatte sich bereits stark genähert. Dann stand es direkt über dem Schiff. Brunken traute seinen Augen nicht. Deutlich erkannte er, dass es sich um einen Flugkörper handeln musste, der nun still und verschiedenfarbige Lichter aussendend am Himmel stand. »Beim Klabautermann«, murmelte er »das Ding sieht aus wie eines der UFOs, die wir auf der Insel entdeckt haben.« Was dann geschah, ging so rasend schnell vor sich, dass sich der Bootsmann später nicht mehr an alle Einzelheiten erinnern konnte. Eine strahlend weißblau leuchtende Röhre, nein, vielmehr ein Rüssel schob sich aus dem UFO in Richtung Schiff. Er kam immer näher und Brunken hielt es für besser, von der ›Anja‹ zu verschwinden. Kaum hatte er über die Gangway wieder festen Boden unter den Füßen, als der Rüssel das Schiff erreichte, sich, so schien es, durch das Deck in das Innere des Frachters bohrte und nach wenigen Sekunden wieder herausgezogen wurde. Brunken stand wie erstarrt. Kaum hatte er sich gefasst, als ein dünner, hellroter Strahl aus dem Raumschiff hervorschoss und sich knisternd durch das Deck des Schiffes fraß. Der Bootsmann flüchtete ein Stück weiter die Kaimauer entlang, bis er glaubte, nicht mehr in

Gefahr zu sein, und schaute zurück. Entsetzt sah er, wie der Strahl sich soweit durch den Schiffsrumpf gefressen hatte, dass das Heckteil mit der Brücke abgetrennt wurde und gurgelnd im Hafenbecken versank. Ehe er begriff, was sich vor seinen Augen abspielte, schnitt der Strahl bereits ein weiteres Teil des Frachters in Stücke. Bugteil und Mittelteil, verschwanden, wie vorher das Heck unter Wasser. Durch die enorme Hitze, die sich durch das Zerschneiden der Stahlteile entwickelt hatte, schien das Hafenwasser rings um die ›Anja‹ zu kochen. Der rote Strahl erlosch und das UFO verschwand blitzschnell, sich seinen entsetzten Blicken entziehend, in die Dunkelheit des Nachthimmels. Der Knall beim Durchbrechen der Schallmauer ließ ihn zusammenzucken. Durch die Hitze und das brennende Öl von der ›Anja‹ brannte ein daneben liegendes Frachtschiff. Dieses Schiff hatte Chemikalien geladen. Kurz darauf schossen meterhohe Flammen aus dem Mittelteil des Frachters und eine dicke, gelbschwarze Wolke wälzte sich über das Hafenwasser. Er sah alles wie in einem Film vor sich abrollen. In der Ferne hörte er die Sirenen der heranrasenden Feuerwehren und nahm, wie durch einen Nebel, die Schaulustigen auf der Kaimauer wahr.

Schwer atmend setzte sich der Bootsmann auf den nächsten eisernen Poller und schaute ungläubig auf das Inferno. Was geschah da eben? Was hatte das zu bedeuten? Wo sind die beiden Security Männern? Was ist mit Mister Uffo geschehen? Hatte er den Außerirdischen mit dem Tablet-PC seinen Aufenthalt mitgeteilt? Haben sie ihn mit dem Rüssel eingesaugt? Warum wurde das Schiff zerstört? Hatte sich Mister Uffo so wild und unfreundlich benommen, damit er, Brunken, rechtzeitig von der ›Anja‹ verschwinden konnte? Mit diesen Fragen im Kopf stand er nach einigen Minuten mühsam auf und begab sich mit schleppenden Schritten nach Hause.

Am nächsten Tag ging es ihm so schlecht, dass er einen Arzt aufsuchen musste.

Das Geschehen hatten einige späte Spaziergänger beobachtet. Sie sahen das Raumschiff, die rüsselartige Lichterscheinung und den roten Strahl. Die Einzelheiten konnte sie nicht genau erkennen, wie Brunken, der dicht daneben stand. Am folgenden Tag stand die Presse kopf. Fotos von den aus dem Wasser ragenden Ladebäumen und Krananlagen, sowie dem oberen Teil der Brücke der untergegangenen ›Anja‹ zierten die Titelseiten. Mehr oder weniger authentische Berichte von Augenzeugen verbreiteten ein unbehagliches Gefühl unter den Lesern. Den Chemikalienfrachter hatten die Feuerwehren nach mehreren Stunden löschen können, so dass er noch schwimmfähig blieb. Nur hatte er jetzt leichte Schlagseite durch die gewaltigen Löschwassermengen. Personen kamen auf diesem Schiff nicht zu Schaden. Einen breiten Raum nahm das Schicksal der Wachmänner ein, die beide auf der ›Anja‹ ums Leben kamen. Warum dieses Schiff zerstört wurde und was das zu bedeuten hatte, konnte sich niemand erklären. Besonders hart traf es auch die Mitarbeiter des Institutes, die mitten in ihrer Arbeit ihres Forschungsobjektes beraubt wurden. Sie erkanntenn bald, wie intelligent der kleine Affe war. Begeistert hatte sie schließlich herausgefunden, wie sie das testen konnten. Mit unglaublicher Schnelligkeit und absolut fehlerfrei löste er die gestellten Anforderungen. Manches Mal hatte sie den Eindruck, er amüsierte sich über die Leichtigkeit der Aufgaben. Mit der Zeit fand er sichtlich Gefallen an der Zusammenarbeit. Allein die bisherigen Erkenntnisse waren sensationell und ließen auf eine, wie immer auch geartete, hoch entwickelte Zivilisation schließen, die uns, jedenfalls technisch, weit überlegen war. Und nun reiste Mister Uffo, vermutlich mit dem Tablet-PC, zurück zu seinem Heimatplaneten. Das Geheimnis von Mister Uffos Anwesenheit auf der ›Anja‹ blieb über die lange Zeit der Tests gewahrt.

Einem Nachtschwärmer gelang es, mit dem Handy ein Foto vom UFO zu machen. Es war unscharf und der Saugrüssel sah nur wie ein heller, breiter Strahl aus. Deshalb erfuhr man in den Berichten auch nichts über die wahre Funktion dieses Lichtstrahls. Niemand ahnte, dass damit höchstwahrscheinlich ein kleiner Affe seine Rückreise zum Heimatplaneten angetreten hatte.

Spekulationen waren Tür und Tor geöffnet. Sofort stellte man Verbindungen zu den Berichten von den UFOs der Affeninsel und dem Auftauchen des Raumschiffs her. Es dauerte nur Tage, dann glaubte Menschen aus alle Erdteilen, UFOs gesichtet zu haben. Wie bereits in den fünfziger und sechziger Jahren des zwanzigsten Jahrhunderts, stellten sich diese Berichte durchweg als Sinnestäuschungen heraus. Es gab keine UFO Sichtung, die der Nachprüfung standhielt. Ufologen wetteiferten bereits darin, den Heimatplaneten der kleinen Affen zu lokalisieren. Da es sich um Affen handelte, tauchten die ersten Fantasiezeichnungen eines dschungelähnlichen Planeten mit Bäumen voller Früchte und verschwenderischer Blütenpracht auf. In üblicher Machart stellte man Städte dar, die zeigten, wie die kleinen Affen in hochmodernen Häusern lebten und mit welchen fliegenden Transportmitteln sie sich bewegten.

Seit dem Auftauchen der UFOs liefen die Ufologen mit stolgeschwellter Brust einher. Nun war ihre Stunde gekommen und niemand wagte mehr über sie zu lachen. Die Experten vertraten die Meinung, die Fremden kämen weder von Proxima Centauri, noch den Keplerplaneten, sondern aus einer entfernteren Galaxie. Sogenannte Hellseher und Weltuntergangspropheten verkündeten das nahende Ende der Erde.

Ohne Zweifel machten sich auch Wissenschaftler und Politiker Gedanken, was das Ereignis zu bedeuten hätte. Selbst einen unmittelbar bevorstehenden Angriff von Außerirdischen hielt man für möglich.

*

Lars Brunken hatte der Presse sein Erlebnis nicht mitgeteilt. Er entsann sich der Journalisten Baumann und Masurek und, da er sich inzwischen bedeutend besser fühlte, rief er sie an.

Der Grund seines Anrufs elektrisierte sofort die Journalisten. Ob es ihnen morgen gegen fünfzehn Uhr passen würde, erkundigte sich der Bootsmann.

»Ja, wir freuen uns«, erwiderte Hanni und legte auf. Vorher hatte sie ihm noch die Wendenstraße und Hausnummer genannt.

Am nächsten Tag klingelte es pünktlich und als Masurek öffnete, erschrak er ein wenig, weil Lars Brunken den Türrahmen mit seiner stattlichen Figur komplett ausfüllte und er zu ihm hochblicken musste. Der Bootsmann reichte ihm die Hand und Masurek fühlte sich erleichtert, als er sie nicht zerquetscht zurückerhielt. Hanni machte ebenso große Augen, als sie ihn erblickte und reichte ihm recht zögernd ihre Hand. Masurek bat den Gast, Platz zu nehmen, wobei der Stuhl verdächtig knarrte, aber hielt.

Hanni schenkte Kaffee ein und Masurek bat Brunken, sich mit dem Streuselkuchen selbst zu bedienen, das er dankend tat.

Bevor der Seemann seine Geschichte zu erzählen begann, bat ihn Hanni, das Gespräch aufnehmen zu dürfen. Dann müsste sie nicht alles mitschreiben. Er war damit einverstanden. Der Bootsmann beschrieb das seltsame Verhalten von Mister Uffo, und dass er den Eindruck hatte, der Affe hätte gewusst, was gleich darauf geschähe.

Brunken beschrieb das UFOs genau, hatte er sich doch recht nahe beim Schiff befunden. Er versicherte, dass dieses Raumschiff etwa die Größe des zuerst gefundenen, also kleineren UFOs hatte.

»Ich bin nur froh, dass die Presse an den Tod von Mr. Uffo geglaubt hat, und dass die Geheimhaltung mit seinem Aufenthalt auf dem Schiff gut geklappt hat.«

Hanni und Martin hörten gespannt zu, und stellten nur hin und wieder eine kurze Frage.

Nach dem er geendet hatte, saßen sie noch lange beisammen und Brunken erzählte noch kleine Episoden von der Insel der weißen Affen. Martin fragte unvermittelt und nicht sehr taktvoll, wie er sich erklären könnte, dass alle seine Kameraden von der ›Anja‹ verstarben und er noch am Leben sei.

»Die Frage habe ich mir auch schon gestellt«, antwortete der Bootsmann ruhig, »aber ich habe da eine Vermutung, die ich kaum wage auszusprechen.«

»Nur zu«, ermunterte Hanni ihren Gast, »es gibt viele ungelöste Fragen, da kommt es sicher auf eine mehr nicht an.«

»Bitte lachen Sie mich nicht aus, aber mir ging durch den Kopf, dass das eventuell mit Mister Uffo zusammenhängt. Immerhin habe ich ihn eingefangen, stets gut betreut und hatte sicher eine starke persönliche Bindung zu ihm. Es kann ja auch eine Art Dankbarkeit dafür sein, dass ich ihn damals auf der Insel nicht gleich den Hals umgedreht habe. Vielleicht hat er dafür gesorgt, dass ich von dieser Krankheit verschont blieb, wie, wird nun sein Geheimnis bleiben. Eine andere Erklärung fällt mir nicht ein. Ich bin mir aber in einem Punkt sicher. Mister Uffo trug den Virus nicht in sich. Er und seine Kameraden waren diejenigen, die die weißen Affen mit dem

Virus infizierten, um sie später gegen die Menschen einzusetzen.«

»So könnte es gewesen sein. Nur werden wir die Wahrheit nicht mehr erfahren«, meinte Masurek nachdenklich.

Herr Brunken verabschiedete sich kurz danach und versprach, sollte ihm noch etwas Wichtiges einfallen, sich wieder zu melden.

Spät am Abend, Martin hörte sich in diesem Moment das aufgezeichnete Gespräch an, rief Hanni aus der Küche:

»Entschuldige, wenn ich dich bei der Arbeit störe, aber mir schwirrt seit einiger Zeit etwas durch den Kopf und lässt mich nicht mehr los. Wir machen uns Gedanken über den Virus, dessen Verbreitung und über die daraus entstehenden Gefahren für die Menschheit. Und was ist mit uns? Sind wir bereits infiziert? Immerhin haben wir uns in den Quarantänestationen aufgehalten, haben den inzwischen verstorbenen Kapitän Hansen besucht und die Affen im Berliner Tierpark.«

*

Die erste Meldung über einen mysteriösen Todesfall durch einen weißen Affen verbreitete sich über die sozialen Medien. In Kalifornien starb der elfjährige Junge eines Unternehmers innerhalb von zwei Tagen unter Anzeichen, wie rasch anteigendes Fieber, Ohnmacht und Blutungen aus Augen und Nase. Da die Ursache für den Tod vom behandelndem Arzt nicht eindeutig zugeordnet werden konnte, zog dieser zwei Spezialisten für Tropenkrankheiten hinzu. Die Untersuchung ergab den Verdacht auf einen ebolaähnlichen Virus, da auch die Blutungen der inneren Organe zu diesem Krankheitsbild passten. Sofort richtete sich der Fokus auf den weißen Affen, den die Eltern als Spielkamerad für den Jungen angeschafft hatten. Sie gaben ihre Einwilligung, das Tier zu töten, um herauszubekommen, ob er der Träger des Virus war. In einem Speziallabor untersuchte man umgehend den Kadaver. Das Ergebnis war eindeutig. Man hatte einen Virus gefunden, der dem der bekannten Ebolaseuche ähnelte, aber eine Reihe von Mutationen aufwies.

Alles, was durch den Affen kontaminiert sein konnte, wurde mit Desinfektionsmitteln mit nachgewiesener, viruzider Wirksamkeit behandelt.

Diese Meldung löste verständlicherweise sofort Unruhe unter allen Besitzern von weißen Affen aus.

Private Tierhalter ließen ihre Affen umgehend einschläfern. Der Tiergarten Berlin und ein Zoo in Frankreich verweigerten sich noch diesem Schritt, ehe nicht eindeutig bewiesen war, dass alle Affen Träger des Virus sind. Das stellte sich bald als ein Fehler heraus. Der Besitzer eines der Affen in New Mexico, wollte das Töten des Tieres zu einem Event machen. Er lud Freunde ein, ließ das Haustier im Garten aussetzen und dann sollten sie auf das Tier schießen dürfen. Kaum befand sich der Affen im Freien, ergriff er nicht die Flucht, wie sie dachten, sondern, als er die Kinder des Eigentümers entdeckte, rannte er aufrecht auf zwei Beinen mit freudigen Lauten sofort zu ihnen zurück. Das bewegte die Männer so sehr, dass sie sich weigerten, auf das Tier zu schießen. Da aber die Entscheidung zum Töten gefallen war, ließ der Eigentümer anschließend den Affen von einem Tierarzt abholen und einschläfern.

Nachdem alle weißen Affen, bis auf die in Berlin und Frankreich, weltweit getötet und unter allen Vorsichtsmaßnahmen entsorgt waren, atmeten die Menschen auf. Man glaubte, der Seuche entkommen zu sein. Bald lenkten neue Schlagzeilen und Sensationsberichte die Menschen von diesem Thema ab.

Der Anruf aus Berlin kam morgens um sieben Uhr. Martin rasieren sich, als es klingelte.

»Masurek«, murmelte er noch leicht verschlafen in den Hörer. Was er hörte, ließ ihn schlagartig wach werden.

»Hier ist Krawuttke. Sie erinnern sich, wir haben uns hier in Berlin im Tierpark getroffen.«

»Ja, ich weiß. Was gibt es so Wichtiges, dass Sie einen noch nicht einmal zu Ende rasieren lassen«, scherzte Masurek. Krawuttke ging auf den leichten Tonfall nicht ein und berichtete aufgeregt und stockend, dass am Vorabend der Kurator Doktor Lehmann nach kurzer Krankheit verstorben sei. Das Robert-Koch–Institut ist sicher, dass die Todesursache ein ebolaähnlicher Virus war, setzte er hinzu. Dann, ehe Masurek antworten konnte, klang Krawuttkes Stimme sichtlich beunruhigt aus dem Hörer:

»Ich mache mir jetzt große Sorgen um meine eigene Gesundheit. Wenn die weißen Affen die Krankheit verbreiteten, haben wir zu spät reagiert und hätten nach den ersten Berichten die Tiere ebenfalls umgehend töten müssen. Noch vor wenigen Tagen schien es, als bekämen die Affen Nachwuchs und Doktor Lehmann freute sich im Voraus über den Zuchterfolg. Heute am Nachmittag wird in einer Konferenz entschieden, was mit den Tieren nun geschehen soll. Ich werde aus den vorher geschilderten Gründen für die sofortige Tötung plädieren. Außerdem werde ich darauf dringen, dass man mich im Robert-Koch-

Institut auf Tropenkrankheiten untersucht.« Erschöpft schwieg der Tierpfleger.

Hanni stand inzwischen dicht neben Martin, der den Hörer so hielt, dass sie mithören konnte. Ihrem Gesicht sah man den Schreck deutlich an. »Bitte halten Sie mich auf dem Laufenden und lassen Sie sich sofort untersuchen. Ich wünsche Ihnen alles Gute und hoffe, dass Sie nicht angesteckt wurden«, erwiderte Masurek und legte den Hörer auf. Dann wandte er sich an Hanni:

»Bisher sind nur Personen gestorben, die Kontakt mit den weißen Affen hatten, wenn auch nur manches Mal kurzzeitig. Hanni, du bist mit der Suche im Internet fixer als ich. Kannst du mir bitte die Telefonnummer vom französischen Zoo raussuchen, der noch zwei Affen besitzt. Ich muss unbedingt wissen, ob sich auch dort jemand tödlich infiziert hat.«

Nach einigen Minuten fand Hanni die Angaben und schrieb sie auf.

Martin rief sofort den Zoo an. Die gewünschte Auskunft zu erhalten, erwies sich schwieriger als gedacht. Er hatte seine Französischkenntnisse zusammengesucht und bat mit der Direktion verbunden zu werden. Die Rückfragen der Dame am anderen Ende, warum er so früh anriefe und worum es sich handele, erhöhten Martins Blutdruck augenblicklich. Im Eifer fielen ihm auch nicht die richtigen, wirkungsvollen Worte ein, sodass er laut und forsch seinen Wunsch wiederholte, umgehend den Chef des Zoos zu sprechen. Die Reaktion war nicht wie gewünscht. Die Dame hatte den Hörer einfach aufgelegt.

Martin saß da und man könnte meinen, seinen Augen sähen mordlüstern aus.

»Ich werde jetzt etwas Ungesetzliche tun, aber mir reicht es«, kündigte er entschlossen an. Nach einer längeren Wartezeit rief er erneut an und meldete sich in Deutsch mit den Worten:

»Hier spricht die Polizei. Achtung, Achtung, bitte verbinden Sie mich sofort mit der Zooleitung.« Auf der anderen Seite hörte er ein hektisches Atmen und eine Stimme fragte zögernd auf Französisch:

»Je ne vous comprends pas, monsieur!« Martin grinste voller Schadenfreude und begann sofort die Bitte auf Englisch zu wiederholen, wobei er fragte, ob sie ihn verstünde. Das war zu viel für die Dame. Es klickte und eine Männerstimme fragte auf Französisch, wer ihn so dringen zu sprechen wünsche. Nun bat Martin, um vieles freundlicher, ob sie sich in Englisch unterhalten könnten. Man bejahte es. Zuerst musste er beichten, dass das mit der Polizei nur ein Trick war, um weitergereicht zu werden. Er meinte zu sehen, wie der Zoodirektor verständnisvoll schmunzelte. Martin nannte nun den Grund seines Anrufs und das Gespräch wurde schlagartig

144

ernst. Der Zoodirektor berichtete, dass bereits vor mehreren Tagen der Pfleger der weißen Affen gestorben sei. Als Ursache stellte sich ebenfalls ein Virus, wie der einer Ebola-Krankheit

heraus. Daraufhin wurden die Affen getötet und verbrannt. Das Gesundheitsministerium hatten sie informiert und man war überzeugt, dass die Angelegenheit damit erledigt sei. Martin berichtete kurz, was sich hier in Deutschland, das heißt, im Tierpark Berlin, zugetragen hatte und hörte, wie betroffen der Chef des französischen Zoos reagierte. Er hatte viele Jahre Kontakt mit Doktor Lehmann gepflegt. Vor einigen Jahren leiteten sie gemeinsam eine Tierfangexpedition in Afrika.

Martin verabschiedete sich und drückte die Hoffnung aus, dass sich keine weiteren Personen des Zoos infiziert hätten.

Hanni und Martin sahen sich an, und es stand in ihren Augen abzulesen, was sie kaum wagten auszusprechen. Kurz zuvor hatten sie die Nachrichten über ähnliche Todesfälle aus der Welt gelesen, die stets mit den weißen Affen zusammenhingen. Die Mitteilung von Herrn Krawuttke und dem Zoodirektor aus Frankreich ergänzten ihre Vermutungen.

Martin räusperte sich und begann:

»Es sieht leider aus, als ob du mit deiner Ahnung recht hattest, und wenn jetzt Menschen an dieser Krankheit sterben, die nicht mit den weißen Affen in Berührung kamen, dann ist die Katastrophe da.«

*

Hanni und Martin hatte sich für das Wochenende vorgenommen, das vom Wetterbericht vorausgesagte sonnige Wetter für einen Segeltörn zu nutzen. Die Windvorhersage mit einer frischen Brise war genau das, was sie noch mehr anspornte, zu segeln.

Mit Martins Hansa-Jolle sollte es bis rauf nach Zingst gehen. Dafür standen sie in aller Frühe auf und Hanni befand sich bereits in der Küche und bereitete Proviant für die Fahrt vor. Vor drei Monaten war sie zu Martin in die Wendenstraße gezogen, hatte aber ihre Wohnung in der Krämerstraße noch behalten. Er fand, dass das nicht mehr nötig wäre, aber sie argumentierte, sie bräuchte ab und zu einen ungestörten Freiraum.

Das Klingeln des Handys unterbrach die emsige Betriebsamkeit mit nervigen Tönen.

»Kannst du bitte rangehen«, rief Hanni aus der Küche.

»Ja, komme schon«, kam es aus dem Badezimmer und Martin eilte mit tropfenden Haaren zum Apparat.

»Hallo, hier Masurek«, meldete er sich, horchte augenblicklich höchst angespannt zu, was der Anrufer mitzuteilen hatte und beendete das Gespräch mit besorgter Miene.

»Hanni, stopp, du kannst mit den Vorbereitungen aufhören. Der Segeltörn fällt heute ins Wasser. Weißt du, wer angerufen hat, und was er gesagt hat?«

»Du wirst es mir sicher sofort erzählen«, kam es aus der Küche. Die Enttäuschung, wegen der ausfallenden Segelpartie, hörte er ihrer Stimme deutlich an.

»Es war Doktor Behring. Du erinnerst dich doch noch an den leicht überheblichen Doktor, oder? Jetzt gab er sich er recht kleinlaut und bat, dass wir ihn unbedingt noch heute besuchen sollen.«

»Wenn der keinen guten Grund für das verdorbene Wochenende anführen kann, wird er was erleben«, spottete Hanni und trat ins Zimmer. Ihr Lächeln war wie weggewischt, als sie Martins ernste Miene sah.

»So schlimm«, fragte sie leise.

»Wenn das, was er berichtet hat, der Tatsache entspricht, dann rollt auf uns eine tödliche Lawine zu«, kam es fast flüsternd aus seinem Mund. Dann fasste Martin das Gehörte zusammen.

»Einer seiner Mitarbeiter wurde vor ein paar Stunden ins Krankenhaus für Tropenkrankheiten gebracht und liegt dort auf der Isolierstation. Er war am Tag davor am späten Nachmittag im Labor mit Anzeichen einer fiebrigen Grippe zusammengebrochen. Ein Mitarbeiter vom Robert-Koch-Institut, der die Mannschaft der ›Kap Arkona‹ untersuchte, hat sofort eine Blutprobe genommen, da er einen ebolaähnlichen Virus vermutete. Wie Doktor Behring sagte, lägen die Nerven aller in der Quarantänestation blank. Er hätte uns angerufen, weil er meinte, etwas gutmachen zu müssen. Im damaligen Gespräch hatte er unseren Hinweis auf Ebola für lächerlich gehalten. Er möchte gerne über die bisherigen Untersuchungsergebnisse berichten, aber nur unter der Auflage, sie zurzeit nicht zu veröffentlichen.

Zum Übertragungsweg der Krankheit läge noch keine Klarheit vor. Da der Mann keine Berührung mit den weißen Affen hatte, könnte man nicht ausschließen, dass er den Virus entweder über die damals untersuchte Besatzung der ›Anja‹ bekommen hat, oder, was zwar unwahrscheinlich ist, von der neuen Mannschaft der ›Kap Arkona‹, die wir im Moment im Haus haben. Wäre Letzteres der Fall, bedeutete das der

148

Virus jetzt von Mensch zu Mensch übertragen werden kann.« Martin beendete den Bericht mit den Worten: »Die Folgen wären nicht auszudenken, wie du dir denken kannst.«

Hanni ließ sich schwer auf den nächsten Stuhl fallen und fragte nervös:

»Und da sollen wir jetzt hinfahren? Was du gesagt hast, bedeutet doch in letzter Konsequenz, dass sich der Virus bei allen Personen eingenistet haben kann, die zuerst mit den weißen Affen in Kontakt kamen und die danach, bereits infiziert, unbemerkt alle Menschen angesteckt haben, mit denen sie in Berührung kamen. Ich denke an meine damalige Überlegung, dass sich der Virus von Mensch zu Mensch übertragen könnte. Wie es aussieht, geschieht das im Moment. Immerhin hatten wir zwar keinen direkten Kontakt mit den Affen, bis auf den Besuch im Tierpark Berlin, aber mit vielen Menschen, die sich bei den Affen angesteckt haben könnten. Hat uns der Virus auch bereits erwischt? Mir wird schlecht bei dem Gedanken. Mich bekommen jedenfalls keine zehn Pferde in die Quarantänestation. Lass uns ab sofort jeden Kontakt mit Personen abbrechen, die im weitesten Sinn mit den Affen in Berührung gekommen sein könnten, auch mit denen die nicht direkt Kontakt hatten, wie zum Beispiel die Männer der ›Kap Arkona‹«. Erschöpft machte sie eine Pause.

Martin hatte schweigend zugehört, setzte sich auf die Armlehne des Sessels und legte den Arm um ihre Schulter:

»Jetzt heißt es also, die eigene Haut zu retten. Ich werde Doktor Behring sofort informieren, dass wir momentan nicht kommen können, und er uns den Bericht per E-Mail zusenden möge. Dann werden wir uns einen Schlachtplan zurechtlegen, wie wir den Kontakt mit Menschen vermeiden, die den Virus in sich tragen.« Unüberhörbar klang Panik aus seinen Worten!

*

Jetzt war es soweit.

Die Zeit, nach der Verteilung der weißen Affen in der Welt, hatte ausgereicht, die Viren flächendeckend zu verbreiten. Die Ausbreitung der Seuche verlief rasend weiter, ohne dass es bisher die Infizierten spürten. Der Virus hatte sich eingeschlichen und sprang unbemerkt von Mensch zu Mensch über. Die Inkubationszeit bis zum Ausbruch der Krankheit war nicht vorhersehbar. Die ersten Anzeichen der Erkrankung bei dem Mitarbeiter aus der Quarantänestation zeigten sich erst viele Monate nach seinem Kontakten mit den Männern der ›Anja‹. Lag es in der Absicht der UFO-Affen, dass sich der Virus erst weltweit ausbreiten sollte, um dann die Krankheit zu einem Zeitpunkt, den sie für richtig hielten, ausbrechen zu lassen? Und was würde danach passieren?

Am nächsten Tag wollte er Doktor Behring mitteilen, dass er nicht kommen kann. Es dauerte recht lange, ehe sich die Vermittlung der Quarantänestation meldete. Die Stimme der Dame am anderen Ende der Leitung klang aufgeregt, als sie Martin mitteilte, Herr Doktor Behring sei nicht zu sprechen. Er sei wegen eines Schwächeanfalls in ein Krankenhaus eingeliefert worden. Martin versuchte sie zu überreden, ihn mit einem anderen Mitarbeiter zu verbinden, was sie kurz mit der Begründung ablehnte, alle befänden sich in einer Besprechung und dürften nicht gestört werden. Martins Frage, wann er mit jemanden sprechen könnte, wurde durch ein Knacken in der Leitung unterbrochen. Sie hatte aufgelegt. »Hanni, jetzt bin ich sicher, dass die Lawine zu rollen beginnt. Wir müssen uns umgehend auf den Virus untersuchen lassen. Wenn wir infiziert sein sollten, hätten wir die Chance noch rechtzeitig etwas dagegen zu unternehmen. Morgen in aller Frühe rufe ich das Robert-Koch-Institut an und frage, wo wir ein Gegenmittel erhalten könnten«, schlug er vor. Hanni nickte.

Die Vermittlung vom Institut wollte zuerst wissen, in welcher Angelegenheit er jemanden zu sprechen wünsche. Als Martin sein gestriges Gespräch mit der Quarantänestation schilderte, verband man ihn umgehend mit einem Professor Doktor Keil. Professor Keil stellte sich als Leiter der Speziallaboratorien für hochpathogene bakterielle Erreger und auch für virale hämorrhagische Fieberviren vor. Als Martin seine bisherigen Erkenntnisse zusammenfasste und um eine Schutzimpfung bat, erlebte er eine herbe Enttäuschung. Ja, er habe von den Virusinfektionen Kenntnis und es liefen bereits Untersuchungen. Zurzeit wüsste man nur, dass es sich um einen mutierten Ebolavirus handele. Die Aufgabe sei es nun, diesen genau zu bestimmen, um anschließend daran zu gehen, ein Gegenmittel zu entwickeln. Wie lange es dauern könnte, bis ein Impfstoff zur Verfügung stünde, könne er nicht voraussagen. Selbst wenn man den neuen Zellkulturproduktionsprozess, der ohne Hühnereier auskommt, anwendete, könnten Monate, sogar Jahre vergehen. Er, Martin, könne sich ja ab und zu nach dem Stand der Entwicklung erkundigen.

Martin bedankte sich für die Auskunft und legte auf. Das Entsetzen war ihm deutlich anzusehen.

*

Wie hatte Martin Masurek gesagt? »Die Lawine beginnt zu rollen«, und sie tat es!

An verschiedenen Orten der Welt, besonders dort, wo sich weiße Affen zu Forschungszwecken, oder später auch bei privaten Besitzern aufgehalten hatten, verzeichnete man weitere Todesfälle. Es dauerte nicht lange und die Mediziner wussten weltweit, womit sie es zu tun hatten – mit einer der gefährlichsten Seuchen in der Menschheitsgeschichte, selbst wenn man den ›Schwarzen Tod‹ im Mittelalter mit berücksichtigte.

Früh und heftig traf es die Quarantänestationen in Deutschland. Dort, wo zuerst die Besatzung der ›Anja‹ und erst vor kurzem die Männer der ›Kap Arkona‹ untersucht wurden, verstarben innerhalb von einer Woche alle Mitarbeiter und Doktor Behring. Daraufhin musste die Anlage geschlossen werden. Da aber die Mannschaft der ›Kap Arkona‹ noch keine Anzeichen der Krankheit zeigte, sollten sie mit einem besonders ausgestatteten Fahrzeug in den Hochsicherheitstrakt auf die Insel bei Greifswald verlegt werden. Dahin, wo man die weißen Affen untersucht hatte. Als das Fahrzeug eintraf, konnte der Auftrag bereits nicht mehr durchgeführt werden. Bei der ersten vom Militär eingerichteten Kontrollstelle ging die Fahrt nicht weiter. Die Sicherheitskräfte leiteten den Wagen auf einen abgesperrten Parkplatz. Ohne sich ihm zu nähern, teilte der Posten dem Fahrer über Handy mit, dass er die Patienten nicht mehr zur Isolierstation bringen darf, weil am Morgen zwei Mitarbeiter erkrankt seien. Der Befehl lautete, er müsse umkehren, oder versuchen eine der speziellen Kliniken anzufahren, die auf solche Fälle vorbereitet sind. In seiner Not versuchte der Fahrer, die Erlaubnis zu erhalten, die Männer wieder zurück in die Isolierstation zu bringen. Von dort meldete sich jedoch niemand mehr. Dem Beifahrer fiel ein, die Klinik für Tropenmedizin in Rostock anzurufen. Die erste Reaktion von dort war ablehnend. Weil die zu Untersuchenden noch keine Krankheitssymptome zeigten, wäre eine Aufnahme nicht gerechtfertigt. Außerdem stünden nur eine begrenzte Anzahl von Betten zur Verfügung. Den Vorschlag, nach Hamburg ins dortige Institut für Tropenmedizin zu fahren, lehnte der Fahrer mit dem Hinweis, dass das zweihundert Kilometer seien, ab. Zum guten Schluss, und weil es sich nur um sieben Personen handelte, willigte die Klinik ein.

Die Drähte zwischen den Krankenhäusern und Spezialkliniken liefen heiß.

Über die Todesfälle erfuhren die Leser nur in kleinen Artikeln der lokalen Zeitungen.

Von Regierungsstellen, und hier an erster Stelle von der Gesundheitsbehörde, bat man, unter dem Deckmantel der Verschwiegenheit, die Berichterstattung so abzufassen, dass die Bevölkerung nicht beunruhigt würde.

Anfangs berichteten nur regionale Medien darüber. Dann aber, als sich allmählich das Ausmaß der Gefahr immer mehr abzeichnete, erfasste die World Health Organization zentral die Fälle. Diese Sonderorganisation der Vereinten Nationen, bereitete umgehend Abwehrmaßnahmen vor. Die Welt war aufgeschreckt. Mit besonderer Aufmerksamkeit beobachtete man die Ausbreitung der Krankheit in Deutschland. Von hier hatte man die weißen Affen in der Welt verteilt, hier legte das Schiff mit ihnen an. Die Hoffnung, durch die Tötung der Affen die Gefahr gebannt zu haben, löste sich in Luft auf, als bekannt wurde, dass Mitarbeiter einer Isolierstation in Deutschland an dem Virus verstarben, die vorher nicht mit den weißen Affen in Berührung gekommen waren. Fast gleichzeitig traf die Bestätigung vom Robert-Koch-Institut ein, dass die Übertragung des Virus allein durch den Atem geschehen konnte. Hierdurch erklärte sich die schnelle Verbreitung der ›Affenseuche‹, wie sie bereits im allgemeinen Sprachgebrauch hieß.

Besonders das Fernsehen verunsicherte die Bevölkerung. Die Maßnahmen der WHO, wie das unbedingte Tragen von Atemschutzmasken, die man jetzt in Apotheken, Gesundheitsämtern und sogar in Supermärkten ausgab, diskutierte man widersprüchlich in Talkshows. In den sozialen Netzwerken überschlugen sich die Menschen mit vermeintlich guten Ratschlägen, oder mit negativen Berichten, die sich nicht dazu eigneten, die Meinungsbildung sachlich zu fördern.

Beunruhigt registrierten die Gesundheitsbehörden in allen Ländern, dass sich die Erkrankung, schneller als gedacht, flächendeckend ausgebreitet haben musste. Es fiel auf, dass sich dort, wo die weißen Affen sich vorher aufhielten, der Virus erst über die Familienmitglieder, die engeren Kontakt mit den Tieren hatten, dann über Arbeitskollegen und Freunde, an weitere Personen weitergegeben wurde. Die Seuche breitete sich zuerst von einem Punkt aus, so wie Wasserringe, wenn ein Stein ins Wasser geworfen wird. Dann verursachte jeder, der nun den Virus in sich trug, weitere Wasserkreise und steckte somit alle Personen in seine Umgebung an. Auf diese Art und Weise funktionierte die Ansteckungswelle nun weltweit.

Besonders das dichte Zusammensein in Großstädten, das hier zwangsläufig jeden Tag in den Verkehrsmitteln und auf den Arbeitsstellen stattfand, führte zu der blitzschnellen Verbreitung der Seuche. Das verunsicherte die Menschen, dass sie begannen ihren Arbeitsplätzen fernzubleiben, selbst auf die Gefahr hin, gekündigt zu werden. Mussten sie das Haus zu verlassen, um etwas zum Essen zu besorgen, versuchte sie, das Ziel zu Fuß, oder mit dem Auto zu erreichen, um die öffentlichen Verkehrsmittel zu vermeiden. Aufgeschreckt durch die um sich greifende Krankheitswelle, begannen Menschen, die es sich leisten konnten, die Städte zu verlassen. Nicht immer war das erfolgreich. Selbst Verwandte auf dem Land fanden Ausreden, warum sie den Stadtbesuch leider zurzeit nicht empfangen konnten. Hotels und Pensionen sagten, sie wären ausgebucht, sobald sie herausfanden, dass die Gäste aus einer Großstadt kamen.

Konnten die ersten Krankheitsfälle noch in speziellen Kliniken versorgt werden, mussten bald viele Patienten in notdürftig und in aller Eile zu Quarantänestationen umgebauten Krankenhäusern versorgt werden. Diese Maßnahme konnte man nur in Ländern erfolgreich umsetzen, die technisch und finanziell dazu in der Lage waren. Selbst hier reichte die Kapazität nach wenigen Monaten nicht mehr aus. Zur Erweiterung der Unterbringungsmöglichkeiten errichtete man Containerdörfer in abgezäunten Arealen. Das reichte nach kurzer Zeit ebenfalls nicht mehr aus. Danach ging man daran, geeignete Hallen, auch Turnhallen, zu requirieren. In ärmeren Gebieten, wie in einigen Gegenden Afrikas, erstellte das Militär Zeltstädte.

Die hygienischen Bedingungen dort stellten sich bald als mangelhaft heraus. Das medizinische Personal reichte längst nicht mehr aus. Freiwillige Helfer waren kaum dazu bereit, in den Stationen zu arbeiten. Die Infizierten blieben ihrem Schicksal oft alleine überlassen. Die Ärzte fanden heraus, dass nicht jeder, der sich ansteckte, auch sterben musste. Man schätzte, dass die Zahl derer, die die Krankheit überlebten, auf etwa dreißig Prozent. Andere Personen, man vermutete bis siebzig Prozent, hatten sich nicht angesteckt, obwohl sie mit Kranken in Berührung kamen. Nachweisbar besaßen sie eine angeborene Immunität gegen den Virus. Nachdem bekannt wurde, dass es Menschen mit dieser Immunität gegen die Seuche gab, und dass wiederum andere sogar die Krankheit überlebt hatten, hoffte jeder verzweifelt, zu den Glücklichen zu gehören.

Die Personen, die immun gegen den Virus sind, könnten bei der Eindämmung der Krankheit helfen und als Betreuer in Hochrisikogebieten arbeiten.

Außerdem eigneten sie sich als erstklassige Blutspender-Kandidaten für Blut-Transfusionen und auch zum Transport von Leichen.

Die Hoffnung, die man hierdurch in hilfreiche Maßnahmen zur Bekämpfung der Pandemie setze, erfüllte sich nicht, da die Personen, bis auf die als gesund Entlassenen, nicht bekannt waren. Um die durch ihre Veranlagung Resistenten zu finden, müssten groß angelegte Untersuchungsreihen durchgeführt werden, wofür weder die Zeit noch das entsprechende Ärzte- und Laborpersonal zur Verfügung standen.

Einige Regierungen hatten, nachdem sich die Krankheitsfälle dramatisch häuften, als erste Maßnahme öffentliche Großveranstaltungen wie Fußballspiele, Open-Air-Konzerte und Theateraufführungen, verboten.

Die nächsten Einschränkungen zeigten sich im Alltag.

Lebensmittelläden bekamen immer seltener Ware. Die Krankheitsfälle und die darauf folgenden Todesfälle führten zu Lücken im Personalbestand. Öffentliche Verkehrsunternehmen klagten über fehlende Fahrer und den Airlines fehlten die Piloten. Industriebetriebe mussten Kurzarbeit anordnen. In einigen Gegenden, besonders in den Ballungsräumen, schloss man Schulen und Kindertagesstätten. Vorübergehend, wie es hieß.

Die Regierungen beriefen hochrangige Wissenschaftler, Ärzte und Vertreter der Industrie, um in tagelangen Dauersitzungen Szenarien durchzuspielen, wie man dem sich abzeichnenden Chaos entgegenwirken könnte. An erster Stelle musste die Lebensmittelversorgung der Bevölkerung sichergestellt werden. Vorausberechnungen ergaben jedoch, dass die Nahrungsmittelproduktion aus Personalmangel nach einem Jahr stark absinken würde. Der Vorschlag, staatliche Lebensmittelreserven anzulegen, konnte nicht mehr umgesetzt werden, da die Seuche sich zu schnell verbreitet hatte.

Da man damit rechnete, dass es bei den prognostizierten Versorgungsengpässen zu Übergriffen käme, beschloss man, Sondereinheiten zu bilden, die neben der Polizei, dies verhindern sollten. Weitere Maßnahmen, wie Ausgangssperren, sowie erweiterte Machtbefugnisse, wie den erleichterten Schusswaffengebrauch gegen Plünderer, für die Polizei, folgten.

Wie dringend diese Anordnungen waren, zeigten Protestkundgebungen weltweit. Die Menschen warfen den Regierungen vor, sie hätten die Gefahren nicht rechtzeitig erkannt und bisher nur gezeigt, dass sie die Pandemie nicht in den Griff bekamen. In Washington D.C. versammelten sich Zehntausende auf der Pennsylvania Avenue und marschierten mit Plakaten, »Wo bleibt der Impfstoff« und »Was unternehmen die Gesundheitsbehörden?«, in Richtung Capitol. In Moskau strömten Tausende von allen Seiten zum Roten Platz, um mit ähnlichen Spruchbändern ihre Ängste und Wut zu zeigen. Protestmärsche wie diese, fanden in allen großen Städten der Welt statt.

Die Regierungen mussten daran denken, ihre Verteidigungsfähigkeit zu bewahren. Bei den Aufständen und Unruhen, die sich bereits in einigen Ländern zeigten, sollte man auf alles gefasst sein. Es folgte die Kasernierung größerer Militäreinheiten. Unter strengster Abschottung, so glaubten die Verantwortlichen, könnte man ein Übergreifen der Seuche verhindern. Das stellte sich als ein Irrtum heraus. Beim Kasernieren wurden bereits infizierte Soldaten miterfasst. Der Virus konnte sich somit ungehindert unter ihnen weiter ausbreiten.

Selbst aus Gebieten, die man anfangs als risikofrei ansah, wie Alaska, Sibirien, oder Australien, trafen erste Berichte über infizierte Personen ein. Hier trug sicherlich die Reisetätigkeit der Menschen bei, die mit den Flugzeugen den Virus verteilten. Der Schwerpunkt lag bei den Industrienationen.

Eines stand nun fest: Eine Pandemie raste über die Erde!

Die Nachrichten über die sich rasch ausbreitende Seuche schockten Hanni und Martin. Besonders Protestmärsche, die oft in Gewalt endeten, beunruhigten sie. Ob auch in Deutschland die Ordnung zusammenbrechen könnte, ob hungernde Menschen plündernd durch die Straße von Rostock zögen und wie es gelänge, sich zu schützen. Diese Fragen kreisten in ihren Köpfen. Anfangs schien alles, nur durch den Fernseher übermittelt, weit weg zu sein, aber der Virus machte mit Rostock keine Ausnahme. Die Anzahl der Infizierten stieg auch hier Tag für Tag. Sie mussten eine Entscheidung treffen. Den endgültigen Anstoß hierfür bekam Martin, als ein Bekannter ihm mitteilte, sein Studienkamerad Hans wäre am letzten Wochenende an der Seuche im Tropenkrankenhaus verstorben.

Den Vorsatz, sich untersuchen zu lassen, hatten Hanni und Martin immer wieder verschoben. Einmal wegen der Furcht, dort, wo die Untersuchung stattfände, angesteckt zu werden und zum anderen dachten sie mit Bangen daran, wie das Ergebnis ausfallen könnte.

»Martin, wir können uns nicht wie Maulwürfe unter die Erde verkriechen«, begann Hanni das Gespräch, als sie am Frühstückstisch saßen. »Ich denke, wir sollten uns einen Termin beim Tropeninstitut in Hamburg holen. Es ist zwar weit, aber ich möchte endlich Gewissheit haben. Die Ungewissheit nagt langsam an meinen Nerven. Wie du weißt, hat sich in letzter Woche ein Kollege von uns aus der Redaktion krank gemeldet. Noch habe ich nicht erfahren, worum es sich bei ihm handelt. Im schlimmsten Fall, und wenn es diese Affenseuche ist, könnte er weitere Personen im Betrieb angesteckt haben. Ein Glück, dass wir seit einiger Zeit dort nicht arbeiten und alles, aus sicherer Entfernung, erledigen konnten. Lass uns gleich nach dem Frühstück in Hamburg anrufen«. Sie beendete leicht atemlos die Rede und nahm einen großen Schluck Kaffee.

Martin hatte gespannt zugehört und dabei völlig vergessen, dass er noch ein belegtes Brötchen, das auf den ersten Biss wartete, in der Hand hielt.

»Ja, es wird Zeit, etwas zu unternehmen«, stimmte er ihr zu und biss ins Brötchen. Nach dem Frühstück rief er das Institut an und zu ihrem Glück erhielten sie einen Termin für die folgende Woche.

»Mir fällt gerade ein, dass wir lange nichts vom Bootsmann gehört haben. Hatte er nicht erzählt, dass er an dem Tag, als er zum letzten Mal seinen Affen auf dem Schiff besuchte, eine grippeähnliche Erkältung verspürte? Ich hoffe nur, dass das nicht das Anzeichen der Seuche war. Wir sollten ihn anrufen, um uns zu vergewissern, dass es ihm gut geht.«

Hanni erklärte sich sofort bereit, den Anruf zu tätigen, und wählte die Telefonnummer aus den Kontaktdaten. Brunken meldete sich erst nach mehrmaligem Klingeln. Seine Stimme, die sonst sonor und kräftig klang, hörte sich leise und sogar etwas heiser an. Hanni erkundigte sich sogleich, wie es ihm ginge.

»Hallo Frau Baumann«, begrüßte er Hanni, »ich freue mich, von Ihnen zu hören. Ja, um Ihre Frage zu beantworten, mich hatte damals, als die Sache mit dem Schiff und dem UFO geschah, ein unbekannter Influenzavirus erwischt. Wie man mir im Krankenhaus erklärte, hat sich der Influenza-A-Virus mehrmals massiv verändert. Das jüngste Auftreten eines mutierten Subtyps gab es in Asien. Von dort kam er nach Europa. Sie hatten herausgefunden, dass ich daran erkrankt war. Ich fühlte mich erleichtert, dass es nicht der Affenvirus war, was ich ernsthaft befürchtet hatte. Wann und wo ich mir diesen neuen Influenzavirus eingefangen haben, weiß ich immer noch nicht. Viel schlimmer bewegen mich die Nachrichten, die täglich von neuen Opfern der Affenseuche berichten. Ich dachte daran, wegzulaufen, aber wo sollte man hingehen. Die Meldungen treffen nun bereits aus allen Erdteilen ein. Sogar aus Australien, obwohl dorthin keine weißen Affen kamen. Deshalb habe ich mich entschieden, hierzubleiben und möglichst wenig unter die Leute zu gehen. Ich wünsche Ihnen beiden viel Glück für die Untersuchung und freute mich, wenn wir in Kontakt blieben.« Danach verabschiedete er sich, nicht ohne Grüße an Martin ausgerichtet zu haben.

Am Donnerstag der folgenden Woche starteten sie in aller Frühe nach Hamburg. Die zweihundert Kilometer schafften sie schneller, als sie dachten, denn nicht ein einziger Stau verzögerte die Fahrt. Die Autobahn schien leerer als sonst. Den Weg zur Bernhard-Nocht-Straße fanden sie problemlos, und bald saßen sie im überfüllten Warteraum des Instituts. In der gegenüberliegenden Reihe der Wartenden begann eine Frau erst verhalten, dann lauter zu husten. Hanni drehte den Kopf zu Martin und flüsterte:

»Bis hierher waren wir wahrscheinlich gesund, doch jetzt könnten wir angesteckt werden.« In diesem Moment befreite sie die Stimme einer Assistentin von der Gefahr und bat, beide mitzukommen. Sie mussten einen Fragebogen ausfüllen und ein Arzt befragte sie zu den näheren Umständen, wie und wo sie meinten, angesteckt worden zu sein. Martin berichtete von ihren Recherchen in den Quarantänestationen und dem Tiergartenbesuch.

»Dann kann ich Ihre Sorge gut verstehen«, stimmte der Arzt zu und führte sie in die Untersuchungsräume. Hier nahm man ihnen nicht nur Blut ab, sondern nahm auch Speichel- und Urinproben. Durch ein spezielles Gerät untersuchte sie den Inhalt der Atemluft. Das Ergebnis würde Ihnen, wie sie es wünschten, per E-Mail zugestellt. Die Auswertungen dauerten im Moment etwa eine Woche.

Zu ihren Fragen, woran man rechtzeitig erkennen könnte, ob man sich angesteckt habe, schüttelte der Arzt nur den Kopf und erklärte, die bisherigen Verläufe verhielten sich so, dass die Infizierten, bis kurz vor dem Ausbruch, keinerlei Anzeichen verspürten. Der Virus ist recht heimtückisch, setzte er bedauernd hinzu.

Ein entspanntes Gespräch kam auf der Rückfahrt nicht auf. Jeder hing seinen Gedanken nach, wobei diese denselben Inhalt hatten. Der ersten Schritt zur Gewissheit war getan. Die Anspannung und Sorge vor dem Ergebnis, mussten sie noch eine Woche aushalten.

Bevor sie zu Hause ankamen, bat Hanni, kurz bei einem Supermarkt anzuhalten.

»Ich kaufe nur schnell ein paar Kleinigkeiten für heute Abend und für morgen zu Mittag ein«, rief sie Martin zu und verschwand mit dem Einkaufswagen im Laden. Ihm schien es eine Ewigkeit gedauert zu haben, bis sie endlich wieder erschien und den Wagen zum Autoheck schob. Nachdem sie ausgeladen und den Wagen zurückgestellt hatte, konnte sich Martin nicht verkneifen zu lästern:

»Hast du eine alte Schulfreundin getroffen, oder warum haben die paar Kleinigkeiten so lange gedauert?«

»Nein daran lag das nicht«, verteidigte sich Hanni lachend, »erstens befanden sich viele Kunden im Geschäft und zweitens standen Schlangen mit bis zum Rand gefüllten Einkaufswagen vor den Kassen. Das habe ich mit Erstaunen gesehen. Nach meiner bisherigen Erfahrung sah das viel mehr als sonst aus. Besonders fielen mir die Mengen an Grundnahrungsmitteln, wie zum Beispiel Nudeln, Reis, Erbsen, sowie Dosenfleisch, Öl und stapelweise Mineralwasserflaschen auf. In mir steigt ein ungutes Gefühl empor, das mir sagen will, die Menschen beginnen zu hamstern.«

»Ach was, soweit ist es doch noch lange nicht«, entschärfte Martin diese Vermutung. Hanni ließ sich jedoch nicht beirren und setzte energisch nach:

»Ich bin froh, dass ich das gesehen habe. Du kannst mich ruhig auslachen. Sobald wir zu Hause ankommen, werde ich eine Liste mit den notwendigsten Nahrungsmitteln und Getränken erstellen. In manchen Großstädten soll es schon mit den Nachlieferungen nicht gut aussehen. Sobald ich nur wittere, dass der Nachschub in den Läden zu stocken beginnt, ziehe ich mit der Liste los und hamstere ebenfalls, was meinst du?« Mit vor Aufregung roten Wangen schwieg Hanni. Martin nickte zustimmend und meinte: »So ganz Unrecht hast du sicher nicht, lieber vorsehen als nachsehen«, gab er lächelnd zu.

Hanni rückte sich zufrieden in eine bequemere Position auf dem Autositz und meinte:

»Worauf wartest du, fahr endlich los!«

Immer öfter befassten sich Berichte im In-und Ausland mit der Frage, wie es zu dieser Katastrophe kommen konnte. Hatte die Mannschaft der ›Anja‹ leichtfertig die weißen Affen an Bord geholt, hatten sie die Tragweite der Entdeckung der UFOs nicht ausreichend Beachtung geschenkt? Besonders die ihrer Meinung nach zu schnelle Weitergabe der weißen Affen in alle Länder hätte zur Verbreitung der Seuche beigetragen. Anwälte hielten es deshalb für aussichtsreich, die Leitung der Quarantänestation zu verklagen.

Besonders nach dem Verlust von Familienmitgliedern stellen sich die Betroffenen die Frage, wer hieran die Schuld trüge. Sie wollten wenigstens die Genugtuung verspüren, dass die Verursacher zur Rechenschaft gezogen werden. Auch einige Journalisten witterten hier ein breites Feld für Recherchen und für mehr oder weniger beweisbare Anschuldigungen. Sie wühlten in den ersten Berichten, suchten nach Personen, die am Anfang der Ereignisse standen und konzentrierten sich alsbald auf Rostock. Sie fanden jedoch keine verwertbare Spuren. Das Frachtschiff existierte nicht mehr, die Besatzung war, bis auf den Bootsmann, verstorben, keiner der weißen Affen lebte mehr, und die Quarantänestationen waren geschlossen. Da die Suche nach der Insel, wo die Angelegenheit ihren Anfang nahm, bisher ergebnislos verlief, erlosch allmählich die Suche nach den Verursachern.

Nur ein Journalist der englischen Zeitung Daily Mirror hatte beharrlich weitergesucht, bis er die Anschrift von Lars Brunken herausgefunden hatte. Als ein Überlebender konnte der Mann von der ›Anja‹ ihm sicher einige Hintergründe erzählen, dachte er, und klingelte an der Haustür. Brunken hatte längst von den Journalisten erfahren, die nach Schuldigen suchten.

Er öffnete die Tür und erkannte nach den ersten Fragen des Mannes, dessen Absicht, ihm oder seinen Kameraden einen Teil der Schuld zuweisen zu wollen. Innerlich grinste er, als er den Mann auf Englisch bedrückt mitteilte, dass ihn sein Arzt vor ein paar Minuten informiert hatte, dass das Ergebnis der Blutprobe positiv und er leider mit der Affenseuche infiziert sei. Fast hätte der Bootsmann laut gelacht, weil noch nie ein Mensch so schnell und ohne sich zu verabschieden verschwand.

*

Als sich die Pandemie nicht mehr verleugnen ließ und die Menschen langsam begriffen, dass es um das nackte Überleben ging, führte das zu ersten Ausschreitungen. Besonders dort, wo auch sonst die Versorgung nicht funktionierte. Es gab kaum noch Polizeikräfte, um das zu ahnden und die Ordnung wieder herzustellen. Es begann an allen Ecken zu brennen und das Militär versuchte mit Ausgangssperren und rigorosem Durchgreifen die Plünderungen und Übergriffe in den Griff zu bekommen, vergeblich. In autoritären Staaten funktionierten das aufgrund der Brutalität der Polizei und der Sondereinheiten eine Weile länger.

Die Medien verbreiteten Durchhalteparolen, wie »Die Entwicklung eines Impfstoffes stünde kurz vor dem Erfolg. Er könnte bald eingesetzt werden und der Staat übernähme die Verteilung der Lebensmittel. Somit bestünde kein Anlass zur Panik.« Das führte jedoch keineswegs dazu, dass sich die Leute sicherer fühlten. Sie brauchten sich nur umzusehen, um festzustellen, dass das eine große Lüge war. Zusehends wurden die Lebensmittel knapper und auf Nachfragen, wann sie geimpft werden, bekamen sie nur ein Schulterzucken als Antwort.

In ihrer Not wandten sich die Menschen wieder der Religion zu. Welch ein gespenstischer Anblick bot sich in vielen Städten, wenn sich in der Abenddämmerung, ehe die Ausgangssperre einsetzte, Hunderte mit weißen Mundschutzmasken, wortlos und prozessionsgleich, zu den Gotteshäusern bewegten. Die Geistlichen sprachen von Gottes Gnade, und dass sein Wirken für uns nicht nachvollziehbar sei. Sie versicherten, dahinter stecke ein tieferer Sinn, den wir nur nicht erkennen. Das klang wie Hohn in den Ohren derjenigen, die gerade Familienmitglieder, oder Freunde verloren hatten.

Ähnliche Szenen spielten sich in allen Teilen der Welt ab. Die unbeschreibliche Angst vor der Seuche trieb die Menschen dazu, ihr Leben in die

Hände der Götter zu legen. Man rief Allah um Hilfe in der Moschee an, pries tagelang die Weisheit Buddhas, oder bat um Rettung durch die Allmacht Shivas. Nichts jedoch konnte die Affenpest aufhalten.

Nach weiteren Monaten zeichnete sich ein noch düstereres Bild der Gesamtlage ab. Die Energieversorgung ging durch Personalmangel bei der Erdöl-und Kohleförderung rapide zurück.

Treibstoff für die Autos hatte man bereits rationiert. Züge mit Elektroloks fuhren immer seltener, da die Elektrizitätswerke die Stromerzeugung reduzieren, oder gar einstellen mussten.

Im zweiten Winter brach die zentrale Wärmeversorgung in den Städten zusammen. Hiervon waren besonders die Menschen betroffen die, wie in Sibirien, mit bis zu vierzig Grad unter Null lebten. Doch nicht nur der Winter brachte Probleme, sondern auch im vorangegangene Sommer, der besonders heiß und lang anhaltend die Felder verbrannte, mussten die Wasserwerke in den Städten die Wasserversorgung für Stunden abstellen, um Strom zu sparen.

Wie in den zwei vorangegangenen großen Kriegen besannen sich die Menschen wieder auf ihre Fähigkeiten. Überleben hieß die Devise.

Waren die gehorteten Lebensmittel zu Ende, wanderte auch manches Haustier in die ausgehungerten Mägen. Öfen galten bald als Mangelware, alles was brannte, trug man zusammen. In den Innenstädten fielen die Bäume der Parkanlagen dem Kahlschlag zum Opfer. Für Lebensmittel musste immer mehr bezahlt werden. Da die Elektrizitätswerke nur stundenweise die Haushalte mit Strom versorgten, stiegen die Preise für Petroleumlampenöl und für Batterien für die Transistorradios täglich. Aus Transport -und Verteilungsgründen kam die Versorgung mit Lebensmitteln nahezu zum Erliegen. Immer mehr Menschen flüchteten aufs Land. Das geschah weltweit. Ihre Hoffnung, wenigsten hier ein Minimum an Nahrung zu erhalten, wurde enttäuscht. Alles Wertvolle, wie Geld, Schmuck und andere Wertgegenstände hatten sie mitgeschleppt, um jeden geforderten Preis zu bezahlen. Inzwischen hatte die Seuche auch die ländlichen Gegenden erreicht. Hier war das Geld und alle herkömmlichen Werte auf einem Schlag wertlos. Konnte einer der Flüchtlinge noch arbeiten, hatte er die Chance, seine Muskelkraft gegen eine warme Mahlzeit einzutauschen. Nur das zählte noch!

In kleinen Landwirtschaftsbetrieben reichte es, wenn nur wenige Arbeitskräfte ausfielen, dass die Äcker brach lagen. Schlachtbetriebe bekamen keine Tiere mehr geliefert, weil niemand die Felder bestellte und es somit am Viehfutter mangelte. Großbäckereien fehlte das Mehl und Obst- und Gemüsebauern das Personal für den Anbau und die Ernte.

Finanziell gut situierte Menschen, die sich zu Zeiten des ›Kalten Krieges‹ zwischen dem Ostblock und den Westmächten, Bunker hatten bauen lassen, nahmen sie wieder in Betrieb. Sie erneuerten die verrotteten Einrichtungsgegenstände und schleppten soviel an Lebensmitteln und Trinkwasser in die unterirdischen Räume, wie nur hineingingen. Sie wollten dort unten solange auszuharren, bis sich oben die Lage geklärt hätte. Manche trugen bereits den Keim des Todes in sich, ohne es zu wissen. Aus diesen Bunkern würde niemand mehr ins Freie kriechen.

Besonders in Großstädten wurde das Leben zum Albtraum.

Nachts zogen plündernde Gangs durch die Innenstädte. Anfangs verhindern die Sicherheitskräfte die Ausschreitungen. Die Zustände entwickelten sich jedoch immer schneller zum allgemeinen Chaos. Marodierende Banden kämpften um Gebietsansprüche in den Städten,

174

ohne von Polizei oder dem Militär daran gehindert zu werden. Sie interessierten sich, außer für Lebensmittel, besonders für Treibstoffe, wie Benzin und Diesel. Bürger, bewaffneten sich, um ihre Habe und ihr Leben so teuer wie möglich zu verkaufen.

Auf der Welt stieg täglich die Anzahl der Opfer. Bald kannte fast jeder irgend jemanden aus der näheren, oder weiteren Umgebung, den die Seuche umgebracht hatte, oder der einer Gewalttat zum Opfer gefallen war. Der Virus zog grassierend durch Straßen und Häuserblocks. Anfänglich gab es noch Familienmitglieder, oder Verwandte, oftmals auch Nachbarn, die die Infizierten zum Krankenhaus brachten. Das änderte sich alsbald. Der Verlauf der Krankheit schwächte die Menschen schnell und nachhaltig, dass sie zwar noch versuchten, telefonisch Hilfe zu holen, doch bis die Hilfe, wenn überhaupt, eintraf, waren sie verstorben. Von Hausbewohnern gefunden zu werden, blieb fast aussichtslos, da bereits viele Wohnungen leer standen. Die Bewohner verstarben unentdeckt in ihren vier Wänden. Selbst wenn durch Zufall Nachbarn ahnten, welche Tragödie sich hinter mancher Tür abgespielte, vermied man es, aus Angst vor der Ansteckung, zu helfen. Alsbald lagen weltweit unzählige Tote in den Wohnungen. Selten genug entdeckten sie die Seuchenkommandos, um sie noch zu beerdigen. Die Kühlhäuser der Bestattungsunternehmen waren überfüllt, die Totengräber schufteten im vierundzwanzig Stunden Takt und die Verbrennungsöfen liefen Tag und Nacht. Das reichte bald nicht mehr. Nachdem man die Toten nicht mehr mit normalen Beerdigungen bestatten konnte, ordneten die Regierungen an, Massengräber auszuheben. Gespenstisch war der Anblick der vermummten Seuchenkommandos, die die Toten auf Lastwagen herbeikarrten. Sie fuhren durch Straßenzüge, in denen das Leben gänzlich erloschen schien.

Nachts erinnerten schwarze Fensterfronten an die trostlosen Ruinen nach dem letzten Weltkrieg in Europa. Viele Viertel waren inzwischen verwaist, weil die Menschen geflüchtet, oder der Seuche zum Opfer gefallen waren. Es sah grotesk aus, wie die Totengräber in weißen Schutzanzüge auf den Bulldozern hockten und riesige, tiefe Gruben ausgehoben. Die Anordnung für Massengräber schrieb ungelöschten Kalk vor, damit die Verwesung nicht das Grundwasser verseuche. Den Leichen entzöge es somit das Wasser und die Hitze, die der Kalk entwickelt, tötete die Erreger, beziehungsweise erschwerte deren Verbreitung. Dadurch verringerte sich die Infektionsgefahr. Bei diesen eiligen Massenbeerdigungen war abzusehen, dass man nicht alle Leichen mit Namen erfasst konnte. So entstanden an den Rändern der Städte weithin sichtbare Erdwälle, auf deren Beschilderung nicht alle Namen der Bestatteten vermerkt werden konnten.

Welche schrecklichen Auswirkungen die unvorstellbare Menge an nicht beerdigten Leichen verursachten, sind zum Beispiel in Indien dem Bestattungsritual des Hinduismus geschuldet. Traditionell werden die Toten verbrannt und die Asche in den Ganges geschüttet. Bald gab es die notwendigen Mengen an Holz nicht mehr. Die Pandemie forderte in diesem bevölkerungsreichen Staat Berge von Opfern, die allein durch die Verbrennung nicht mehr beseitigt werden konnten. Nach endlosem Palaver mit den geistlichen Vertretern, gestatteten diese, die Toten unverbrannt in den heiligen Fluss zu werfen. Für Ratten war der Tisch reichlich gedeckt. Bald sahen sie genauso fett aus, wie ihre Verwandten im Rattentempel Karni-Mata. Das Wasser des Flusses verwandelte sich binnen kurzer Zeit in eine stinkende, verseuchte Kloake. Das wiederum erzeugte weitere Krankheitsfälle, worauf der Kreislauf von vorne begann.

Erhebungen über die Zahl der Opfer blieben unvollständig. In Europa, Amerika und Russland lagen ungefähre Zahlen vor, die besagten, dass bisher in diesen Ländern zusammen mit sechs bis acht Millionen Toten zu rechnen sei. Die Angaben aus Afrika und Asien schwankten stark,

aber auch hier mussten es sicher mehrere
Millionen sein.

*

Nach einer Woche hielten Hanni und Martin
die E-Mail vom Tropeninstitut, mit der beruhi-
genden Nachricht in den Händen, dass bei ihnen
kein Virus gefunden wurde.

In Rostock häuften sich die Krankheitsfälle
und die Versorgung brach zusammen. Nachdem
Hanni erfahren hatte, dass in Sobernheim, wo sie
herstammte, zwei Freundinnen an der Seuche
verstorben waren, überredete sie Martin, Rostock
zu verlassen und zu seinen Verwandten nach
Zehna, einem Dörfchen in der Nähe von Güst-
row, zu flüchten. Er war anfangs dagegen, wollte
er doch der Tante und dem Onkel nicht zur Last
fallen. Dann hatte er doch das Auto mit dem ge-
hamsterten Benzin betankt, die Reste ihrer einge-
lagerten Lebensmittel eingeladen und mit der
überglücklichen Hanni den Weg nach Zehna
genommen. Vorher hatte er den Ortswechsel
einigen Leuten, darunter dem Bootsmann, Professor Keil vom Forschungsinstitut und seinem
Redakteur Paulsen mitgeteilt. Martin war längere
Zeit nicht in der Redaktion gewesen und hörte
bestürzt, dass man aus finanziellen und perso-

nellen Gründen erwäge zu schließen. Damit hätten sie ihre Arbeitsstelle verloren. Mit diesen Gedanken im Kopf machten sie sich auf den Weg. Entgegen ihren Befürchtungen nahm man sie jedoch so herzlich auf, dass sie es vom ersten Moment an nicht bereuten. Allein Opa Masurek moserte noch etwas wie »Laus in den Pelz setzen«, oder so.

Am Abend nach ihrer Ankunft saßen beide vor dem Haus und schauten zu, wie die Sonne weit hinter den Wiesen und Feldern langsam, sich immer rötlicher färbend, unterging. Hanni unterbrach die ländliche Stille leisen mit den Worten:

»Womit haben wir dieses Glück verdient? Wir sitzen hier, sind gesund und zur selben Zeit sterben die Menschen überall zu Tausenden. Müssten wir nicht bei dieser Tatsache verrückt werden? Müssten wir nicht Gott auf den Knien für die uns erwiesene Gnade danken? Warum bringen uns diese entsetzlichen Bilder aus der Welt nicht um den Verstand? Wie ist es möglich, dass wir hier friedlich den Sonnenuntergang genießen dürfen?« Sie machte eine Pause und sah Martin fragend von der Seite an. Er sah Hanni nachdenklich an und meinte nach einem Moment des Zögerns:

»Diese Gedanken kreisen schon längere Zeit durch meinen den Kopf. Ich verstehe das ebenso wenig wie du, wie wir Tag für Tag weiterleben, ohne vor Schmerz und Kummer gelähmt zu sein. Ich kann mir das nur so erklären, dass Mutter Natur stets versucht, ihre Geschöpfe am Leben zu erhalten. In Notsituationen entwickeln alle Lebewesen ungeahnte Kräfte, um zu überleben. Bei uns Menschen hat sie aus diesem Grund zusätzlich eine Art psychologischen Selbstschutz vorgesehen. Der schützt uns, falls uns Gedanken am Weiterleben beeinträchtigen könnten. Nennen wir es einfach Lebenswillen.« Hanni nahm Martins Hand schweigend in ihre und sie sahen zu, wie die letzten Sonnenstrahlen verschwanden und den Weg für die Nacht freigaben.

In Zehna hatte es noch keinen Krankheitsfall gegeben. Mit Wundern ist das so eine Sache, aber es gibt sie, wenn man am wenigsten damit rechnet. Das Klingeln Martins Handy störte die ländliche Ruhe, als sie alle am Frühstückstisch saßen. »Hallo hier Masurek«, meldete er sich und hörte dann aufmerksam zu. »Ja, das ist richtig, ich kenne Herrn Professor Keil vom Robert-Koch-Institut. Ja, ich bin damit einverstanden und recht vielen Dank für die Mitteilung«, damit endete das Gespräch.

»Du strahlst ja über das ganze Gesicht«, wunderte sich Hanni, »es scheint eine gute Nachricht zu sein.«

»Im Prinzip ja, aber mit einem kleinen Haken«, verriet Martin.

»Nun spann uns nicht länger auf die Folter und erzähle«, drängten die Tischnachbarn.

»Also, der Anruf kam vom Tropeninstitut aus Hamburg. Erinnerst du dich noch an den netten Arzt, der die Untersuchung leitete. Er hielt stets engen Kontakt zum Robert-Koch-Institut in Berlin. Vor einer Woche rief ihn Professor Keil an, der sich an unser Gespräch erinnerte, und bat den Arzt uns zu fragen, ob wir uns bereit fühlten, Versuchskaninchen zu spielen. Sie haben einen Impfstoff gefunden, der sich noch in der Erprobungsphase bei Menschen befindet. Tierversuche hätten keine Nebenwirkungen gezeigt. Es läuft jetzt die Phase eins - Erprobung mit wenigen Gesunden. Danach kämen die Phasen zwei und drei. Ob wir für den Test zur Verfügung stünden. Professor Keil hat eine Charge zum Tropeninstitut nach Hamburg liefern lassen. Entschuldige bitte, ich habe einfach zugesagt. Wenn du nicht möchtest, können wir auch wieder absagen«, damit beendeter er den Inhalt des Gesprächs. Atemlos hatten alle zugehört und bestürmten Hanni und Martin mit Fragen und rieten, den Versuch unbedingt zu wagen. Sie selber wollten sich nicht impfen lassen, verrieten sie. Hanni hatte sich zurückgelehnt, sah Martin ernst an und fragte:

»Was könnte passieren, wenn es schief geht? Hat er es dir erklärt? Immerhin sind wir im Moment noch gesund. Warum sollten wir diesen Zustand aufs Spiel setzen? Ich für meinen Teil muss es mir noch einmal gründlich überlegen.« Martin schaute etwas verwirrt, weil er fest damit gerechnet hatte, dass Hanni sofort freudig zustimmen würde.

»In Ordnung, die Bedenkzeit gebe ich dir gerne, aber ich müsste im Fall, dass du nein sagst, das Institut informieren,« gab er zu bedenken.

»Einverstanden. Ich werde dich nicht lange im Unklaren lassen«, willigte Hanni ein und das Thema war damit beendet. Am nächsten Morgen kam Hanni frisch geduscht und sichtlich guter Laune in die Küche gestürmt, umarmte Martin heftig und erklärte dann verschmitzt lachend.

»Ich bin einverstanden, entweder wir leben zusammen oder …«, den Rest lies sie unvollendet. Er nahm sie fest in die Arme und meinte sichtlich erleichtert:

»Etwas anderes hätte ich auch nicht von dir erwartet. Gut, dann rufe ich nach dem Frühstück gleich das Tropeninstitut an und lasse uns einen Termin geben.«

Den Termin erhielten sie für Mitte der kommenden Woche. Zu normalen Zeiten hätten sie sich beide auf die Fahrt nach Hamburg gefreut, aber als sie eine Weile gefahren waren, drückte der Anlass der Fahrt doch auf die Stimmung. Begonnene Gespräche versandeten alsbald wieder und beide bemühten sich, die Gemütslage nicht noch düsterer werden zu lassen. Sie hätten froh sein können, gehörten sie zu den Auserwählten, die eine Chance bekamen nicht zu erkranken. Sie dachten, an all die anderen, denen das nicht vergönnt war.

An diesem Tag fühlte sich die Entfernung bis Hamburg besonders lang an. Im Tropeninstitut erwartete man sie bereits und führte sie in das Behandlungszimmer. Der Arzt erklärte ihnen, welche Nebenwirkungen, aber nur kurzzeitig, wie er wiederholt betonte, auftreten könnten. Eventuell könnten sich Fieber und Gliederschmerzen einstellen. Das wäre normal. Sollte jedoch das Fieber länger als eine Woche anhalten, müssten sie sofort zurück zum Institut kommen.

Kurz darauf saßen sie wieder im Wagen und traten die Rückfahrt an. Vor der Abfahrt hatten sie an drei Tankstellen versucht zu tanken, vergeblich. Seit Monaten sei ihnen kein Benzin mehr geliefert worden, erklärten die Pächter. Der hoffnungsvolle Blick auf die Tankanzeige versprach keine Beruhigung. Es grenzte an ein Wunder, wenn es bis zu den Verwandten reichte. Nein, ihnen war kein Wunder beschieden. Die Warnlampe leuchtete seit einigen Kilometern und die nächste Abfahrt, wo es eine weitere Tankmöglichkeit gäbe, lag zu weit weg. Sie atmeten erleichtert auf, als ein Schild auf den Rastplatz Quellental hinwies. Mit den letzten Tropfen rollten sie auf den Parkplatz in die Nähe der vier Wagen, die dort standen. Sofort stiegen sie aus und begannen die Fahrer um Kraftstoff zu bitten.

Die Angesprochenen sagten nein zur Bitte um Benzin. Niemand trennte sich heutzutage nur von einem einzigen Liter des kostbaren Stoffes. Nun blieb nur noch der fünfte Wagen übrig. Er stand am Ende des Parkplatzes kurz vor der Ausfahrt auf die B20. Martin meinte:

»Setz dich schon mal ins Auto, ich laufe rüber und wenn es Benzin gibt, dann winke ich.« Er sah, als er neben das Auto trat, dass der Fahrer den Sitz fast in Liegeposition gestellt hatte. Er zögerte, weil er den schlafenden Mann nicht wecken wollte. Doch was half es, ohne Benzin kämen sie nicht nach Hause. Erst zaghaft, dann kräftiger, klopfte er an die Seitenscheibe. Der Mann rührte sich nicht. So tief konnte niemand schlafen, dachte Martin und öffnete die Fahrertür. Entsetzt prallte er zurück. Ein durchdringender Verwesungsgeruch schlug ihm entgegen. Der Mann war tot, länger schon. Sofort winkte Martin und Hanni kam freudestrahlend angelaufen. »Bleib bitte ein bischen weiter weg«, rief er und hielt sich demonstrativ die Nase zu. Hanni hatte den leblosen Fahrer durch die geöffnete Tür gesehen und blieb abwartend stehen. Wie sollten sie sich nun verhalten? Ihre Sorge galt dem Treibstoff, ohne den sie nicht weiterkämen. Martin riss sich zusammen, beugte sich ins Innere des Wagens, ohne den Fahrer anzusehen und angelte mit der Hand nach dem Autoschlüssel, der steckte. Nachdem er ihn abgezogen hatte, begab er sich zum Kofferraum des großen Wagens und schickte ein Stoßgebet zum Himmel. Er klappte den Kofferraumdeckel hoch und glaubte zu träumen. Vier Benzinkanister, je zwanzig Liter, standen festverzurrt nebeneinander im Kofferraum. Was könnte passieren, wenn die Insassen der anderen Autos sähen, wie sie die Behälter in ihr eigenes Auto umladeten? Hanni trat näher, sah auf das Benzin und fragte:

»Worauf wartest du? In diesen Zeiten ist sich jeder der Nächste und für uns bedeutet das die Rettung.«

Hanni holte das Auto, fuhr neben den anderen Wagen und sie luden die Kanister um. Vorher füllten sie so viel Benzin ein, dass es bis nach Hause reichen würde. Martin steckte den Zündschlüssel wieder zurück. Von zu Hause aus wollten sie dann die Polizei informieren. Mit einem prüfenden Blick auf die noch parkenden Wagen,

fuhren sie auf die Autobahn. Das anfängliche
Gefühl eines schlechten Gewissens verlor sich
während der Fahrt.

*

Rabe ließ es keine Ruhe, dass ihn der alten
Kapitän Hansen so vorgeführt hatte. Noch mehr
wurmte es ihn, die geheimnisvolle Pistole, die
ihn paralysiert hatte, nicht in die Hand bekommen zu haben. Er hoffte, mit diesem einmaligen
Relikt aus einem Raumschiff, ein dickes Geschäft
zu machen. Der Zeitpunkt, sich in den Besitz der
Pistole zu bringen, schien günstig. Besonders der
Umstand, dass der Kapitän verstorben war, ließ
den Einbruch risikoloser erscheinen. Von öffent-
licher Ordnung konnte man kaum noch reden
und selbst in Rostock kam es zu Übergriffen und
Plünderungen. Diesen Umstand wollte er für
sich nutzen. Er passte den Moment ab, wo Hansens Frau zu ihrer Schwester ging. Wie er noch
von früher zu wissen glaubte, blieb sie dort stets
über Nacht. Spät abends stieg er über den Zaun,
schlich zur Terrassentür und öffnete sie mit dem
bereits ausprobierten Trick. Im Haus führte ihn
sein Weg schnurstracks zum Schreibtisch im
Wohnzimmer. Er vermutete sie dort, fand sie
aber nicht. Er überlegte und entschloss sich, oben
weiterzusuchen. Im Schlafzimmer, im Nachttisch

vom Kapitän, fand er sie und steckte sie. Vorsichtig tappte er die dunkle Treppe nach unten ins Erdgeschoss. In diesem Moment hörte er es an der Haustür schließen. Der Schreck lähmte ihn fast. Er wollte zur Terrassentür, um durch den Garten zu flüchten, als er über einen neben dem Schreibtisch stehenden kleinen Hocker stürzte und zu Boden schlug. Dabei fiel er mit dem Kopf gegen die Kante eines Beistelltisches und blieb sekundenlang benommen liegen. Da stand Frau Hansen bereits im Zimmer, sah die dunkle Gestalt gegen das dämmrige Licht des Fensters auf dem Boden liegen und schrie augenblicklich gellend um Hilfe. Zu seinem Unglück hatte ein Bekannter die Frau bis nach Hause begleitet. Dieser war bereits wieder am Gartentor angelangt, und als er die Schreie hörte, reagierte er blitzschnell. Er sah, wie ein Mann über den Zaun kletterte, stürzte sich sofort auf ihn und rief lauthals:

»Zur Hilfe, Einbrecher!«. Das Glück schien an diesem Tag nicht auf Rabes Seite zu sein. Eine Militärstreife hörte die Rufe und eilte herbei. Sven Rabe hatte sich von dem Angreifer befreien können, sah die beiden Soldaten auf sich zu laufen und zog die kleine Pistole. Da er die Wirkung kannte, fühlte er sich im Vorteil, hob sie, zielte auf die Männer, missachtete die Warnung, sie wegzuwerfen, zog den Abzugshebel durch und … nichts geschah. Die Streife hatten gesehen, dass er die Waffe gegen sie richtete, und schossen beide zugleich. Sven Rabe war tot. Die kleine Pistole nahmen sie mit. Anfangs dachte man, es wäre eine Spielzeugpistole. Die nachfolgende Untersuchung ergab, dass niemand die Funktionsweise herausfand. Was sie nicht wussten, die Pistole musste von Zeit zu Zeit mit Energie aufgeladen werden. Nach der langen Liegezeit war sie leer und unbrauchbar. Jetzt wanderte sie in die Asservatenkammer, ohne dass man erkannte, woher sie ursprünglich stammte.

*

Dann geschah ein Wunder. So schien es anfangs. Die ersten Meldungen, dass es gelungen sei, einen wirksamen Impfstoff bereitzustellen, der alle Tests bestanden hatte, erreichten durch die marode Nachrichtenübermittlung, anfangs nur wenige. In Amerika und Deutschland gelang fast gleichzeitig der Durchbruch. Die Menschen atmeten auf. Die Euphorie jedoch legte sich bald wieder, als man erfuhr, wie lange die pharmazeutische Industrie benötigte größere Mengen herzustellen. Abgesehen davon, dass die früheren Transportwege kaum noch funktionierten.

Die Seuche tobte weiter über die Erde.

*

Die eiskalte Nacht im Oktober lockte nur wenige Menschen ins Freie. Nur wer einen guten Grund hatte, schlich, warm eingepackt, durch die Straßen seinem Ziel zu. So auch Peter Paulsen, der Chefredakteur des Ostseekuriers. Vor Tagen hatte er sich mit dem Bootsmann verabredet. Nicht dass er Stoff für seine Artikel suchte, sondern weil er, rein aus Neugier, den unverfälschten Bericht vom letzten Augenzeugen des Inselabenteuers hören wollte. Die Zeitung wurde seit Wochen nicht mehr gedruckt und er hielt es einfach nicht aus, tatenlos herumzusitzen. Bald saßen sie vor dem wärmenden Kaminfeuer. Paulsen brachte als Gastgeschenk eine Flasche echten Jamaikarum mit. Brunken erzählte und erzählte, der Grog musste mehrmals erneuert werden und die Stunden verflogen. Paulsen hatte sich vorsichtig noch erkundigt, warum er unverheiratet sei, worauf Brunken einen Moment nachdachte und dann augenzwinkernd erklärte:

»Tja, glauben Sie mir, ich habe nichts unversucht gelassen, mein Leben zu zweit zu verbringen, aber einen Seemann zu heiraten ist so eine Sache. Meine Beziehungen hielten oft nicht mal ein Jahr. Die Frau, die meine monatelange Abwesenheit ausgehalten hätte, war leider nicht dabei.« Gegen zwei Uhr nachts, erhob sich Paulsen, dankte für den netten Abend, schlang den Schal fest um den Hals und lief leicht schwankend

zum Ausgang. »Hallo, einen Moment bitte«, rief
der Gastgeber, der nicht schnell genug aus dem
Sessel hochkam. »Ich bringe Sie noch ein Stück.
Die frische Luft wird mir guttun.« Sie standen
vor der Tür, kein Lüftchen regte sich und am
klaren Nachthimmel zeigten sich strahlend die
Sterne. Paulsen hatte den Blick bereits wieder
vom Himmel abgewandt und meinte:

»Jetzt muss ich aber los, sonst schaffe ich den
Weg nicht mehr.«

Da Brunken nicht antwortete und unverwandt nach oben stierte, schaute auch Paulsen
wieder hoch, wobei er fragte:

»Sehen Sie was Besonderes da oben?«
Brunken reagierte, indem er mit dem Finger in
den Himmel wies und flüsterte:

»Entweder es war ein Grog zu viel, oder es ist
tatsächlich ein leuchtender Punkt, der näherzukommen scheint.«

»Wo?«

»Na da, ein Stück links neben dem Abend-
stern. Sehen sie ihn?«

»Und Sie denken, er kommt näher?«, wollte
Paulsen wissen.

»Da bin ich mir sicher. Wenn meine alten
Seefahreraugen auch nachgelassen haben, könnte
ich wetten, er nähert sich.« Das nach oben Starren ging Paulsen auf den Nacken, so dass er sich
auf einen der bereiften alten Gartenstühle setze,

um entspannter nach oben schauen zu können. Nach einigen Minuten bestätigte er die Wahrnehmung. »Da kommt etwas näher, unbestritten. Ist das ein Satellit oder etwa …« Brunken lehnte an der Hauswand, schaute unverwandt nach oben, ehe er erwiderte.

»Das ist kein Satellit, die haben andere Flugbahnen. Wir haben sie oft gesehen, wenn wir über das Meer fuhren. Das hier«, er hielt inne, um genauer hinzuschauen, »sieht ähnlich aus wie damals, als ein UFO die ›Anja‹ zerstörte.« Gebannt schauten sie zu, wie der helle Punkt immer größer wurde. Dann stand der leuchtende Gegenstand genau über Rostock. Lautlos, mit flackernden Lichtern und gewaltig groß. Eindeutig, es war ein Raumschiff. Beiden Männern kroch ein Schauder der Furcht den Rücken hoch.

»Was wollen die hier?«, flüsterte Paulsen.

»Keine Ahnung, aber sicher besuchen sie uns nicht als Freunde, wenn ich an die infizierten weißen Affen denke. Vielleicht kommen sie, um nachzusehen, ob wir alle schon an der Seuche verreckt sind«, vermutete Brunken.

Das Fluggerät blieb nicht unentdeckt. Sie hörten das typische Geräusch von Hubschrauberrotoren, das sich näherte. Wie hoch sich das UFO über der Stadt stand, konnten sie nicht abschätzen. Jedenfalls schien es sich noch in der Aktionshöhe von Hubschraubern zu befinden.

Anscheinend waren militärische Einrichtungen alarmiert. Es dauerte nicht lange und starke Suchscheinwerfer erfassten das Raumschiff. Die beiden Männer konnten deutlich den Helikopter der Armee sehen, wie er sich dem UFO näherte. Der Hubschrauber blieb in gleicher Höhe, etwa zweihundert Meter neben dem Raumschiff, stehen. So standen sich die beiden Luftfahrzeuge über eine halbe Stunde gegenüber.

»Ich vermute«, begann Paulsen, »sie werden jetzt versuchen Kontakt mit den Insassen aufzunehmen. Wenn die internationale Presse hiervon berichtet, werden sich die Amis ärgern, dass ein UFO lieber nach Old Germany geflogen ist, als nach Amerika.« Beide starrten wie gebannt auf das Schauspiel am nächtlichen Himmel.

»Da, um Gottes Willen, was ist jetzt geschehen«, entfuhr es Brunken, als der Hubschrauber plötzlich, ohne erkennbaren äußeren Anlass, wie ein Stein zu Boden stürzte. Paulsen hatte es auch gesehen.

»Damals«, begann er, »als sie die ›Anja‹ versenkten, benutzten sie einen dünnen roten Strahl, ähnlich wie einen Laserstrahl. Hier habe ich aber nichts dergleichen gesehen, oder Sie?«

»Nein«, murmelte der Chefredakteur. »Es sah aus, als ob die Rotorblätter plötzlich stehen blieben, und dann sackte der Hubschrauber bereits in die Tiefe.« Unbeweglich, von den Scheinwerfern angestrahlt, stand das UFO über der Stadt. »Ich kann mir lebhaft vorstellen«, begann Brunken, »wie die sich Militärs jetzt die Köpfe zerbrechen, was da gerade geschehen ist. Ich bin mir sicher, dass sie es nicht wagen das Raumschiff anzugreifen. Außerdem hat sie die Seuche personell stark geschwächt und sie werden sich jeden Schritt dreimal überlegen.« Durch die Aufregung schien die Wirkung des Grogs sichtlich verflogen zu sein.

»Ich meine, Sie sollten jetzt nicht nach Hause gehen. Erstens haben wir hier einen wunderschönen Tribünenplatz und zweitens habe ich noch ein Gästebett, das ich Ihnen anbieten möchte«, schlug der Bootsmann vor.

»Ich denke, das ist eine gute Idee und ich nehme Ihr Angebot gerne an«, bedankte sich Paulsen erfreut. Er stand auf und reckte sich, um seine nach einer Stunde in der Kälte steif gewordenen Glieder wieder beweglich zu machen.

»Wir gehen lieber ins Haus und sehen uns das Spektakel vom Wohnzimmer an. Die Terrassenfenster sind groß genug, dass wir alles gut übersehen können. Ich bin mir sicher, ein weiterer Grog wäre nützlich, um die Kälte aus dem Körper zu vertreiben«, regte Brunken an.

»Gute Idee, und jetzt nichts wie rein in die warme Stube«, stimmte Paulsen begeistert zu.

Im Zimmer rückten sie zwei Sessel in die Nähe des Fensters und platzierten einen kleinen Beistelltisch dazwischen. Der Hausherr holte zwei dampfende Gläser Grog aus der Küche und stellte sie auf den kleinen Tisch. Es hatte etwas länger gedauert, weil er ein paar Brote mit Wurst und Käse vorbereitet hatte.

»Wer weiß, wie lange wir hier noch zuschauen. Nur vom Grog sollten wir uns nicht ernähren«, muntere er den Gast auf, als er ihm den Teller mit den belegten Broten hinhielt. Paulsen nahm ein Stück Wurstbrot und biss hinein.

»Ihre Idee mit dem Imbiss ist genial«, nuschelte er etwas undeutlich, während er weiterkaute. »Sollte in den nächsten Minuten die Welt untergehen, finden wir mit Grog und belegten Broten ein würdiges Ende«, setzte er zufrieden lächelnd hinzu. Sie kauten und schauten. In den folgenden zwei Stunden geschah nichts Aufregendes. Das UFO stand wie festgenagelt über der Stadt, von den Scheinwerfern angeleuchtet. Langsam begannen sie müde zu werden. Erst gähnte Paulsen und davon angesteckt auch der Bootsmann. »Ich schlage vor, dass wir uns wenigsten ein paar Minuten aufs Ohr legen sollten, sonst ist der morgige Tag, nein, ich verbessere mich, der heutige Tag so gut wie verloren.« Die Worte ließen Paulsen aus seinem leichten Dämmerzustand hochschrecken.

»Ja, ja, da haben Sie recht. Ich stimme ihnen zu, das ist genau das, was wir jetzt brauchen«, willigte er sofort ein und erhob sich mühsam aus dem Sessel. Der Hausherr zeigte Paulsen das Gästebett im Obergeschoss und meinte im Weggehen:

»Mit dem Aufstehen hat es Zeit. Treffpunkt ist dann die Küche.«

Die Uhr zeigte an, dass die Mittagszeit bereits vorbei war, als Paulsen, sich noch reckend und verschämt gähnend, in der Küche erschien.
»Moin Herr Bootsmann, ich hätte noch länger liegen bleiben können, aber der Kaffeeduft hat mich beflügelt aufzustehen«, gab er zu. Brunken hielt sich schon seit einer Stunde in der Küche auf, um das Frühstück vorzubereiten.

»Auch einen guten Morgen Herr Redakteur«, konnte er sich nicht verkneifen auf dieselbe Art zu antworten. »Ehe Sie mich fragen, ob das Raumschiff noch da ist. Ja, es ist noch da und steht unverrückt über der Stadt«, verkündete Brunken. Paulsen lief ins Wohnzimmer und schaute zur Stadtmitte. Die Außenhaut glitzerte wie poliertes Silber in der Mittagssonne. Die Lichter, die sie nachts gesehen hatten, leuchteten nicht mehr.

»Ich rufe jetzt Herrn Masurek an. Er wird in dem Nest, wo er sich zurzeit aufhält, nichts von der nächtlichen Überraschung mitbekommen haben. Frau Baumann und er haben sich mit dem Affenthema von Anfang an befasst.« Er wählte, aber es kam keine Verbindung zustande. Die Beleuchtung des Handys leuchtete, sonst aber geschah nichts.

»Versuchen sie es mit meinem Festnetzanschluss«, schlug Brunken kauend vor. Es klappte und man holte Martin Masurek an den Apparat. Nein, er hätte nicht von der Sache mitbekommen. Er sei nur erstaunt gewesen, dass in der Nacht Militärkolonnen auf der Bundesstraße 104, die nicht weit vom Ort vorbeiführt, zu sehen, besser gesagt, zu hören waren. Nach dem Geräusch befanden sich Kettenfahrzeuge darunter. Er dankte für die Mitteilung und erwiderte, dass er sich sofort mit Frau Baumann auf den Weg nach Rostock machen würde.

»Ich denke, es ist an der Zeit, sich wieder nach Hause zu begeben, sonst bleibe ich noch als Untermieter«, witzelte Paulsen, dankte für die ausgezeichnete Gastfreundschaft und begab sich auf den Heimweg.

*

Hanni und Martin warfen einen prüfenden Blick auf den Benzinvorrat und beschlossen, mit dem Wagen nach Rostock zu fahren. Bereits bei den ersten Häusern trafen sie auf Bestattungswagen, die nicht die Straße zum Friedhof einschlugen, sondern weiter aus der Stadt hinausfuhren.

»Das sieht nicht gut aus. Ist wohl kein Platz mehr auf dem alten Friedhof.«, murmelte Martin. Ehe sie den Stadtkern erreichten, erblickten sie das UFO direkt in der Mitte der Stadt über der Warnow, etwa beim Ortsteil Bramow, in der Luft stehen. Dann stoppten Militärpolizisten ihr Fahrzeug und man befahl ihnen umzukehren. Erst als sich beide als Journalisten des Ostseekuriers auswiesen, gestattete man ihnen die Weiterfahrt, mit der Anordnung, den Wagen möglichst bald in einer Seitenstraße abzustellen und zu Fuß weiterzugehen. Sofort fiel ihnen auf, wie wenige Menschen sie in den Straßen sahen. Sie liefen bis zum Ufer der Warnow und schauten nach oben. Viel konnten sie nicht entdecken. Die Unterseite des Raumschiffs wirkte glatt, glänzend und sie bemerkten weder Luken noch andere Öffnungen. Allein ein dunkler Ring, der sich auf der Unterseite dicht am Rand um das Raumschiff entlangzog, fiel ihnen auf. An dieser Stelle sah man nachts die umlaufenden Lichter. Im Gegensatz zu den Insel-UFOs, so hatte es Paulsen von seinem Standort aus gesehen und ihnen berichtet, gab es auf der Oberseite keine herausragende Glaskanzel. Dieses UFO hatte eine symmetrische Diskusform. Der Durchmesser von etwa sechzig und in der Mitte einer Dicke von etwa zehn Metern beeindruckte sie. Hanni notierte sich das Aussehen und die Größe des UFOs, während Martin einige Fotos schoss. »Wir bleiben«, schlug er vor, »und werden uns in einer Pension einquartieren, egal was hier geschehen könnte.« Ganz wohl war ihm bei den forschen Worten nicht, dachte er an die roten Strahlen, die die ›Anja‹ versenkten. Am Empfang der Pension wollte man ihnen kein Zimmer geben, aus Furcht, sie könnten infiziert sein. Sie hätten schon seit Wochen keine Gäste mehr aus diesem Grund aufgenommen. Erst als Hanni bei allen Heiligen schwor, dass sie geimpft seien, und sie könnten sich beim Tropeninstitut erkundigen, bekamen sie ein Zimmer.

*

Das erneute Auftauchen eines UFOs blieb nicht unbemerkt in der Welt. Bereits Stunden nach dem es über der Stadt erschien, teilten einige Reporter den Medien die Ankunft dieses UFOs mit. Eine erneute Welle von sensationsgierigen Journalisten rollte auf die Stadt zu.

Was sie sahen, gab nicht viel Stoff her. Das UFO stand am Himmel und verharrte bewegungslos. Aus einem sofort einberufenen Krisenstab aus Regierungs-Sicherheit- und Militärexperten, drang kein Sterbenswörtchen an die Öffentlichkeit. So verlegten sie sich, wie stets, auf Vermutungen und setzten die wildesten Gerüchte in Umlauf. Einige meinten, von Angriffsplänen des amerikanischen Militärs auf das UFO gehört zu haben, und ein anderes Mal berichteten sie, die Besatzung des Raumschiffes würde Viren und Bakterien über der Stadt versprühen. Eines war jedoch eingetreten. Vertreter fast aller Nationen trafen sich in New York, um die Lage zu bewerten. Nicht alle Regierungsvertreter konnten kommen, weil entweder kein Kerosin für die Flugzeuge, oder keine Piloten zur Verfügung standen. Man band sie deshalb per Videokonferenzschaltung ein. Russland und Amerika beschlossen, sich auf jeden Fall für einen Angriff auf das, oder auf weitere Raumschiffe vorzubereiten. In Europa überwog die Meinung abzuwarten und nicht voreilig die Situation anzuheizen. Die Begründung der angriffsbereiten Nationen war nicht von der Hand zu weisen. Sie argumentierten, noch sei man in der Lage, personell den Angriff durchzuführen. Es sei abzusehen, dass bei weiterer Ausbreitung der Pandemie, die Verteidigungsfähigkeit der Menschheit nicht mehr gegeben wäre. Die Abstimmung ergab; die Mehrheit wollte noch abwarten.

Über Nacht änderte sich die Lage. Spezielle Satelliten und Teleskope sichteten die Annäherung von einer größeren Anzahl von Objekten. Diese Meldung bestätigten Beobachtungsstationen rund um den Erdball. Anfangs hoffte man, dass es sich um einen Schwarm von Meteoriten handeln könnte. Es dauerte jedoch nur kurze Zeit und diese Annahme erwies sich, aufgrund der Flugbahnen und der berechneten Ausgangsposition, als irrig. Radargeräte, die den erdnahen Weltraum absuchten, erfassten ebenfalls die Objekte und konnten im Trackingmodus die Flugbahnen verfolgen. Alle Messungen ließen nur einen Schluss zu - UFOs nähern sich der Erde.

Berechnungen ergaben, dass sie bei gleicher Geschwindigkeit in einer Woche die Atmosphäre erreichten. Diese Nachricht verursachte einen erneuten Panikschub bei den Menschen. Die noch funktionierenden Medien leisteten der Unruhe noch Vorschub. Berichte und Überschriften wie: »Sie kommen, um zu ernten«, »Wir haben keine Chance« und »Geniest die letzten Tage«, trugen nicht zur Beruhigung bei. Abgesehen davon, fühlten sich Weltuntergangspropheten betätigt in ihren Voraussagen, die Welt werde demnächst untergehen.

Hatte die Pandemie bereits das Grauen in alle Erdteile getragen, fürchteten sich die Menschen vor dem Unbekannten in Form der UFOs.

Menschen, die der Seuche entkamen, haderten mit Gott, warum er sie wiederum prüfe. Drei Tage vor der berechneten Ankunft der Außerirdischen ließ eine Meldung die Menschheit aufatmen. Die Flugobjekte kamen nicht näher. Sie verharrten bewegungslos an einer Stelle. Die Regierungsvertreter setzten sich umgehend wieder in New York zusammen, um die neue Lage zu besprechen. Anlässlich des Vorfalls in Rostock, wo ein Hubschrauber, ohne etwas Feindliches gegen das UFO unternommen zu haben, grundlos vernichtet wurde, riet zur Vorsicht. Die Schilderung der Zeugen, die die Zerstörung der ›Anja‹ miterlebten und die Wirkung der roten Strahlen beschrieben, verstärkte die Meinung, vorerst abzuwarten und keine aggressiven Handlungen gegen die UFOs zu unternehmen. Einig jedoch waren sich alle Militärexperten, dass Pläne erarbeitet werden mussten, die im Ernstfall zum Tragen kämen. Interkontinentalraketen mit Atomsprengköpfen, sowie alle bisher entwickelten geheimen Waffen, sollten dann zum Einsatz kommen. Wie immer lag eine gewisse Zuversicht in den angedachten Maßnahmen. Diese reduzierten sich, als sie die Anzahl der im Weltraum verharrenden Raumschiffe mit etwa dreißig feststellten.

Die UFOs kamen auch in den nächsten vier Wochen nicht näher. Das Militär nutzte diese

Zeit, um wenigstens einige Vorkehrungen zu treffen, falls es zu einer Auseinandersetzung käme. Die Weltraumorganisationen hingegen waren vielmehr daran interessiert, herauszufinden, um welcher Art Antrieb es sich bei den UFOs handelt. Bei keiner der Flugbewegungen hatte man eine Leuchterscheinung beobachten können, die auf einen Energieschub hindeutete. Rings um das Rostocker Flugobjekt hatte man bisher keinen Öffnungen entdeckt, die wie Antriebsdüsen oder Ähnliches aussahen. Es konnte sich also zum Beispiel weder um einen Plasmaantrieb, Nuklearantrieb, Photonenantrieb noch Laserantrieb handeln. Wie die Pandemie die Bevölkerung bewegte, so bewegte die Antriebsforscher die Frage nach der Fortbewegungstechnik der Raumschiffe. Was hätten sie dafür geben, einen Blick in das Innere eines der UFOs zu werfen.

Es mag makaber klingen, aber an das über Rostock schwebende Raumschiff gewöhnten sich die Bewohner. Es stand da, ließ in der Nacht einen Lichterkranz auf der Unterseite flackernd herumlaufen, der im ersten Morgengrauen verlosch. Einige Gutgläubige meinten, darin ein Zeichen zu sehen, dass die Fremden nicht in böser Absicht kämen. Anderen hingegen kam das über ihren Köpfen schwebende Objekt so unheimlich vor, dass sie es vorzogen, aus Rostock zu verschwinden. Hanni und Martin fuhren wieder nach Zehna zurück, weil es keinen Grund gab, länger zu bleiben.

Expertenteams versuchten herauszufinden, wie lange die Besatzung der UFOs, ohne Nachschub von ihrem Herkunftsort, ausharren könnten. Bei ihrer Annahme gingen sie davon aus, dass es sich um dieselbe Affenart wie die Affen aus dem Raumschiff von der Insel handeln müsse. Durch die Untersuchungen von Mister Uffo wussten sie, dass sie die Luft unserer Erde atmen konnten, Wasser vertrugen und Obst und Gemüse fraßen. Ja, sie benutzten, trotz der höchstwahrscheinlich viel weiter fortgeschrittenen technischen Entwicklung der Affen, das Wort »fraßen«. Sie sträubten sich gegen die Vorstellung, diese Affen hätten sich weiterentwickelt, als die Menschheit. Wollten die UFO-Affen die Erde für sich erobern? Die Lebensbedingungen für sie waren gegeben, wie man wusste. Alles sah nach einer Invasion aus. Die Experten stießen auf einen Bericht ihrer Kollegen, die damals die Männer auf der ›Anja‹ vernommen hatte, die in den UFOs waren. Ein Bootsmann, so stand es in dem Schriftstück, hätte gesehen, dass die Affen, ehe sie die Schlafbehälter verließen, Schläuche mit einem Passstück im Maul hielten. Sie bekamen eine grünliche Flüssigkeit aus einem großen Behälter zugeführt. Daraus schloss man, dass sie sich, dank der hoch konzentrierten Nahrung, noch lange im Weltall aufhalten konnten.

Man versuchte immer wieder, mit energiereichen Sendern, Kontakt mit der Besatzung aufzunehmen. Alle Wellenlängen und Sendestärken brachten keine Reaktion. Lichtsignale blieben ebenfalls unbeantwortet.

Eines Tages meldete ein Satellit den Empfang von Signalen, die aus der Richtung der UFOs kamen. Sie wurden umgehend an das Fraunhofer-Institut für Nachrichtentechnik, an das Heinrich-Hertz-Institut und weitere Institute in der Welt weitergeleitet. Die Signale konnte man zwar klar und deutlich empfangen, aber sie ähnelten im Aufbau keinen bekannten Mustern. Dechiffrierspezialisten, besonders aus dem militärischen Bereich, nahmen die Arbeit auf.

*

Das Frühjahr hielt Einzug in Deutschland. Die Natur blieb von der menschlichen Katastrophe unbeeindruckt. Die Bäume schoben die ersten grünen Blattspitzen hervor, die Blumen blühten um die Wette, die Vögel jubilierten und begannen mit dem Nestbau. Es schien, als ob Fauna und Flora sagen wollten: »Was ist schon eine Pandemie, was interessieren uns Menschen, wir haben in den Jahrmillionen ganz andere Probleme überstanden.«

Rostock hatte über zehntausend Pandemieopfer zu beklagen. Das war mehr, als der deutschlandweite Durchschnitt. Vermutlich, weil sich der Virus von der ›Anja‹ aus, hier zuerst ausbreitete. Die Anzahl der Journalisten hatte sich, nach Wochen des vergeblichen Wartens, ob sich beim UFO etwas ereignete, verringert.

Der Bevölkerung standen nur minimale Lebensmittelmengen zur Verfügung. Zur Verbesserung der Lage, holten freiwillige Helfer Lebensmittel von den Landwirtschaftsbetrieben aus der Umgebung ab und gaben sie an zentralen Stellen an Bedürftige aus.

Eines morgens, Martin stand bereits nach dem Duschen in der Küche, um bei den Frühstücksvorbereitungen zu helfen, wunderte er sich, wo Hanni bliebe. Er lief nach oben und rief von der Tür her:

»Aufstehen du Schlafmütze.« Doch anstelle einer fröhlichen Antwort hörte er nur ein schwaches Stöhnen und Hanni flüstern:

»Mir dreht sich alles im Kopf. Ich glaube, ich habe Fieber.« Ein eisiger Schreck durchfuhr Martin. Setzte sich der Virus doch noch gegen die Impfung durch? Der Arzt sagte zwar, dass nach

einer gewissen Zeit, etwa bis zu vierzehn Tagen
mit einer Fieberreaktion auf die Impfung gerechnet werden könnte. Das lag jedoch bereits mehrere Wochen zurück.

Er setzte sich zu Hanni und fühlte ihre Stirn.
Sie war heiß, sehr heiß.

»Warte«, beruhigte er sie, »ich hole dir ein
kaltes, feuchtes Tuch für die Stirn und rufe sofort
den Arzt aus dem Institut an, und frage, was wir
unternehmen können.« Er lief nach unten, wählte
und nach kurzer Wartezeit kam den Arzt, den er
bereits kannte, ans Telefon. Martin schilderte die
Anzeichen und nach einigen Minuten, in denen
sich der Gesprächspartner mit einem Kollegen
beriet, bekam er die Antwort; man wundere sich
zwar über das spät aufgetretene Fieber, aber
meinte, dass es höchstens drei Tage anhielte.
Danach sollte es, so rasch wie es gekommen war,
abklingen. Verliefe es nicht so, müsste die Patien-
tin sofort auf die Station zur Behandlung. Im
Moment könnte er nur mit kühlenden Umschlä-
gen ein wenig helfen. Das Gespräch hatten die
anderen Familienmitglieder mitbekommen und
stürmten mit besorgten Fragen auf ihn ein.
»Nein, das sind nicht die ersten Anzeichen der
»Affenseuche«, beruhigte Martin, weil das der
Großvater sofort vermutete und ergänzte, »das
ist die Reaktion auf die Schutzimpfung. Die tritt
aber nicht bei allen Geimpften auf«, als er die

misstrauischen Blicke der anderen sah. Dann eilte er nach oben, um sich um Hanni zu kümmern.

Nach drei Tagen, Hanni hatte sehr unter dem hohen Fieber gelitten und sichtlich an Gewicht verloren, wachte sie auf und fühlte sich fieberfrei. Die Messung ergab, eine nur noch leicht erhöhte Temperatur. Mit großer Freude empfing man sie am vierten Tag am Frühstückstisch, als sie, noch etwas wackelig, die Treppe herunterkam. Jetzt durften sich Martin, der fieberfrei geblieben war, und Hanni zu denen zählen, die den Virus überstanden hatten.

Die Idee von Hanni, aus Rostock zu seinen Verwandten zu flüchten, erwies sich als goldrichtig. Sie hatten ausreichend Nahrung zur Verfügung, weil der kleine Bauernhof so gut wie autark war. Zwei Kühe, einige Schweine, Hühner und Kaninchen sorgten für Milch und Fleisch. Mehl war vorhanden, um Brot zu backen. Neben einem guten Vorrat an Kartoffeln und Öl, gab es noch Töpfe mit Schmalz von der letzten Schlachtung. Wasser spendete der eigene Tiefbrunnen.

In der Tat konnten sich beide glücklich schätzen, nicht zu den Millionen und Abermillionen zu gehören, die täglich ums Überleben kämpften. Rund um den Erdball trugen sich weiterhin erschütternde Szenen zu. Kinder wurden Waisen, alte Menschen warteten vergeblich auf die betreuenden Helfer und verstarben unerkannt in ihren Behausungen und viele, die keine Hoffnung mehr hegten, begingen Suizid. Die Opferzahlen stiegen einige Monate weiter, aber, und das war die erste gute Nachricht seit Beginn der Pandemie, stagnierten die Ansteckungsfälle. In einigen Gebieten verzeichnete man sogar ein Rückgang. Weitere Entspannung kam zusätzlich durch den Impfstoff, der allmählich in größeren Mengen hergestellt werden konnte.

Die Überlebenden, die von dieser Entwicklung erfuhren, atmeten auf und gewannen wieder neuen Lebensmut.

*

Hatte man bereits Morgenluft gewittert, erschraken die Menschen über die Nachricht, dass die bisher an einer Stelle in der Exosphäre verharrenden UFOs begannen, sich der Erde zu nähern. Das Heranfliegen an die Atmosphäre vollzog sich anfangs so langsam, dass man es kaum wahrnahm. Dann aber richteten sich alle Satelliten und Teleskope auf die Flugobjekte. Ja, sie kamen näher und näher. Nachdem sie die Mesosphäre erreicht hatten, blieben sie zwei Tage lang unbeweglich stehen. Das Militär wurde in erhöhte Alarmbereitschaft versetzt. Die internationale Notlage führte dazu, dass man nationale Interessen zurückgestellte, um die außerirdische Bedrohung gemeinsam und effektiv bekämpfen zu können.

In der Nacht zum dritten Tag drifteten die UFOs langsam auseinander und verteilten sich über den Globus. Wie Motten vom Licht angezogen, näherten sie sich dem Lichtschein, der von den großen Städten der Welt ausging. Durch die Energieknappheit war er zwar abgeschwächt, aber reichte aus, die Raumschiffe anzulocken. Sie näherten sich weiter der Erde und hielten sich etwa in der Mitte der Stratosphäre auf, also um die fünfundzwanzig Kilometer hoch über der Erdoberfläche.

Was wollten sie? Stand die Invasion kurz bevor? Hatten sie beobachtet, dass sich ihr Virus, denn da waren sich inzwischen die Wissenschaftler aller Länder einig, dass er gezielt durch die weißen Affen verbreitet werden sollte, nicht mehr weiter ausbreitete? Wodurch diese Trendwende bis in die UFOs gelangte, wusste niemand. Sahen sie dadurch ihr vermutliches Ziel, kampflos die Erde übernehmen zu können, als gefährdet? Ihre Absicht, den weißen Affen das Sprechen beizubringen und deren weltweite Verbreitung als Haustiere war missglückt. Der Teilerfolg, der zufällig durch die Besatzung des

Frachtschiffes ›Anja‹ geschah, hatte nicht zur schnellen und flächendeckenden Ausrottung der Menschen geführt.

In der ersten Nacht geschah nichts Außergewöhnliches. Die UFOs standen unbeweglich da und ließen die Lichterscheinungen an den unteren Rändern aufblitzen. In der Mitte der zweiten Nacht schob sich bei allen UFOs, fast auf die Minute zeitgleich, ein Mast aus der Mitte des Bodens, der am Ende eine schwarze Kugel mit einem Durchmesser von schätzungsweise einem Meter trug. Das konnten die Menschen durch die Höhe, in der die UFOs standen, jedoch nicht sehen. Starr vor Entsetzen sahen sie nur, wie das Licht, sei es das der Straßenlaternen, der Ampeln, der Reklame oder in den Häusern zuerst etwas flackerte und dann immer dunkler wurden. Doch es verlöschte nicht. Nach etwa einer Stunde begann es wieder heller zu werden, bis die alte Helligkeit erreicht war.

Die Meinung der Wissenschaftler war in diesem Fall einhellig. Sie schlossen daraus, dass durch den langen Aufenthalt im All die Energiereserven verbraucht waren und die Eindringlinge, mit der Elektrizität von der Erde, nachtanken mussten. Am Tag darauf hatten Kameras die schwarzen Kugeln, ehe sie kurz danach wieder in den UFOs verschwanden, aufgenommen und die Bilder zur Erde gesandt.

Auf was müssten sich die Menschen als Nächstes gefasst machen? Besaßen die UFOs noch Waffen, die sie noch nicht eingesetzt hatten? Waren sie in der Lage die gesamte Energie der Welt abzusaugen, um damit den Untergang der Menschheit zu beschleunigen? Sollten sich hierfür die Anzeichen mehren, hieße das Krieg. Ohne wenigsten den Versuch gewagt zu haben, sich gegen die Ausrottung zu wehren, ginge es nicht ab. Welche Möglichkeiten stünden zur Auswahl? Raketenbeschuss, Angriffe mit Raketen und Bombern, Einsatz, trotz der für die Menschen schrecklichen Folgen, auch von Atomwaffen? Letzteres verbot sich allein dadurch, dass sich die UFOs über den größten Städten der Erde aufhielten. Bei keiner dieser Maßnahmen konnte man wissen, wie der Gegner reagieren würde. Sie wussten nur, dass er erstens eine Art Laserstrahlen besaß und zweitens, den Hubschrauber, ohne äußere Anzeichen, zum Absturz gebracht hatte. Das Rätselraten ging weiter.

Eine Idee bestand darin, sich ein UFO auszusuchen und mit Raketen einen Scheinangriff zu starten. Dann, so folgerte man, würde die UFO-Besatzung höchstwahrscheinlich mit den energiereichen Laserstrahlern die anfliegenden Objekte zerstören. Die Militärs wussten, dass die UFOs keine unerschöpflichen Energievorräte besaßen, sonst hätten sie nicht nachzutanken müssten. Nun galt es so viele Raketen zu opfern, bis das UFO keine Energie zur Abwehr mehr hätte. Dann könnte man versuchen, mit hochbrisanten Raketen, das Raumschiff zu zerstören. Soweit der Plan. Doch was würden dann die anderen UFOs unternehmen? Besaßen sie noch weitere waffentechnische Möglichkeiten, sich zu wehren?

*

Der Anruf zu später Stunde, störte den Feierabend nachhaltig. Martin nahm den Anruf entgegen, lauschte mit hochgezogenen Brauen und winkte Hanni näher. Es war Paulsen, der mit einer Neuigkeit aufwartete. Immer auf eine gute Geschichte aus, hatte er sich sein aus Jugendtagen auf dem Boden verstaubendes Teleskop geholt und auf ein Stativ montiert. Damit konnte er von seinem Arbeitszimmer im Dachgeschoss, deutlich das UFO beobachten. Nach dem Abendessen warf er, wie fast jeden Tag, einen Blick durch die Linsen auf das Raumschiff. An der ihm zugewandten Seite glaubte er, eine blau leuchtende Markierung zu entdecken, die wie der Umriss einer Luke aussah. Da das die einzige Veränderung war, die sich bisher gezeigt hatte, rief er Masurek an und berichtete seine Wahrnehmung:

»Ich bin mir nicht sicher, ob das etwas zu bedeuten hat, aber man kann ja nie wissen«, argumentierte er. Martin überlegte, ob es sich lohnte, nach Rostock zu fahren, um sich die Sache anzusehen. In Hinblick auf den begrenzten Benzinvorrat, bat er, ihn weiter auf dem Laufenden zu halten. »Herr Paulsen, ich komme gerne, wenn sich etwas Entscheidendes ereignet, aber ich muss mit meinem Benzinvorrat haushalten«, begründete er sein Fernbleiben.

»Gut, ich rufe Sie sofort an, wenn es sich lohnt, einige Tropfen von dem kostbaren Stoff zu verbrennen«, witzelte Paulsen. Das Gespräch war beendet und Martin informierte Hanni vom Inhalt des Telefonats.

Die Stationen, die dem Nachrichtenverkehr zwischen den UFOs lauschten, registrierten in den vorangegangenen Tage einen verstärkten Funkaustausch. Es war das Rostocker UFO, das mit ununterbrochenem Sendebetrieb auffiel. Dann, nach einer Pause, antwortete eines der anderen Raumschiffe. Die Entschlüsselung des Funkverkehrs gelang bisher noch nicht.

Man musste abwarten, was diese verstärkten Kontakte bedeuteten. Bereits am folgenden Abend entdeckten die Satelliten, dass ein UFO seinen Platz über Paris verließ und sich rasch Deutschland näherte. Umgehend informierte man die Regierungen und das Militär. Noch ahnte man nicht den Grund für den Ortswechsel. Kurz darauf stand das UFO über Rostock, genau über dem bereits vorhandenen UFO. Der Abstand betrug geschätzt fünfzig Meter.

Paulsen hatte, wie immer um die spät abendliche Zeit, durch sein Teleskop zum Raumschiff geschaut. Er sah die übereinander stehenden Schiffe und griff zum Telefon.

Es klingelte in Zehna und Martin ahnte, das würde Paulsen sein. Kaum hatte er sich gemeldet, als Paulsen ihn aufgeregt mit der Nachricht überfiel:

»Halten Sie sich fest, Herr Masurek, wir haben ein zweites Raumschiff über Rostock. Es schwebt in einem geringen Abstand über dem anderen. Jetzt müssen sie sich überwinden und etwas Benzin für die Fahrt opfern. Es könnte sich lohnen. Ich bleibe hier am Fernrohr und Sie sollten sich die Sache von der Nähe ansehen, einverstanden?!« Martins kurzes:

»Ich komme!«, war die Antwort. Er berichtete Hanni vom Gesprächsinhalt und forderte sie auf: »Hanni, auf, auf, es gibt Neuigkeiten. Komm, wer weiß, was da geschieht. Schade, wenn wir eine gute Story verpassten.« Gegen zweiundzwanzig Uhr, den Wagen mussten sie, auf Anordnung der Sicherheitskräfte, wieder recht weit vorher abstellen, standen sie in der Nähe der UFOs. Von unten betrachtet, schienen sie sich fast zu berühren. Masurek hatte seine Videokamera mitgenommen und Hanni ihren Fotoapparat. Da sie unterhalb der Objekte standen, konnten sie die vom Chefredakteur erwähnte Lukenmarkierung nicht sehen. Martin rief deshalb an und bat:

»Herr Paulsen, wenn sich etwas ereignet, das wir von hier unten nicht sehen können, rufen sie mich bitte an.«

»Mach ich, kein Problem«. Hanni und Martin standen im Begriff, sich einen etwas erhöhten Platz zu suchen, um einen Überblick mehr seitlich auf die Raumschiffe zu erhalten, als das Handy klingelte und Paulsen ohne Einleitung rief:

»Da, es geschieht etwas. Vom oberen Raumschiff wird eine Art leuchtender Schlauch, der fast wie ein riesiger Elefantenrüssel ausschaut, ausgefahren. Sehen sie ihn bereits? Jetzt hat er das untere UFO erreicht und dockt genau an der Stelle an, wo ich gestern die blaue Leuchtmarkierung gesehen habe.«

»Ja, sehe ich, aber nur ein Stück, weil wir fast darunter stehen. Herr Paulsen, können Sie das aufnehmen, als Video ?«, bittet Martin.

»Ich habe schon vom ersten Tag eine Videokamera in Stellung gebracht, und die läuft bereits«, kam die Antwort. Etwa eine halbe Stunde ereignete sich nichts. Dann sah es aus, als schwanke das untere UFO hin und her. Kurz darauf löste sich der Rüssel. Das obere Raumschiff verharrte noch einige Minuten und verschwand, viel schneller als es kam, in der Schwärze des Nachthimmels.

Die Journalisten und Kamerateams übertrugen den Vorgang umgehend in alle Welt. Damit gab es wieder genug Stoff, um herumzurätseln, was da geschehen war und ob sich daraus etwas ableiten ließe. Martin rief Paulsen an und verabredete sich für das Wochenende, um sich die Videoaufnahmen anzusehen. Auf dem Weg nach Hause klingelte das Handy von Martin, aber ohne Freisprechanlage musste Hanni den Anruf entgegennehmen. Es meldete sich Brunken. Das UFO Manöver wurde bereits im Fernsehen übertragen. Hanni bat, zurückrufen zu dürfen, sobald sie zu Hause wären. Inzwischen graute der Morgen und beide fühlten sich todmüde und hätten sich lieber schlafen gelegt. Doch Martin war neugierig, was der Bootsmann sagen wollte und wählte dessen Nummer.

»Guten Morgen, Herr Masurek«, klang die sonore Stimme aus dem Telefon, »ich will Sie ja nicht lange aufhalten, aber Ihnen nur kurz meine Gedanken mitteilen.«

»Nur zu, Sie sind ja ein Mann der ersten Stunde, was das Affentheater betrifft«, neckte

Martin. Wieder hörte er das tiefe angenehme Lachen von der anderen Seite.

»Das könnte man sagen, aber nun zu meiner Vermutung. Damals, als man Mister Uffo von der ›Anja‹ durch den Schlauch entführte, war das eine Rettungsaktion der Affen. Wenn sie hier auftauchen und mit dieser auffälligen Methode andocken, kann ich mir vorstellen, dass es wegen eines Notfalls ist. Vielleicht sind die Affen krank geworden, oder ihnen fehlten Nahrung oder Ersatzteile, wer weiß. Jedenfalls, da bin ich mir sicher, haben sie die Aktion nicht aus reinem Spaß durchgeführt. Vermutlich liegt es auch daran, dass dieses UFO bereits am längsten in unserer Atmosphäre weilt.«

»Danke für Ihre Theorie, da könnte etwas dran sein. Wenn es Probleme mit dem alten UFO zu geben scheint, müsste sich bald etwas ändern. Uns bleibt nur übrig abzuwarten, und noch mal vielen Dank für den Hinweis.« Damit endete das Gespräch. Am nächste Morgen erfuhren sie, dass sich das Raumschiff wieder über Paris eingefunden hatte. Der Grund, warum es angedockt hatte, das vermuteten auch die Raumfahrtexperten, sei ein unvorhergesehenes Ereignis im Rostocker UFO. Sie folgerten hoffnungsvoll daraus, dass die Außerirdischen jetzt mit Schwierigkeiten kämpften. Die Ansicht, die sich inzwischen durchsetzte, dass die Weltraumaffen ursprünglich die Menschen mit dem mutierten Ebolavirus auslöschen wollten, konnte bisher nicht widerlegt werden. Alle stimmten darin überein, dass uns die Fremdlinge beobachteten, ob ihr bisher nicht perfekt gelaufener Plan doch noch zum Erfolg, das heißt, zur Vernichtung der menschlichen Rasse geführt hätte. Inzwischen mussten sie, trotz der millionenfachen Pandemie-Opfer einsehen, dass ihr Vorhaben gescheitert war. Sollte diese Annahme richtig sein, müssten sie sich etwas Neues einfallen lassen, um die Erde zu übernehmen.

*

Eine Meldung aus Amerika ließ die Militärs in der Welt aufhorchen. Ein UFO, das anfangs über Denver in Colorado stand, bewegte sich in der Nacht in Richtung Colorado Springs. Hier liegt einer der Luftwaffenstützpunkte der US Air Force. Als sich das UFO näherte und bis auf eine Höhe von fünftausend Meter herabschwebte, löste man Alarm aus. Die Verantwortlichen sahen sich bedroht und die Geheimhaltung des Stützpunktes für gefährdet. Eigenmächtig, und ohne die vereinbarte Informationskette einzuhalten, ließen die Militärs zwei mit lasergestützten Raketen bewaffnete Jets aufsteigen. Sobald die Flugzeuge die optimale Schussdistanz erreicht

218

hatten, lösten sie die Geschosse aus. Bereits auf dem Flug zum Raumschiff traf die Raketen ein dünner, roter Lichtstrahl, sodass sie explodierten. Mehrere dieser Strahlen schnitten darauf in Sekundenbruchteilen die abdrehenden Jets regelrecht in Scheiben. Die Trümmerstücke verteilten sich weitflächig über der Basis. Danach stieg das UFO auf eine Höhe von fünfundzwanzigtausend Meter und nahm wieder seine Position über Denver ein. Sie hatten ihre Stärke demonstriert. Die Verantwortlichen für den voreiligen Angriff löste man umgehend ab. Sie erwartete ein Disziplinarverfahren und die Piloten erhielten ein ehrenvolles Begräbnis. Das war die Waffe der UFOs, die sie bereits zum zweiten Mal eingesetzt hatten. Besaßen sie noch andere Waffensysteme? Jedenfalls bewies der Einsatz der Strahlenwaffe, dass sie jederzeit auch schnell anfliegende Gegenstände zielsicher zerstören konnten. Anfangs befürchteten die Militärs, dass die Weltraumaffen nun einen Vergeltungsschlag, in welcher Form auch immer, unternähmen, aber nichts dergleichen geschah. Das fand man verwunderlich. Sie meinten, es könnte damit zusammenhängen, dass sie für diese Strahlenwaffe eine enorm hohe elektrische Leistung vorhalten mussten. Die Nachladung der elektrischen Kapazität aus den Städten schien für sie unabdingbar. Wie bereits früher überlegt, ergäbe sich hier ein Ansatz, um diese Schwachstelle für die Zerstörung der UFOs zu nutzen. Wie, wusste man zurzeit noch nicht zu sagen. Die Tatsache, dass die UFOs elektrische Energie absaugen konnten, war sicher auch die Ursache vom Absturz des Hubschraubers über Rostock. Die Affen hatten durch Absaugen der Elektroenergie einfach das Triebwerk gestoppt.

Unter den Militärexperten und den Fachleuten der Weltraumorganisationen keimte die Hoffnung auf, die UFOs hätten außer der Strahlungswaffe und der Möglichkeit, Elektroenergie abzusaugen, keine weiteren Waffensysteme, die sich dazu eigneten, die Menschen flächendeckend zu vernichten. Vermutlich hatten sie deshalb diesen enormen Aufwand getrieben, mit virenverseuchten weißen Affen, die Erde zu entvölkern. Sollte diese Annahme richtig sein, könnte die Menschheit vorsichtig, ganz vorsichtig aufatmen.

Mit dem Aufatmen hatte man sich zu früh gefreut. Genau eine Woche, nachdem das UFO in Colorado Springs die Flugzeuge abgeschossen hatte, registrierten die Beobachtungsstellen, dass die UFOs ihre Höhe in der Stratosphäre verließen und sich bis auf zehn Kilometer der Erdoberfläche näherten. Sobald sie diese Höhe erreicht hatten, begannen sie sofort die schwarzen Kugeln auszufahren und in der Nacht die elektrische Energie aus den Städten abzusaugen. Beim ersten Mal war nur ein Teil von ihnen aufgenommen worden, sodass kurz danach alle Geräte, die Strom benötigten, wieder funktionierten. Jetzt jedoch, entnahmen sie Stunde für Stunde die Energie aus allen Einrichtungen, besonders aus den Kraftwerken. Der Verkehr brach zusammen, das Licht verlöschte, Handys versagten, Aufzüge blieben stecken und in den Fabriken standen die Maschinen still. Kommunikation war nicht mehr möglich. Die auf Elektrizität ausgerichtete Zivilisation war lahmgelegt. Dunkelheit breitete sich aus. Das schien ihr neuer Plan zu sein, die Menschheit in die Knie zu zwingen. Ohne Elektrizität bräche die Weltwirtschaft bald zusammen. Das Militär wäre machtlos. Hatte die Pandemie bereits Panik ausgelöst, erschien den Menschen das Überleben unter diesen Voraussetzungen als hoffnungslos. Die Bewohner der Großstädte sahen die UFOs über ihren Städten schweben und mussten tatenlos zusehen, wie alles um sie herum in Dunkelheit versank. Sobald an allen Orten der Welt, zwar zeitversetzt, der Morgen dämmerte, zogen die Raumschiffe die schwarzen Kugeln ein. Blieben aber jeweils an ihren Standorten. Was hatte das zu bedeuten? Wollten die Weltraumreisenden ihre Macht demonstrieren? Nach und nach schafften es die

Menschen, die elektrischen Systeme wieder einsatzfähig zu machen und die ersten Berichte liefen um die Welt.

Kaum war die Nachricht von der missglückten Abwehraktion gegen ein Raumschiff in Colorado Springs um die Welt geeilt, klingelte es gegen Mittag in Zehna.

»Ich könnte wetten, das ist entweder der Bootsmann oder Paulsen«, unkte Martin. »Hallo hier Masurek«, meldete er sich und sah mit einem bestätigenden Lächeln zu Hanni, als er den Anrufer begrüßte:

»Herr Paulsen, was verschafft mir die Ehre.« Er hörte ihn am anderen Ende lachen, als er sagte: »Ich glaube fast, wir sind der Hotspot mit den UFOs.

Vor ein paar Tagen das Ankoppelmanöver über Rostock und jetzt, halten Sie sich fest, bewegt sich das alte UFO. Im Moment steigt es höher. Wenn Sie noch etwas Zeit haben, berichte ich, was weiter geschieht.«

»Oh, ja, gerne, Sie sind zurzeit mein vorgeschobener Beobachter«, freute sich Martin. Dann hörte er Paulsen aufgeregt berichten.

»Es schlingert von einer Seite auf die andere. Jetzt ist es so hochgestiegen, dass ich es gerade noch erkennen kann. Es steht still, nein, es be-

wegt sich in Richtung Westen. Jetzt ist es weg.«
Martin hatte gespannt gelauscht und schlug vor,
aus dem Radio zu erfahren, wohin es verschwunden ist.

»In Ordnung, das machen wir«, stimmte
Paulsen zu, »und wir bleiben in Verbindung. Ich
möchte doch gerne wissen, wo unser UFO geblieben ist.«

Sie mussten nicht lange lauschen. Bereits
zwei Stunden später fanden sie einen Sender,
dessen Sprecher völlig aufgeregt berichtete:

»Radaranlagen haben das UFO erfasst. Es
bewegt sich mit mittlerer Geschwindigkeit auf
die amerikanische Ostküste zu. Aufklärungs-
flugzeuge haben es gesichtet. Sie meldeten, es
stünde über den Bermudainseln. Da es bis Washington und New York nicht weit ist, steigen
Abfangjäger auf. Wie wir jedoch inzwischen wissen, ist das nur eine hilflose Geste und dient zur
Beruhigung der Bevölkerung. In diesen Minuten
beginnt das UFO hin und her zu schwanken, es
taumelt regelrecht, jetzt stellt es sich fast senk-
recht und … rast mit wahnsinniger Geschwindigkeit auf die Meeresoberfläche zu. Mein Gott,
es ist ins Wasser gestürzt. Einige Sekunden ist
noch ein Teil des Raumschiffs zu sehen, dann ist
es verschwunden. Was für eine Dramatik. Die
Abhörstationen meldeten, dass das Rostocker
UFO vorher lange und pausenlos sendete.

Hatten sie vor einen Angriff auf New York zu unternehmen? Vielleicht wollten sie weder New York noch Washington angreifen, sondern das eigene UFO, das über New York steht. Das sähe nach einer Meuterei aus. Wir werden Sie weiter auf dem Laufenden halten.«

Die Spekulationen reichen von einem misslungenen Angriff auf eines der Städte, oder um einen technischen Unglücksfall innerhalb des UFOs. Auf Martins Stirn bildeten sich Falten. »Wie ich sehe«, spottete Hanni, »denkst Du gerade.«

Martin reagierte nicht, sondern vermutete, während er Hanni neben sich auf das Sofa zog: »Wenn ich eins und eins zusammenzähle, dann bin ich mir sicher, die Affen haben Probleme.

Wer weiß, was sich für erschütternde Szenen im Raumschiff vor dem Absturz zugetragen haben. Das Andocken vor einer Weile über Rostock, könnte das erste Anzeichen hierfür gewesen sein. Immerhin befand sich dieses Raumschiff schon länger in unserer Atmosphäre, wie auch bereits der Bootsmann überlegt hatte, als die anderen. Es nützt aber kaum, herumzurätseln, ob sie unsere Luft auf Dauer nicht vertragen, ob ihnen Nahrung ausgeht oder ob sie technische Probleme haben. Wir können nur abwarten und Tee trinken.« Damit war das Thema

224

vorerst erledigt, und sie begab sich in die Küche, um den Tee aufzubrühen.

Hanni trug gerade die Teekanne in das Wohnzimmer, das Radio lief noch, als der Sprecher verkündete:

»Ein anderes Raumschiff ist soeben über Rostock gesichtet worden. Wie die Radarüberwachung meldet, handelt es sich um ein UFO, das bisher über Johannisburg gestanden hat.« In die letzten Worte des Ansagers klingelte das Telefons.

»Jetzt kann ich auch in die Zukunft sehen«, prophezeite Hanni. »Das ist garantiert Herr Paulsen.« Er war es.

»Was für eine Ehre«, ließ sich Paulsen bereits vernehmen, kaum dass Martin sich gemeldet hatte, »die halten Rostock für wichtiger als Johannisburg«, hörten sie ihn lachen. Martin entgegnete:

»Da ist schon was dran, immerhin begann die Geschichte von hier aus. Die werden sicher ihre Gründe dafür haben, wieder ein UFO über Rostock zu platzieren.« Paulsen ergänzte noch mit einer Nachricht.

»Ein amerikanischer Sender berichtete, dass das UFO genau in der Mitte zwischen den Bermudainseln und der Küste abgestürzt ist.

Zum Bedauern der Militärs, die sich gerne das UFO von innen angesehen hätten, ist das

Nordamerikanische Becken an dieser Stelle etwa fünftausend Meter tief. Dichter bei den Bermudas ins Wasser gefallen, läge es nur einhundertfünfzig Meter tief und somit erreichbar.« Martin antwortete:

»Es fliegen noch genügen von den Blechbüchsen in der Luft herum, vielleicht fällt eine bald auf die Erde. Dann können wir uns das Innere in Ruhe ansehen.«

»Hoffen wir das. In diesem Sinne, bis bald«, verabschiedete sich Paulsen.

Der Tee war in der Zwischenzeit kalt geworden und Hanni eilte in die Küche, um eine Kanne neu anzusetzen. Hanni brachte den Tee und beide setzten sich an den Tisch. Martin begann: »Lass uns einfach etwas spinnen. Bisher wissen wir, dass das UFO über Rostock Schwierigkeiten hatte. Welcher Art, die sind, ist uns nicht bekannt. Vermutlich ist ihnen das andere UFO zur Hilfe gekommen. Wie sich die Dinge abzeichnen, haben sie die Probleme damit nicht gelöst, denn sonst wäre das UFO nicht abgestürzt. Womöglich hatte es noch den Befehl erhalten, einen Angriff, welcher Art auch immer, gegen New York oder Washington zu führen. Wäre ich ein grenzenloser Optimist, folgerte ich daraus, dass in absehbarer Zeit auch die anderen UFOs Probleme bekommen. Dadurch könnte die Gefahr vorbei sein.« Mit den Worten:

»Das wünschte ich auch, aber Wunschdenken wird selten wahr«, holte Hanni Martin in die Wirklichkeit zurück.

Aufatmen.

Seit Monaten hatte sich die UFOs nicht von ihren Standorten fortbewegt. Selten, und nur für kurze Zeit, fuhren sie die schwarzen Kugeln aus und luden ihre Energievorräte auf. Diese kurzzeitigen Energieverluste konnten die Kraftwerke problemlos ausgleichen.

Auch die Pandemie hatte an Schwung verloren. Meldungen, die überwiegend aus den Ballungsgebieten der Länder stammten, besagten ein starkes Zurückgehen von Neuansteckungen. Der Impfstoff wurde in ausreichenden Mengen bereitgestellt, sodass auch entfernliegende Gebiete damit versorgt werden konnten. Durch Umorganisieren und Einstellung von Hilfskräften, begannen sich die Förderung und Verarbeitung von Erdöl, das Blut der modernen Wirtschaft, zu normalisieren. Kraftwerke belieferten wieder mit längeren Stromlieferungen das Netz und Wasserwerke stellten die Versorgung mit Trinkwasser fast zu einhundert Prozent sicher. Zäh und fleißig wie Ameisen begannen die Menschen die

Folgen der Seuche zu überwinden. Mit ausgedünntem Personalbestand bestellten sie die Felder und ernteten sie ab. Zuchtbetriebe erhielten Futtermittel und der Viehbestand erholte sich Monat für Monat. Die Herstellung von Wirtschaftsgütern, stellte man zurück, da sie nicht lebensnotwendig waren. Die Kommunikationswege hatten bald wieder den alten Umfang erreicht und Fernseh- und Rundfunkanstalten sendeten wie vorher. Bei den Zeitungsverlagen dauerte es länger, da der Nachschub an Papier noch längst nicht den alten Stand erreichte. Fluggesellschaften bedienten mit einigen Maschinen wieder ihr Streckennetz. Eisenbahnen stellten sich als Transportmittel wichtiger als früher heraus, da sie die Warenmengen, die sonst Lastwagen transportierten, übernahmen. Dass alles geschah, wenn man es so ausdrücken will, unter den Augen der Weltraumaffen, die mit ihren Raumschiffen über der Erde schwebten. Anpassungsfähig, wie sich Menschen bereits Jahrtausende durchgesetzt hatten, nahmen sie die Anwesenheit der UFOs ab und zu mit einem Blick nach oben wahr, widmeten sich aber danach wieder ihren Aufgaben.

Besonders in den Großstädten erholte sich das Leben langsamer als in kleineren Orten, oder in ländlichen Gebieten. In stark heimgesuchten Bezirken standen viele Häuser leer. Da die Verwaltungen personell kaum den Anforderungen gewachsen waren, sahen einige Menschen die Zeit für gekommen, sich bessere Wohnungen anzueignen, ohne dafür zur Rechenschaft gezogen zu werden. Polizeikräfte musste man reorganisieren und auf die kommunalen Betriebe, warteten aufgetürmte, rattenverseuchte Müllberge in den Straßen.

Wie auf der gesamten Welt begann sich das Leben auch wieder in Rostock zu regen. Die Reederei Olsen & Berger GmbH schloss, nun unter Leitung von Jörg Olsen, den ersten größeren Auftrag erfolgreich ab und befand sich damit auf einem guten Weg, die Krise zu bewältigen. Immer öfter konnten die Medien über erfreuliche Nachrichten berichten. Die Weltwirtschaft erholte sich die schneller als angenommen. Trotzdem würde es Jahre, wenn nicht Jahrzehnte dauern, bis die Menschen die Folgen der Seuche überwunden hätten.

Paulsen kehrte an seinen Arbeitsplatz zurück und der Ostseekurier stand kurz davor, die erste Ausgabe zu drucken. Hanni und Martin erhielten umgehend den Auftrag, neue Berichte zu schreiben.

Worüber konnten sie berichten? Artikel über technische Details aus den UFOs zu schreiben war ihnen streng untersagt und wie es den Menschen auf der Welt erging, sendeten ihre Kollegen von den Fernsehanstalten. Es lohnte auch nicht, im Nachhinein die Fehler, die bei der Untersuchungen der Seeleuten der ›Anja‹ in der Quarantänestation gemacht wurden, ans Licht zu zerren. Eine Geschichte über das fast freundschaftliche Verhältnis vom Bootsmann Brunken zu Mister Uffo zu erzählen, konnte sie nicht übers Herz bringen. Da erinnerten sie sich daran, wie er von der Affenfangaktion erzählt hatte. »Das ist zwar nicht ein Thema, das sich als Schlagzeile eignet«, meinte Martin, »aber wir müssen unsere Brötchen ja irgendwie verdienen.«

»Wir werden ja sehen, wie die Menschen auf die Jagdszenen reagieren. Übrigens könnten wir das als Fortsetzungsgeschichte schreiben und danach eine Schilderung aus den Raumschiffen über die Labors, in denen man Skeletten fand«, ergänzte Hanni und schlug vor, »falls uns noch Einzelheiten fehlen, sollten wir uns an den Bootsmann wenden. Der wird uns sicher weiterhelfen.« »Dann lass uns die Bleistifte anspitzen und anfangen«, forderte er Hanni auf.

Das Klingeln an der Tür schreckte sie auf. Es kam äußerst selten vor, dass sich jemand hier nach Zehna verirrte, ohne sich vorher anzukündigen. Draußen stand der etwas beleibte Paulsen und schnaufte erregt.

»Immer herein in die gute Stube«, bat Martin. »Was verleitet Sie, uns in diesem abgelegenen Winkel aufzusuchen«, kam seine erste Frage. »Aber nehmen Sie doch erst einmal Platz und erholen Sie sich. Ich könnte Ihnen auf die Schnelle ein Glas warme Kuhmilch, direkt von unserer Kuh nebenan, oder ein Glas Wasser anbieten«, schlug Martin vor.

»Ich hoffe, dass mit der Kuhmilch war nicht Ihr Ernst«, japste der Redakteur, »dann lieber ein Glas Wasser.« Paulsen setzte sich bequemer hin und begann:

»Aus früheren Tagen, als ich noch bei der Bundeswehr als Journalist arbeitete, pflege ich noch gute Beziehungen zu Kameraden der Radarabteilung. Diese haben mir, unter dem Siegel der Verschwiegenheit berichtet, dass sich die UFOs langsam, fast unmerklich immer mehr der Erde nähern. Standen sie vor zwei Tagen noch um die fünfundzwanzigtausend Meter hoch, sind es heute Morgen nur noch zwanzigtausend. Das kann man mit dem bloßen Auge von der Erde nicht sehen, deshalb blieb es bisher unentdeckt. Noch weiß ich nicht, was dahinter steckt. Ein weiterer Hinweis, dass sie etwas vorhaben, könnte sein, dass die Funksignale, die früher ab und zu Pausen aufwiesen, nun pausenlos zwischen den UFOs hin und her gehen. Übrigens ist jetzt die Anzahl der UFOs genau festgestellt worden. Es sind einunddreißig, pardon, jetzt nach dem Verlust des Rostocker UFOs, nur noch dreißig. Eines kann ich mir beim besten Willen nicht vorstellen, dass die Weltraumaffen sich entschlossen haben, auf der Erde zu landen, um Asyl zu beantragen Das werden sie keinesfalls riskieren.« Bei den letzten Worten konnte sich keiner ein leichtes Grinsen verkneifen.

»Ja, aber irgendetwas führen sie im Schilde«, nahm Martin den Faden wieder auf. »Es hilft nichts, wir müssen uns in Geduld üben. Sollten sie jedoch in den kommenden Tagen damit beginnen ihre Energievorräte mit Strom von der Erde länger als sonst aufzufüllen, dann vermute ich, haben sie einen Plan für den sie vollaufgetankt sein müssen. Bisher haben sie nicht verraten, ob sie noch andere Waffensysteme zur Verfügung haben. Sicher reichen die roten Laserstrahlen aus, um einzelne Objekte zu zerstören, aber welche würden es dann sein? Menschen damit zu töten, hieße mit Kanonen auf Spatzen schießen, na ja, mein Vergleich, Menschen mit Spatzen zu vergleichen ist wohl nicht angebracht. Also müssten sie sich Ziele aussuchen, die existenziell wichtig für die Menschheit sind. Vielleicht kämen sie auf den Gedanken, unterirdische mit Atomsprengköpfen versehene Langstreckenraketen, zur Explosion zu bringen. Doch ich glaube nicht, dass sie davon Kenntnis haben und auch nicht wissen, wo sich die Silos befinden. Dann blieben noch Kraftwerke, Wasserwerke, Eisenbahnlinien, Schiffe, Flugzeuge, Brücken und Kommunikationssatelliten übrig. Die Zerstörung dieser Objekte brächte die Menschen in arge Schwierigkeiten. Hoffen wir, dass ich mit den Vermutungen Unrecht habe. Eines habe ich noch vergessen zu erwähnen. Die Information stammt ebenfalls aus meiner Bundeswehrquelle. Anhand der abgehörten UFO-Signale hat sich herauskristallisiert, dass das UFO über New York das Mutterschiff ist. Unter Umständen war es die Absicht des Rostocker UFOs einen Angriff gegen dieses UFO zu unternehmen.« Erschöpft von der langen Rede hielt er inne. Hanni hatte aufmerksam zugehört und hob die Hand, um etwas zu sagen.

»Wenn sie das vorhätten, würden sie die Elektrizitätswerke sicher solange verschonen, bis sie uns in die Knie gezwungen haben. Denn nur von dort können sie die Laserkanonen wieder mit Energie auftanken.«

»Das bringt mich auf eine Idee«, ließ sich Paulsen vernehmen. »Wenn sie auf unsere Elektrizität angewiesen sind, um uns zu zerstören, sollte es die erste Aufgabe sein, die Werke abzuschalten. Das wäre bitter für die Menschen, aber dann hätten sie keine Möglichkeit mehr die Laser gegen uns einzusetzen. Jetzt muss ich aber zurück.« Mit diesen Worten stand er auf, nahm noch einen Schluck Wasser und verabschiedete sich. In der Tür blieb er noch einmal stehen, drehte sich zu Martin um und verriet:

»Ich habe da einen Tipp, wie Sie Ihren Benzinvorrat auffüllen können. Die Tankstelle »Am Südtor« hat seit ein paar Tagen wieder Kraftstoff.« Martin bedankte sich für die Information und brachte Paulsen noch bis zum Wagen.

*

Im Morgengrauen gab das Pazifik Tsunami Warncenter Alarm. Es meldete ein mittleres Seebeben. Das Beben sei vermutlich vulkanischen Ursprungs. Die Lage konnte mit 110 Grad westlicher Länge und 10 Grad südlicher Breite nur annähernd lokalisiert werden. Die Stärke des Bebens wurde mit etwa fünf auf der nach oben offenen Richterskala gemessen. In Samoa, Hawaii und Neu Seeland gab es nur geringe Schäden im unmittelbaren Bereich der Uferzone. Abgeschwächt und ohne Schaden zu verursachen erreichte die Flutwelle Chile, Peru, die Philippinen und Teile von Indonesien. Das Beben verbreiteten nur wenige Nachrichtensender als kurze Notiz. Da sich keine sensationsträchtigen

234

Schäden oder hohe Opferzahlen abzeichneten, gab es auch keine weitere Einzelheiten zu berichten. In Zeitungen las man nichts darüber. Paulsen, der allein berufsbedingt seine Ohren überall haben musste, erhielt einen Anruf von einem befreundeten Journalisten, der die Geschichte der Insel aufmerksam verfolgte. Er erinnerte sich, dass die Koordinaten des Bebens einen Bereich bezeichneten, in dem man die Insel der weißen Affen vermutete. Die genaue Lage hatte man geheim gehalten, um gegebenenfalls zu einem späteren Zeitpunkt einer wissenschaftlichen Expedition die Möglichkeit zu geben, die UFOs zu untersuchen. Die damals vom Kapitän Hansen angegebenen Koordinaten lagen ein gutes Stück entfernt von der Insellage. Hätten man die Nachrichten verbreitet, dass die Insel der weißen Affen untergegangen ist, wäre die Reaktion aus der Bevölkerung sicher bescheiden ausgefallen. Sie hatten in diesen Zeiten andere Sorgen als eine untergegangene Affeninsel. Die Mitteilung über das Seebeben und die angegebenen Koordinaten ließen im Gegensatz dazu, die Militärs der Welt aufhorchen. Sie ahnten, dass es sich um die bewusste Insel handeln müsste. Sie hätten gerne die UFOs auf technische Fortschritte der

Affen- Rasse untersucht. Da sie durch die Auswirkungen der Pandemie noch nicht in der Lage waren, verstärkt mit Flugzeugen und Schiffen nach der Insel zu suchen, breitete sich große Enttäuschung aus. Es blieb ihnen nur noch die Hoffnung darauf, eines der UFOs in die Hände zu bekommen, das sich über der Erde aufhielt. Sofort informierte Paulsen Masurek mit den Worten:

»Die Affeninsel ist anscheinend untergegangen.« Martin dankte für die Nachricht und sie vereinbarten, alles was sich an Neuigkeiten daraus ergeben könnte, auszutauschen. Martin hörte darauf die Nachrichten mehrerer Sender ab, aber keiner brachte erneut einen Hinweis auf das Seebeben. Er berichtete Hanni vom vermutlichen Untergang der Insel.

»Ob das die UFO Besatzungen mitbekommen haben?«, lautete ihre erste Frage. »Immerhin haben sie dort viele Jahre einen riesigen Aufwand getrieben, um die weißen Affen zu züchten, um uns damit auszurotten. Wenn das so wäre, dann wunderte ich mich nicht, dass sie in irgend einer Weise darauf reagierten. Stell dir vor, sie geraten nun in Panik und blasen zum letzten entscheidenden Angriff«, orakelte sie. Mit:

»Nun male nicht den Teufel an die Wand«, stoppte Martin ihre düstere Aussage. »Wir werden jetzt noch intensiver die Nachrichten und Fernsehberichte verfolgen, damit uns nicht der kleinste Hinweis auf neue Aktivitäten der UFOs entgeht«, beschloss Martin.

*

Monate später entdeckte die Besatzung einer Segeljacht aus Neuseeland einen blauen Gegenstand im Meer treiben. Sie navigierten näher und sahen erstaunt einen aufgeblasenen Körper, der einer Puppe mit einem Raumfahrerhelm ähnelte. Sie fischten ihn vorsichtig auf und legten ihn auf Deck. Die Frau des Skippers wischte die Oberfläche des Helms ab und trat erschrocken einen Schritt zurück. Sie hatte direkt in das verweste Gesicht eines Affen geblickt, dessen Gebiss sie anzugrinsen schien.

»Das muss einer der Affen aus den UFOs sein«, vermutete ihr Mann.» Ich kann mir denken, dass der Anzug vom Verwesungsgas so prall gefüllt ist. Wir sollten den Anzug lieber nicht öffnen, damit uns der Kadaver nicht um die Ohren fliegt. Wir werden ihn nach der Rückkehr in Christchurch der Polizei übergeben.« Seine Frau meinte noch:

»Vielleicht ist er aus einem der abgestürzten Raumschiffen gefallen.« Ihr Mann, der in diesem Moment den Körper mit einer Plane abdeckte, brummte durch die Tätigkeit abgelenkt nur kurz: »Schon möglich.«

Dass es einer der Affen von der untergegangenen Insel war, konnte sie ja nicht ahnen.

*

In den folgenden Tagen registrierten die Satelliten kein weiteres Annähern der UFOs an die Erde. Im Gegenteil, zwölf UFOs verließen die Stratosphäre und verteilten sich in der Ionosphäre, also etwa vier-bis fünfhundert Kilometer über der Erde. Anfangs hoffte man, sie träten den Rückflug zu ihrer Heimat an, aber das taten sie nicht. Martin erhielt einen Anruf auf seinem Handy.

Paulsen wollte ihm diese Lageveränderung mitteilte.

»Haben Sie eine Ahnung, was die nun wieder vorhaben?«, stellte Martin die Frage.

»Wenn ich das wüsste, könnte ich als gut bezahlter Wahrsager auftreten und müsste mich nicht mit dem mühsamen Schreiben von Artikeln über Wasser halten«, klang es leicht ironisch von der anderen Seite.

»Haben Sie die Information aus den bewussten Quellen von früher?«, erkundigte sich Martin. »Ja, und ich habe mit meinen alten Kameraden verein ...« Das Gespräch brach ab. Martin wählte sofort neu, aber das Handy baute keine Verbindung auf. Er wartete ein paar Minuten, in der Hoffnung, dass Paulsen zurückriefe. Nichts geschah dergleichen. Dann bleibt nur noch das gute alte Festnetz, überlegte er, und wählte dessen Nummer.

»Hallo hier Paulsen«, rief der Redakteur und als Martin sich meldete, sprach er sofort weiter: »Mein Handy sagt keinen Mucks mehr. Wir müssten mit dem Festnetz versuchen einige Leute anzurufen, um zu überprüfen, ob das bei ihnen auch so ist. Sollte das so sein, ahne ich Schlimmes.«

»In Ordnung, das ist eine gute Idee. Ich werde das sofort machen«, schloss sich Martin dem Vorschlag an und legte auf. Die Kontrollanrufe bei Bekannten und Verwandten ergaben durchweg, dass die Handys nicht mehr funktionierten. Der Mobilfunk war tot. Wie vereinbart, rief Martin am nächsten Tag beim Redakteur an. Ehe er bestätigen konnte, dass alle Handys bei den Kontrollanrufen nicht reagierten, rief Paulsen bereits sichtlich aufgeregt:

»Meine Informationsquelle hat bestätigt, dass sämtliche Satelliten, die für die Kommunikation der Handys im Orbit stationiert sind, durch die zwölf UFOs zerstört wurden. Sie rechnen damit, dass das nur der Anfang darstellt. Wir sollten sofort das Fernsehen einschalten, um zu sehen, ob es Neuigkeiten gibt. Bleiben Sie bitte am Telefon, ich schalte gleich mal ein. Ja, hier kommen gerade Sondermeldungen, die weltweit vom Ausfall der Handys berichten. Wenn ich mehr von meinen Informanten erfahre, rufe ich wieder an. Auf Wiedersehen und bis später.« Paulsen hatte aufgelegt.

Hanni hatte den Anruf mitbekommen und meinte:

»Dann sollten wir den Fernseher nicht mehr ausschalten. Wer weiß, was in den nächsten Stunden auf uns zukommt.« Sie brauchten nicht allzu lange zu warten. Am selben Tag, gegen zweiundzwanzig Uhr wurde der Bildschirm schwarz. Kein Sender konnte mehr aufgerufen werden. Die Fernsehsender der Welt waren durch die Zerstörung der Übertragungssatelliten nicht mehr in der Lage zu senden. Martin rief Paulsen an und erkundigte sich:

»Hallo Herr Paulsen haben Sie eine Nachricht, ob sie die militärischen Satelliten ebenfalls zerstört heben? Wenn das wahr ist, wären wir hilflos wie Boxer in Zwangsjacken.«

»Gut, das Sie das fragen, vor wenigen Minuten habe ich die Bestätigung erhalten, das genau das eingetreten ist. Die Militärs in der Welt erwarten jetzt einen Angriff der UFOs. Jetzt, wo es langsam wieder aufwärtsgeht mit der Überwindung der Pandemie, jetzt werden aufkeimende Hoffnungen brutal zerstört. Es handelt sich ja nicht nur um das Militär, unsere gesamte Zivilisation ist inzwischen abhängig von der Kommunikation untereinander. Weder Polizei, Feuerwehr noch andere Rettungsdienste können digital erreicht werden. Handel und Versorgung brechen bereits erneut fast zusammen. Noch klappt die Übermittlung von Signalen durch Kabel für PCs und die Festnetze. Konnten wir uns bei der Überwindung der Seuche noch selber helfen, bedeutet die Zerstörung aller Satelliten den Beginn einer noch größeren Katastrophe. Wir können ab sofort nicht mehr verfolgen, wohin sich die UFOs bewegen, ob sie sich wieder der Erdoberfläche nähern, oder nicht. Wir sind ihnen praktisch ausgeliefert. Hoffen wir, dass uns unser gutes altes Festnetz noch lange miteinander verbindet.« Damit endete das Gespräch.

Hanni und Martin saßen am Küchentisch bei einer Tasse Kaffee. Hanni rührte gedankenverloren mehr als notwendig in der Tasse herum, während er seinen Laptop aufgeklappt hatte und etwas tippte.

»Was tippst Du so verbissen«, ließ sich Hanni vernehmen.

»In der Hoffnung, dass diese dunkle Zeit eines Tages vorbei sein wird, mache ich mir bereits Notizen, sozusagen ein Tagebuch der Ereignisse. Später, hoffe ich, werde ich dadurch genug Material für viele Artikel haben. Was mich richtig nervt, ist, dass wir hier sitzen und nicht wissen, was die Affen da oben in ihren Konservendosen als Nächstes vorhaben. Durch Paulsen, beziehungsweise durch seine Informanten erhalten wir einen kleinen Wissensvorsprung.« Martin schwieg und widmete sich wieder der Tastatur.

Nach zwei Tagen durchbrach das Klingeln des Telefons die Stille.

»Hier Paulsen«, klang die vertraute Stimme aus dem Hörer. »Ich habe Neuigkeiten. Wie sie zu bewerten sind, überlasse ich gerne Ihnen. Ein Glück, das die Radarstationen auf der Erde noch funktionieren. Sie können zwar nicht den Weltraum überwachen, aber sie haben immerhin registriert, dass die zwölf UFOs, die vermutlich für die Zerstörung der Satelliten verantwortlich sind, sich wieder der Erde nähern. Alle dreißig UFOs befinden sich nun auf einer Höhe von etwa zwanzigtausend Meter. Wie es aussieht, kommen sie weiter auf die Erdoberfläche zu. Ich könnte mir denken, dass die zwölf UFOs zuerst wieder unsere elektrische Energie benötigen, um ihre Laserstrahlenwaffen aufzufüllen. Nach der Zerstörung der Satelliten sind die vermutlich leer.

Eine Maßnahme dagegen müsste das sofortige Abschalten der Elektrizitätswerke sein. Da von der Stromversorgung jedoch viel zu viel abhängt, werden sich nicht alle Länder daran beteiligen. Ich meine fast, sie lassen es darauf ankommen, dass die UFOs sich bei uns bedienen.

Wir müssen hilflos zusehen und abwarten, was geschehen wird.« Danach beendete Paulsen das Telefonat. Die UFOs standen nur noch etwa fünftausend Meter über der Erdoberfläche und begannen wieder die schwarzen Kugeln auszufahren, um Elektrizität abzusaugen.

Mit größter Besorgnis erwarteten die Menschen, was nun geschehen könnte. Dieses Mal dauerte es besonders lange mit dem Aufladen. Erst nach drei Tagen zogen die Raumschiffe die schwarzen Kugeln wieder ein. Eine Woche lang verharrten sie bewegungslos in der Höhe von fünftausend Metern.

*

»Sie greifen an!«
Diese drei Worte schrien sicher Tausende Menschen, als in der ersten Nacht die roten Laserstrahlen die stationären militärischen Radaranlagen auf der Erde zu zerstören begannen. Es sah so einfach aus. Keine bildgewaltigen, lauten Explosionen, kaum Rauch, alles verlief wie ein chirurgischer Eingriff. Zu diesem Zweck verließen Raumschiffe die Standorte über den Metropolen und suchten sich strategisch wichtige Ziele. Vermutlich hatten sie sich in der recht langen Zeit, die sie in der erdnahen Zone verbrachten, eingehend über die Angriffsziele informiert. Ihr

Plan sah gut durchdacht aus und ließ keine Gegenwehr durch die Streitkräfte zu. Verzweifelte Versuche einiger Länder, sich mit Kampfjets oder Boden- Luftabwehrraketen zu wehren, liefen ins Leere. Bereits weit vor dem Erreichen der Ziele fielen sie punktgenau den roten Laserstrahlen zum Opfer. Die Experten stellten fest, dass die UFO-Besatzung die Strahlen vom Rand des Raumschiffes her, auch über die Mitte der eigenen Ober-und Unterseite aus richten konnten, sodass selbst Angriffe direkt von oben oder unten, erfolglos blieben. Immer wieder bezeichnete man diese Strahlen als Laserstrahlen. Vielleicht stellten sie auch eine andere Art einer energiereichen Strahlung dar, die man auf der Erde nicht kannte.

Ungehindert zogen die Flugobjekte ihre Bahnen um die Erde und hinterließen eine Schneise der Vernichtung. Es dauerte nur gut zwei Wochen und die militärischen Horch- und Radaranlagen lagen zerstört am Boden.

Die gedrückte Stimmung in Zehna war fast zum Greifen. Wie ginge es weiter? Was war das Ziel der Affen? Wollten sie jetzt die Erde übernehmen? Gab es überhaupt noch eine Möglichkeit die Affen aufzuhalten? Fragen über Fragen. »Mir fällt ein, als du gestern beim Bauernhof

nebenan warst, hat Paulsen angerufen und mitgeteilt, dass das UFO über Rostock, das von Johannisburg kam, verschwunden ist. Soweit er
erfahren konnte, haben die Angreifer in Rostock
und Umgebung bisher keine Schäden angerichtet«, erklärte Martin. Hanni schaltete den Fernseher ein. Es gab nur noch wenige Sender, die Berichte lieferten. Das gelang nur dort, wo man
Informationen über Kabel leitete.
Die drahtlose Übermittlung von Nachrichten blieb
weiterhin unterbrochen. Kameraaufnahmen
von den Geschehnissen der Welt, mussten meist
zu den Sendeanstalten gebracht werden, um sie
dort einzuspeisen. Auf diesem Weg hielt man
auch die Übertragung nach den Vereinigten Staaten über die Überseekabel aufrecht. Hanni rief
Martin zu sich, und zeigte wortlos auf das Fern-
sehbild. Im Augenblick lief eine Zusammenfas-
sung der weltweiten Schäden. Trümmer von
Radarstationen, zerfetzte Radoms, abgeknickte
Sendemasten, sogar nichtmilitärische Radiotele-
skope, die nur ins Weltall lauschten, oder Groß-
teleskope für die Astronomie, hatten sie vernichtet. Damit gab es keine technische Möglichkeit
mehr, die UFOs zu orten und zu verfolgen. Der
Sprecher machte eine Pause und verlas eine
Nachricht, die man ihm in diesem Moment zu-
reichte.

»Wie wir soeben erfahren, ist der Auftrag, die Besatzung der internationalen Raumstation zu evakuieren, geglückt. Nach Andocken einer Trägerrakete konnten die zuletzt in der stationären Raumstation arbeitenden drei Astronauten in die spezielle Rettungskapsel steigen.

Sie landeten sicher im vereinbarten Zielgebiet. Die Rückholung fand bereits vor vier Wochen statt und durfte erst heute veröffentlicht werden. Des Weiteren wird bekannt gegeben, dass die UFOs die Raumstation kurz danach angegriffen und teilweise zerstört haben.«

»Ein Glück, das in diesem Fall die Weltraumbehörde mal schnell gehandelt hat und die Mannschaft retten konnte«, freute sich Hanni.

»Bitte stell den Ton etwas lauter«, bat Martin. Sie sahen jetzt Berichte über die Fortschritte bei der Bekämpfung der Pandemie. Weltweit war es gelungen die Seuche in den Griff zu bekommen. Nicht dass es keine neuen Fälle mehr gäbe, aber die Zahl war gering und konnte meist durch Impfungen aufgehalten werden.

Die Aufnahmen zeigten die Folgen der Viruserkrankungen. Sie sahen die erschreckenden Hügel der Massengräber, die Notaufnahmelager für die verwaisten Kinder und Arbeitstrupps, die in Schutzanzügen, die Häuser und Wohnungen nach Leichen durchsuchten. Über die Opferzählen lagen nur Schätzungen vor, da es zurzeit kaum möglich war, eine genaue Anzahl festzustellen. Der Fernsehbericht zeigte Bilder von den Fortschritten bei der Versorgung der Bevölkerung mit Lebensmitteln. Der Ausfall der mobilen Kommunikationsgeräte erschwerte die Arbeit jedoch beträchtlich. Die langsam wieder in Betrieb gehenden Raffinerien lieferten Treibstoff für Lastkraftwagen und Dieselloks. Augenblicklich verarbeiteten sie überwiegend Erdöl aus den angelegten Vorratstanks. Der Nachschub aus Erdöl fördernden Ländern lag noch am Boden. Der Dieseltreibstoff blieb streng geregelt und durfte nur an zur Versorgung lebenswichtiger Betriebe ausgegeben werden. Kleinere Mengen an Benzin bekamen einige Tankstellen, wo sich umgehend lange Autoschlangen bildeten. Kerosin für Flugzeuge erhielten anfangs ausschließlich das Militär und die Maschinen für die Regierungen. Da jedoch die Koordinierung durch die Flugsicherung, die Radaranlagen und der drahtlose Funkverkehr nicht mehr zur Verfügung standen, blieben die Maschinen am Boden.

Bei den militärischen Schaltstellen war man sich bewusst, dass die UFOs immer wieder gezwungen wären, ihre zerstörerischen Laser mit Strom aus den Elektrizitätswerken aufzuladen. Der Plan, die Werke abzuschalten, sobald sich die UFOs in Position brächten, diskutierte man

weltweit mit anderen Ergebnissen. In den
Vereinigten Staaten konnten sich das Militär im
Kongress nicht durchsetzen, die Elektrizitätswerke landesweit an einem Stichtag abzuschalten. Die Lobby der verschiedensten Wirtschafts-
verbände beeinflusste das Ergebnis maßgebend.
Selbst auf die Gefahr hin, dass dadurch die UFOs
weiter in der Lage wären Zerstörungen anzurichten, blieb es bei dieser Entscheidung. Die öffentliche Meinung manipulierte man dahingehend,
dass man die Schuld den Militärs gab, keine geeigneten Gegenmaßnahmen bisher ergriffen zu
haben. In Deutschland votierte eine knappe
Mehrheit für die Abschaltung und in Russland
wurde sie zur Rettung des Landes kurzerhand
angeordnet.

Das bedeutete, dass es für die UFOs ein
Leichtes war, die noch arbeitenden E-Werke zu
finden, dort aufzutanken und ungehindert ihr
Zerstörungswerk fortzusetzen.

Die zunehmende gesundheitliche und wirt-
schaftliche Erholung der Menschheit blieb den
Eindringlingen nicht verborgen. Das konnte man
der Tatsache entnehmen, dass sie jetzt vermehrt
Ziele angriffen, die eine lebenswichtiger Bedeutung für die Bevölkerung darstellten.

Brücken, über die Eisenbahnlinien führten,
Autobahnbrücken, Lebensmittel verarbeitende
Fabriken, Lagerhäuser, große Frachtschiffe, Raf-

248

finerien und sogar Tierzuchtbetriebe griffen sie an und vernichtet sie. Danach pausierten die Zerstörer und luden die Laserkapazitäten auf.

Was dann folgte, konnten sich die Menschen nicht erklären. Waren die vorangegangenen Angriffe darauf ausgerichtet, die Versorgung zu unterbrechen, entbehrte das nachfolgende Ereignis jeder Logik.

Der erste Angriff auf eines dieser Ziele stellte einen Paukenschlag dar. Eines Nachts fanden sich zwei UFOs in San Francisco ein, richteten ihre Laserstrahlen auf die Golden Gate Bridge und ließen sie in Stücke geschnitten, in der San Francisco Bay versinken. Das sah nach einer Demonstration aus und sollte zeigen, wer jetzt die Macht besaß. Fassungslosigkeit in Amerika!

Ein ähnliches Schauspiel bot sich in Istanbul. Ayaz Alpaslan begab sich früh am Morgen zu seinem Stammcafé Cansin im unteren Teil der Galatabrücke. Er ließ sich Zeit, schaute auf die im Morgenlicht glitzernden Wellen des Goldenen Horns und überlegte, ob er danach noch seinen Bruder in Hobyar besuchen sollte. Von der asiatischen Seite fiel ihm ein blitzendes Flugobjekt auf, das sich ungewöhnlich rasch näherte. Ein Flugzeug flog nicht so schnell, ging es ihm durch den Kopf. Ehe er sich weitere Gedanken machen konnte, stand das Objekt direkt über der Brücke. Ja, das war eines der UFOs, das er bereits vor

Wochen über der Stadt gesehen hatte. Wie gebannt schaute er auf das Raumschiff. Die roten Laserstrahlen konnte er bei der grellen Sonne kaum sehen, als sie sich funken sprühend durch den Stahl der Brücke fraßen. Weg, nichts wie weg, war sein einziger Gedanke. Er drehte sich um, und wurde vom Strom der Flüchtenden mitgerissen. Ehe die ersten Teile der Brücke hoch aufspritzend und zischend im Wasser des Bosporus versanken, erreichte er das rettende Ufer. Sein Blick ging sofort nach oben, um zu sehen, ob das UFO noch da stände, aber es war verschwunden. Das, was alle in diesem Moment erwarteten, nämlich die Zerstörung der zwei anderen Brücken, bewahrheitete sich zum Glück nicht. Diese Brücken überspannten immer noch unversehrt den Bosporus. Wo lag der Sinn für die Zerstörung der Brücke, wenn der Verkehr weiterhin ungehindert über die anderen die Kontinente verband? Nur eines hatten sie damit erreicht. Die Menschen fühlten sich ihnen hilflos ausgeliefert.

Die Frage nach dem Grund der Zerstörung von wirtschaftlich nicht so bedeutenden Brücken stellten sich auch die Japaner bei der Vernichtung der Akashi-Kaikyo –Brücke, oder die Engländer bei der Tower Bridge.

Bald darauf suchten einige UFOs nach den noch arbeitenden Elektrizitätswerken.

Sie fuhren ihre schwarzen Kugeln aus und begann die Laser aufzuladen. Es fiel auf, dass einige UFOs nicht sofort an der Erneuerung ihrer Kapazität teilnahmen. Sie blieben an ihren jeweiligen Standorten bewegungslos stehen, oder flogen zu kleineren Zielen, wie einzelne Schiffe, Flugzeuge, Lastwagenkolonnen und Fabrikanlagen. Sie schossen ihre Laserstrahlen vermutlich solange auf die Ziele ab, bis die Energie restlos erschöpft war. Erst danach flogen sie einzeln und nicht organisiert wie zuvor, die E-Werke zum Laden an. Was das zu bedeuten hatte, wusste sich niemand zu erklären. Weder konnte dadurch die Versorgung auf der Erde ernsthaft gefährdet werden, noch stellten die zerstörten Objekte eine militärische Gefahr für die Raumschiffe dar. Von der anfänglich straff geführten Organisation und der koordinierte Durchführung der Angriffe war nichts mehr vorhanden. Gab es hier bereits Probleme bei der Führung? Hatte der Komandant die Lage nicht mehr im Griff? Dieses Verhalten gab Spekulationen neue Nahrung. Ein Radiosender sendete einen Beitrag mit dem Titel »UFOs in Not?« Sicher war es noch nicht soweit, aber irgendetwas stimmte nicht da oben. Es erschien auffällig, dass das UFO, das über New York stand, seinen Ort bisher nicht verlassen hatte, weder um an Angriffen teilzunehmen, noch um Laser aufzutanken. Erst jetzt erweckte dieses Raumschiff die Neugier der Militärs. Erst jetzt hatte man erkannt, dass das UFO noch einen guten Teil größer aussah als die anderen. War das das Raumschiff des Kommandanten? Einiges sprach dafür und ab sofort stand dieser Flugkörper unter besonderer Beobachtung.

Eine Meldung aus Russland ließ die Welt aufhorchen. Ein UFO, das seit Tagen wichtige Lebensmittelwerke zerstört, wahllos Eisenbahnzüge angegriffen und sich dann auf eine Fischfangflotte gestürzt hatte, war schließlich vom Flugabwehrsystem durch eine Boden-Luftrakete abgeschossen worden. Den Erfolg hatte man der genauen Beobachtung des UFOs zu verdanken. Das Militär hatte herausgefunden, dass zwischen dem Einsatz der Laser immer längere Pausen lagen. Man folgerte daraus, was sicher eine kühne Annahme darstellte, dass das UFO kaum noch, oder sogar keine Energie mehr für die Laser hatte und somit angreifbar war. Kaum stand das UFO über einen Tag lang am Himmel, ohne einen Angriff unternommen zu haben, ordnete man, nach kurzer Beratung mit der zuständigen Leitstelle, den Einsatz einer Boden-Luftrakete an. Der Erfolg war durchschlagend. Das UFO explodierte in einem Feuerball und die Teile versanken in der Tiefe des Meeres bei

Murmansk an der Westküste des Nordpolarmee-
res. Dieser Erfolg verbreitete sich blitzschnell.
Die Menschen sahen hierin eine Chance sie zu
besiegen

Der Verlust sowie die Ursache hierfür würde
von der Führung der Raumschiffflotte analysiert
werden und sie ergriffen sicher umgehend Maßnahmen, um Ähnliches zu vermeiden. Wie es
schien, gab es den straffen Zusammenhalt der
UFO-Flotte nicht mehr. Es könnte jetzt einen
Versuch wert sein, eines der Raumschiffe solange
anzugreifen, bis sie ihre Laserabwehr aus Ener-
giemangel, nicht mehr einsetzen konnten. Dann
käme der Zeitpunkt, sie zu vernichten. Über alle
politischen Unterschiede hinweg, informierten
die Amerikaner alle Länder, dass dieser Angriff
in Amerika auf ein UFO erfolgen sollte. Ort und
Zeitpunkt gäbe man später bekannt.

Die Streitkräfte hatte sich das UFO über Denver in Colorado ausgesucht. Das war das UFO,
das vor einiger Zeit zwei Jets der US Luftwaffe
abgeschossen hatte. Damit im Falle, dass der Angriff erfolgreich verliefe, die Trümmer des
Raumschiffes nicht auf Denver fielen, hatte man
sich einen Plan ausgedacht, das Flugobjekt in ein
unbewohntes Wüstengebiet zu locken. Man stellte Abwehrstationen erst nahe auf, dann die
nächsten etwas weiter entfernt und so weiter, bis
die Wüste erreicht war. In dieser Reihenfolge

mussten auch die Angriffe stattfinden, bis die
Laser des UFOs keine Energie mehr hätten. Danach sollten die Kampfjets das Raumschiff vernichten.

So der Plan.

Die ersten Raketen wurden wie vorgesehen
beim Anflug zerstört. Danach vernichteten die
Laserstrahlen die Bodenstation. Dann folgten
Angriff auf Angriff von den immer weiter entfernteren Stationen. Das UFO bewegte sich langsam von Denver weg in Richtung Wüste.

Unentwegt musste das Raumschiff die anfliegenden Raketen mit den Laserstrahlen ab-
wehren und Bodenstation nach Bodenstation
zerstörten. Dieser Kampf zog sich über Stunden
hin. Aufmerksam beobachte man, ob die Laserstrahlen nachließen. Nach den letzten Boden-
Luftraketen hatte man festgestellt, dass die
anfliegenden Geschosse erst kurz vor dem UFO
zerstört wurden. Die Druckwellen durch die Explosionen der letzten Raketen bewirkten bereits
ein heftiges Schaukeln des UFOs. Daraus schloss
man, dass die Laserkapazität jetzt nachließe und
die Zeit für den Angriff der Abfangjäger gekommen sei. Die Flugzeuge standen startbereit
und warteten nur noch auf den Einsatzbefehl.
Sekunden vor dem Angriff entzog sich das
Raumschiff jedoch der drohenden Gefahr, und
verschwand, die Schallmauer mit einem Knall

durchbrechend, Richtung Denver. Sie würden umgehend ein Elektrizitätswerk aufsuchen, um aufzuladen. Vermutlich waren die UFOs nach dem Verlust in Russland gewarnt worden, die Laserkapazität bis zum Schluss zu verbrauchen, um danach nicht wehrlos den Raketen ausgeliefert zu sein. Die herbe Enttäuschung nach dem vergeblichen Angriff war verständlich.

*

In Rostock kehrte Normalität ein, wenn es so etwas in dieser Zeit überhaupt geben konnte. Weder hatte ein UFO ein Schiff im Hafen angegriffen, noch andere Schäden angerichtet. Das UFO, das vorher aus Johannisburg kam, blieb verschwunden. In der Redaktion des Ostseekuriers beschäftigte sich Paulsen mit der Auslieferung weiterer Ausgaben. Martin schrieb, nachdem er eine Serie über die Erlebnisse der Besatzung auf der Affeninsel verfasst hatte, Artikel über die Auswirkungen der Viruskrankheit in Rostock und anderen in der Nähe gelegenen Orten. Hanni bereitete indessen die Rückkehr in Martins Wohnung vor. Sie meinte, sie hätten die Gastfreundschaft seiner Familie lange genug in Anspruch genommen, und es wäre an der Zeit, zurückzukehren.

Bevor sie bei der Wohnung ankam, fuhr sie zu der von Paulsen genannten Tankstelle an der B105, nahe dem Fährterminal, wo sie für das Benzin über eine Stunde in der Schlange stand. Danach fuhr sie es zum Bootsmann. Sie hatte sich vorher telefonisch angemeldet. Brunken, der vorhatte, nicht mehr zur See zu fahren, ließ sich vom Reeder Olsen überreden, doch noch einige Fahrten mitzumachen. Der Grund lag darin, dass die Mannschaft der ›Anja‹ durch die Seuche verstorben war und durch die Epidemie ein allgemeiner Mangel an Seeleuten herrschte. Er erzählte ein paar kleinere Episoden vom Aufenthalt auf der Insel, die Hanni eifrig mitschrieb. Dann verabschiedete sie sich und wünschte dem Bootsmann alles Gute für die nächste Fahrt. Er versprach im Gegenzug, sich bei ihr zu melden, sobald er wieder in Rostock einträfe.

Zwei Tage später saßen Hanni und Martin wieder in Wohnung in der Wendenstraße beim Abendessen. Nachdem sie abgeräumt hatten, suchten sie sich ein gemütliches Plätzchen auf dem Sofa. Martin holte die angefangene Flasche Rotwein aus der Küche und Hanni die Gläser aus dem Buffet. Nach einer Weile bemerkte Hanni, wie er sichtlich unruhig hin- und herrutschte.

»Was ist los«, erkundigte sie sich, »willst Du mir etwas sagen, bedrückt Dich etwas?«

»Ja, schon, aber ich finde nicht die richtigen Worte«, druckste Martin herum.

»Du und nicht die richtigen Worte finden, das kommt aber nicht oft vor«, lästerte Hanni und rückte ein Stück näher an Martin heran.

»Na ja, wie soll ich es sagen. Wir kennen uns schon solange, haben bisher alle Schwierigkeiten zusammen gemeistert, leben zusammen, haben den Virus besiegt, verstehen uns ohne Worte und …«, in diesem Moment unterbrach ihn Hanni und mit Tränen vom Lachen in den Augen, forderte sie ihn auf:

»Nun bitte doch endlich um meine Hand, dein Gestammel ist ja nicht zum Anhören.«

»Genau das wollte ich gerade machen, aber du hast mich dabei unterbrochen«, gab Martin sichtlich erlöst zu, nahm Hanni in die Arme und flüsterte ihr ins Ohr:

»Willst du mich heiraten?« Hanni löste sich von ihm, rückte ein wenig ab, schaute ihn etwas von unten herauf an und stimmte zu, indem sie sagte: »Ja, mit dem Gedanken kann ich mich vertraut machen. Wenn du es richtig hören möchtest, ein Ja, ganz groß geschrieben und mit vielen ›aaaaas‹«. Ein tiefer Seufzer löste sich aus Martins Kehle und aufatmend goss er die Gläser voll. Zusammengekuschelt genossen sie den Wein. Dann unterbrach Hanni die traute Stille mit der Frage:

»Wer sollen unsere Trauzeugen sein?« Martin, hatte sich bereits Gedanken darüber gemacht und schlug Lars Brunken und Peter Paulsen vor. Hanni war sofort einverstanden, meinte aber nachdenklich:

»Schade, dass Kapitän Hansen nicht mehr am Leben ist. Er war richtig nett und hätte sicher einen stattlichen Trauzeugen abgegeben.«

»Ob du es glaubst, oder nicht, den gleichen Gedanken hatte ich auch«, bestätigte Martin. »Siehst du, wieder ein Beweis wie sich unsere Gedanken gleichen«, freute sich Hanni mit bereits etwas schwerer Zunge. Eine zweite Flasche musste ihr Leben lassen, denn es bedurfte mehr als einer halben Flasche, um die aufgewühlten Gefühle wieder in ruhiges Fahrwasser zu bringen. Am nächsten Morgen fuhr Hanni los, um die seit ihrer Flucht aufs Land verbrauchten Vorräte wieder aufzufüllen. Die erste schockierende Entdeckung machte sie, als sie Brot kaufen wollte. An der Tür hing ein Schild, worauf stand, dass das Geschäft wegen eines Todesfalls vorläufig geschlossen bliebe. Es sollte nicht die letzte Todesnachricht sein, die sie auf ihrer Einkaufstour zur Kenntnis nehmen musste. Sie entdeckte ähnliche Schilder, doch oft auch überhaupt keinen Hinweis, warum ein Geschäft dunkel und geschlossen blieb. Der erste Lichtblick an diesem

Tag war, als sie die auf dem Schulhof lärmenden Kinder erblickte.

Am Abend berichtete sie von ihren Eindrücken und Martin nahm sie in die Arme und flüsterte: »Aber wir leben noch.«

Konnte man den Augenzeugenberichten Glauben schenken, oder sollten es Sinnestäuschungen sein. Aus mehreren Ländern berichtete man, dass Menschen des Nachts UFOs gesehen haben wollten, die anfangs normal ihre Bahn zogen und dann, ohne erkennbaren Anlass, plötzlich zu schlingern begannen. Das hatte man vorher noch nie beobachtet. Andere Zeugen sagten aus, dass ein UFO der Erdoberfläche sehr dicht kam, dass sie bereits befürchteten, es landete. Danach schoss es steil nach oben und verschwand.

Umgehend stürzten sich die Nachrichtenleute auf diese Story. Mit Galgenhumor titelte eine Zeitung: »Affen betrunken am Steuer?«

Paulsen setzte sich umgehend mit Masurek zusammen, um die Vorkommnisse zu erörtern. Nachdem er den Kaffee eingegossen hatte, begann er mit den Worten:

»Aus den vorliegenden Augenzeugenberichten jetzt einen Artikel zu machen, was der Grund für diese unerklärlichen Flugmanöver sein könnte, halte ich für verfrüht. Wenn Sie mich fragen, dann glaube ich, dass es sicher mehrere Ursachen gäbe. Es mögen Ausfallerscheinungen der Besatzung wegen Nahrungsmangel sein, es könnte sein, dass sie technische Probleme haben, die wir uns nicht vorstellen können.« Martin überlegte:

»Ich bin mir sicher, dass sie inzwischen gemerkt haben, dass ihr Plan nicht funktioniert. Kann doch sein, dass bei ihnen dadurch eine Art Panik ausgebrochen ist, und sie nicht wissen, wie sie sich weiter verhalten sollen. Möglicherweise rebellieren bereits einige Besatzungen ? Jedenfalls glaube ich, es deutet sich an, dass in der nächsten, vielmehr in der allernächsten Zeit etwas Entscheidendes mit den Raumschiffen geschehen wird. Wenn sie noch die Möglichkeit haben, das heißt, genug Energie, um zurückzufliegen, das wäre sicher eine Option«, und führte weiter aus, »ich wünschte mir nur, dass eines der UFOs landete und wir es untersuchen könnten. Wir sähen uns die Burschen näher an, und wüssten, was der Grund dafür ist, dass sie ihre Fluggeräte nicht mehr im Griff haben. Wie es sich in den letzten Monaten gezeigt hat, sind ihre Aktionen unkoordiniert und ohne entscheidende Auswirkung auf unser Leben. Sie scheinen den Überblick verloren zu haben. Ich meine fast, sie können nicht mehr klar denken. Was immer auch der Grund dafür sein mag, uns kann es nur recht sein.« Nach einigen Minuten des Schweigens räusperte sich Paulsen und erinnerte an den Bericht vom ersten UFO auf der Insel.

»Mich interessierte, wie die ominöse grüne Flüssigkeit hergestellt wird, die die Nahrung für ihre Weltraumflüge zu sein scheint. Wenn wir das Zeug vertrügen, hätte ich mir gerne ein Patent dafür eintragen lassen«, gestand er lachend und nahm noch einen Schluck Kaffee.

BBC London TV brachte die Nachricht zuerst. Der Sprecher kommentierte die Bilder, die ein Hubschrauber aufgenommen hatte, wie folgt:

»In den gestrigen Abendstunden beobachteten Schiffer, wie ein UFO mit hoher Geschwindigkeit von der Seeseite her in Richtung der irischen Westküste flog. Kurz bevor es die Küste erreichte, verlor das Raumschiff an Höhe und prallte mit ungeheurer Wucht gegen das Cliff of Moher. Wie sie sehen, sind die Wrackteile, bis auf wenige Bruchstücke, die auf Absätzen der zweihundert Meter hohen Steilküste hängen blieben, ins Meer gestürzt. Wie man uns mitteilte, werden Spezialkräfte versuchen einige dieser Teile zu bergen, um sie untersuchen zu können.«

Die Wissenschaftler und die Streitkräfte wünschten sich lieber, ein intaktes Raumfahr-

zeug zur Untersuchung in die Hände zu bekommen als nur Trümmerteile. Jetzt war es offensichtlich, die Weltraumaffen hatten Schwierigkeiten.

Eine Meldung aus Mexiko verhieß die Erfül-
lung dieses Wunsches. Ein UFO war in der
Sonora Wüste gelandet. Der Fernsehbericht
wurde zeitversetzt gesendet, weil man die Aufnahmen aus der Wüste erst zu der Sendezentrale
brachte. Die Bilder zeigten Scharen von Bericht-
erstattern auf den Weg zum Landeplatz. Das
Militär hatte das Gebiet weiträumig abgesperrt,
um den Fundort für eigene Untersuchungen zu
sichern. Die Schaulustigen durften, zu ihrem
Ärger, nicht näher als bis auf zwei Kilometer
heran. Nur ein staatliches Fernsehteam näherte
sich bis auf zweihundert Meter. Am Flugobjekt
rührte sich nichts. Keine Luke öffnete sich, keine
Bewegung zeigte sich. Dann folgte die Übertragung, wie sich Militärfahrzeuge auf das Raumschiff zubewegten. Die Fahrzeuge näherten sich
bis auf etwa fünfzig Meter, als das UFO, wie
durch eine Atomexplosion, in Stücke gerissen
wurde. In der Entfernung von zwei Kilometern
war der Lichtblitz so grell, dass die Zuschauer
danach für Minuten geblendet waren. Schlagartig brach die Bildübertragung ab. Nachfolgende Bilder, die von einer anderen, weiter entfern-

ten Kamera aufgenommen wurden, zeigten Fahrzeuge, die sich in der Nähe des UFOs befunden hatten, einige hundert Meter weit geschleudert, zerstört im Wüstensand. Zwischen ihnen die toten Soldaten und die Kameraleute. Trümmer des UFOs erreichten sogar die weit entfernten Zuschauer und töteten einige. Selbst von Weitem konnte man den riesigen Krater sehen, den die Explosion gerissen hatte. Die Hitze war so gewaltig, dass Metallteile schmolzen. Von der UFO-Besatzung konnte man keine Reste mehr finden. Damit endete die Übertragung. Sie hatten einen Selbstvernichtungssprengsatz gezündet, um ihr Wissen nicht den Menschen zu überlassen. Hubschrauber der Armee trafen als erstes an der Unglücksstelle ein. Rettungswagen kamen mit großer Verspätung aus Hermosillo. Die Helfer begannen die toten Soldaten und die Kameraleute zu bergen. Noch später erschienen Lastwagen mit Soldaten, die die Trümmerteile aufluden. Der Schockzustand in der Welt hielt nicht lange an. Dazu waren in der zurückliegenden Zeit zu viele und zu schreckliche Bilder gezeigt worden. Eines schien nun sicher, die Besatzungen hatten den strikten Befehl, ihre Raumschiffe in Notsituationen zu zerstören.

Planlos, nein, eher wie verwirrt, bewegten sich die UFOs über die Erde. Mal flogen sie dicht

über der Oberfläche, manches Mal schossen sie
ohne erkennbaren Grund steil in den Himmel.
Das Nachtanken der elektrischen Energie konnte
immer seltener beobachtet werden und so hofften die Menschen, sie hätten die Absicht, die Erde zu erobern, aufgegeben und verschwänden
bald. Das taten sie jedoch nicht. Im folgenden
Winter bot sich den Einwohnern der Stadt
Dudinka in Sibirien, im Kranojarsker Gebiet, ein
seltsames Schauspiel.

Die sternklare Nacht ließ eine ungehinderten
Sicht auf das Ereignis zu. Zwei blinkende Punkte
näherten sich von Westen der Stadt. In der Stadt
machten sich die Menschen gegenseitig auf die
näherkommenden Objekte aufmerksam. Waren
das Flugzeuge, oder die UFOs? Bald kamen sie
näher gekommen und man konnte sie gut im
hellen Mondlicht sehen. Ja, es waren zwei UFOs,
die sich nördlich von der Stadt, nicht hoch und
nicht schnell am Himmel bewegten. Fotoappara-
te wurden gezückt und Handys aus den Taschen
gezogen. Dann standen sich die Flugobjekte in
einer kurzen Entfernung, geschätzt von fünfhundert Metern, gegenüber. Bei beiden rotierten
blauweiße Lichter am unteren Rand der Flugkörper. Urplötzlich und ohne jegliches Geräusch
schossen rote Strahlen, gebündelt wie es schien,
von einem Raumschiff auf das andere. Sie trafen
genau und das angegriffene UFO zerplatzte, ja,

zerplatzte wie ein Seifenblase in einem Feuerball. Erschrocken zogen die Zuschauer die Köpfe ein. Die Trümmer fielen in die Bucht des Jenissei und versanken in den Fluten. Das siegreiche UFO verharrte noch eine Weile an Ort und Stelle und entfernte sich, ohne große Eile, wieder Richtung Westen und hinterließ eine aufgeregte Menschenmenge. Die Aufnahmen, die leider nicht von guter Qualität waren, sendete das Russische Fernsehen am nächsten Tag in den aktuellen Morgennachrichten. Der Kommentar beschränkte sich auf die Augenzeugenberichte.

Dieses Ereignis bewertete man weltweit dahingehend, dass sich die Raumschiffbesatzungen im Aufstand befänden. Man stellte die These auf, dass wahrscheinlich einige Besatzungen den Rückflug verlangten, während die Führung, das Hierbleiben befahl.

»Das kann uns nur recht sein«, murmelte Martin, als er das hörte. »Je schneller und je effektiver sie sich gegenseitig auslöschen, desto besser für uns. Hanni, wenn das so weitergeht, wird der Spuk bald vorbei sein und wir werden als Ehepaar in eine goldene Zukunft schreiten.« Hanni musste bei den pathetischen Worten herzlich lachen, stimmte aber zu:

»So sei es.«

Berichten zufolge intensivierten sich die Auseinandersetzungen zwischen den UFOs. Gleichartige Angriffe wie über Sibirien meldete man auch aus anderen Teilen der Welt. Durch die enorme Sprengkraft, die die Explosion der UFOs auslöste, fielen nur kleine Trümmerteile auf die Erde, beziehungsweise stürzten überwiegend ins Meer. Da die Ortungsgeräte auf der Erde durch die Raumschiffe zerstört waren, rief man weltweit dazu auf, die einwandfrei gesichteten Zerstörungen zu melden, um die Anzahl dieser UFOs zu zählen. Die Geschehnisse entwickelten sich immer skurriler. Hatten sich UFOs anfangs gegenseitig zerstört, so sprengten sich viele bereits ohne äußeren Anlass in die Luft.

»Sie dezimieren sich selber. Diese Lösung ist für uns die allerbeste«, freute sich Paulsen, als er wieder einmal bei Martin und Hanni zu Besuch weilte und ergänzte: »Nach meiner Kenntnis sind bisher dreiundzwanzig der Blechbüchsen zerstört. Wenn die erste Zählung mit einunddreißig stimmte, bleiben noch acht übrig. Das lässt hoffen, dass wir es bald hinter uns haben.« Hanni saß da und beteiligte sich nicht am Gespräch.

»Und was sagst du dazu?«, forderte sie Martin auf.

»Entschuldige, aber irgendwie tun mir die kleinen Affen leid«, antwortete sie zögernd.

»Das meinst du doch nicht im Ernst?«, rief erstaunt Martin aus.

»Nein nicht wirklich«, gab Hanni zu, »aber wenn ich mir überlege, dass sie, wie es sich herausgestellt hat, Hunderte von Jahren an einem Vorhaben gearbeitet haben, das auch viele eigene Opfer gefordert hat, und jetzt vor den Trümmern ihrer Anstrengungen stehen, da kann ich sie nur aufrichtig bedauern.«

»Frauen sind einfach zu gefühlsbetont. Das musst du eben akzeptierten«, sprang Paulsen Hanni zur Seite. Mit dem Satz:

»Nun ist aber genug, sonst versucht Hanni noch einen Weltraumaffen zu finden, um ihn wieder gesund zu pflegen«, beendete Martin das Thema und hatte die Lacher auf seiner Seite.

Es sollte nur noch Tage dauern, und die Invasion schien endgültig vorbei zu sein. Sieben UFOs hatten sich alleine, oder gegenseitig in die Luft gesprengt. Die Aufmerksamkeit der Welt richtete sich nun auf das letzte, das große Raumschiff, das bisher unverändert über New York stand. Die Häuser unter dem UFO wurden in weitem Umkreis geräumt, damit im Falle, dass sich das Raumschiff ebenfalls sprengte, die Explosion keine Menschen gefährdete.

Doch nichts dergleichen geschah. Dann, früh an einem Samstagmorgen, begann das UFO erst langsam, dann immer schneller über den Atlantischen Ozean in Richtung Europa zu fliegen.

Angespannt wurde der Weg des Raumschiffs ab Erreichen des europäischen Festlandes weiter verfolgt. Es überflog Spanien, Frankreich, überquerte die deutsche Grenze und schwenkte leicht nach Norden ein. Die Fernsehbilder zeigten, wie sich die Flughöhe verringerte und das UFO direkt Kurs auf Rostock nahm.

»Das ist verrückt. Wenn ich das nicht mit eigenen Augen sähe, glaubte ich es nicht«, schnaubte erregt Bootsmann Brunken, der gerade ein paar freie Tage, bis zur nächsten Frachtreise, zu Hause genoss. Er hatte zufällig aus dem Fenster in die Richtung geblickt, aus der das Raumschiff langsam heranschwebte. Das muss ich mir näher ansehen, beschloss er. Bevor er sich auf den Weg machte, rief er noch Martin Masurek an, der wiederum Paulsen informierte. Das Objekt schwebte so niedrig, dass die Menschen unwillkürlich die Köpfe einzogen. Die Berichte über explodierende Raumschiffe kannte man auch in Rostock. Wer weiß, ob dieses UFO nicht ebenfalls in die Luft fliegt, dachten sich viele, und flohen panisch aus der Stadt in die entgegengesetzte Richtung. Einem Flüchtlingstreck gleich, wälzten sich die Menschenmassen mit dem Auto oder zu Fuß aus der Stadt. Bevor es das Stadtgebiet erreichte, sank es immer tiefer, flog haarscharf an einem Richtfunkmast vorbei, zersplitterte krachend mehrere Baumkronen und setzte sanft auf einer Grünfläche, neben einer Wochenendsiedlung, südwestlich vom Zentrum auf. Nach einer geraumen Weile wagten sich die ersten mutigen Anwohner in die Nähe des Flugobjektes. Es dauerte nicht lange und aus allen Richtungen strömten immer mehr Rostocker zum Landeplatz. Die Neugierde war, wie so oft, stärker als die Angst. In aller Eile, und mit den zur Verfügung stehenden eingeschränkten Möglichkeiten, zog man mit Hilfe des Militärs und der Polizei ein Sperrring um das Areal. Hanni und Martin kamen rechtzeitig an Ort und Stelle an und entdeckten sofort den Bootsmann, der die Umstehenden um Haupteslänge überragte. Sie drängten sich zu ihm durch und begrüßten ihn herzlich.

»Was meinen Sie, was uns hier erwartet?«, begann Martin das Gespräch.

»Das Schlimmste wäre, wenn sie uns mitsamt des Raumschiffs in die Luft sprengten«, antwortete Brunken, wobei er die beiden ernst ansah. Martin sah hinüber zum UFO, das drohend groß, die Sonnenstrahlen blendend vom Metall reflektierend, dastand.

»Wenn sie vorhätten, mit einer Explosion großen Schaden anzurichten, dann hätten sie sich gewiss nicht Rostock ausgesucht. Da hätte sich New York als lohnenswerter herausgestellt. Da steckt mehr dahinter.« Inzwischen bahnte sich

Paulsen einen Weg durch die Schaulustigen und wurde vom Trio begrüßt. Er hatte eine Videokamera dabei, während Hanni ihr Handy schussbereit hielt und bei Martin ein Fotoapparat um den Hals hing. Mit Verwunderung sahen sie, dass die Soldaten Maschinenpistolen schussbereit in den Händen hielten. Noch mehr erstaunte sie, dass die Feuerwehr Schläuche ausgerollt hatte und einsatzbereit dastand. Was dachte die hier zu löschen?, fuhr es Brunken durch den Kopf. Wenn es hier knallt, dann hilft auch kein Wasserstrahl. Die Zeit schlich dahin, die Sonne hatte bereits den Zenit überschritten und am UFO rührte sich nichts. Leises Murmeln unter den Schaulustigen. Ein schepperndes Geräusch durchbrach Stille, sodass Einige zusammenzuckten. Einem Jungen von etwa zwölf Jahren war es zu langweilig geworden. Er hatte sich einen Stein gesucht und gegen das Raumschiff geworfen.

»Jetzt haben wir angeklopft. Vielleicht machen sie nun auf«, kommentierte ein neben Hanni stehender Mann. Links von unseren vier begann ein Raunen unter der Menge. Brunken, der über die Menge hinwegsehen konnte, berichtete, was er sah.

»Da, da klappt eine Luke auf.« Am unteren Rand des UFOs knapp über dem Grasboden, hatte sie sich geöffnet. Minutenlang geschah nichts. Dann lief es wie ein Aufschrei durch die

Neugierigen: »Da sind sie, ja, wir sehen sie. Sie klettern heraus«, und so weiter. Zuerst sahen sie ein Bein und einen kleinen Fuß mit einem weißen Schuh. Das zweite Bein schob sich aus der Öffnung. Das geschah fast in Zeitlupentempo. Kurz darauf erschien der hintere Teil des Geschöpfes, dann der Rücken und schließlich rutschte es in seinem blauen Anzug immer mehr aus der Öffnung. Mit den Händen hielt es sich noch kurz fest, dann kam der Kopf mit dem Helm zum Vorschein. Die Soldaten luden ihre Maschinenpistolen durch. Der Weltraumaffe fühlte den Boden unter den Füßen und ließ den Lukenrand los. Schwer plumpste er auf sein Hinterteil und kippte auf den Rücken, worauf man einige Lacher aus der Menge hörte. Bewegungslos blieb er liegen.

»Da ist noch einer«, rief eine Frau. Ein zweiter Besucher folgte, ein dritter, ein vierter. Alle lagen sie dann lang hingestreckt im Gras und rührten sich nicht. Die Helme umschlossen immer noch die Köpfe. Als ein Mann, in der Kleidung einer Notarztwagenbesatzung, zu ihnen eilen wollte, rief ihn die Polizei barsch zurück. Inzwischen hatte die Fernsehübertragungen begonnen und auch einige ausländische Journalisten begannen zu berichten. Die Lage blieb für zwanzig Minuten unverändert. Die Gestalten lagen da und nur ab und zu sah man, wie sich ein Arm oder Bein leicht bewegte. Ein Raunen lenkte die Aufmerksamkeit auf die Luke. Ein fünfter Affe hatte sich in der Luke gezeigt, verschwand wieder im Inneren und kletterte nach wenigen Minuten doch aus dem Raumschiff. Einige Zeit lag er ebenfalls bewegungslos am Boden. Dann setze er sich auf und begann den Helm vom Kopf zu lösen. Er ließ den Helm neben sich fallen und sah sich um. »Das sind ja wirklich nur Affen«, tönte es verwundert, fast enttäuscht aus der Menge. Was in den nächsten Sekunden geschah, würde keiner der Anwesenden je vergessen. Mit wenigen gewaltigen Armbewegungen bahnte sich der Bootsmann einen Weg durch die Menge und ehe sie begriffen, was er vorhatte, kniete er neben dem Affen, der den Helm abgenommen hatte. Brunken stammelte:

»Mister Uffo, das kann nicht wahr sein.« In diesem Augenblick sprang Uffo, er war es tatsächlich, wie auch an dem kleinen roten Haarbüschel auf der Stirn einwandfrei zu erkennen, mit einem Satz auf Brunken zu und schlang seine dünnen Ärmchen um dessen Hals. Der Affe begrüßte den alten Freund mit leisen schnurrenden Lauten, wie er es immer tat, wenn er sich wohlfühlte. Als mehrere Polizisten zu den beiden eilen wollten, um höchstwahrscheinlich dieses Zusammentreffen zu unterbinden, riefen die Leute:

»Lasst die zwei in Ruhe, wir wollen sehen, wie das weitergeht!« Nach kurzem Zögern verließen die Männer wieder den Platz.

Die Menschen sahen, wie dem großen, stattlichen Mann Tränen aus den Augen traten. Diese Bilder liefen, oft als Nahaufnahmen, augenblicklich um die Welt. Hanni, Martin und Paulsen hatten die Szene voller Anteilnahme verfolgt und Hanni bemühte sich, die Tränen bei diesem Anblick zurückzuhalten. Martin und Hanni fotografierten. Paulsen filmte. Während er die rührende Szene aufnahm, rief er ein ums andere Mal aus, das gäbe den Artikel seines Lebens. Dann hörte man Stimmen aus der Menge. Erst hörte man einzelne Wortfetzen wie:

»…die müssen angeklagt werden, Mörder, aufhängen.« Und schließlich skandierten sie: »Schlagt sie tot, schlagt sie tot!« Die Zuschauer erinnerten sich daran, welch unermessliches Leid die Affen mit ihrer Seuche über die Erde gebracht hatten. Die Menschenmasse drängte nun aufgebracht nach vorne in Richtung Raumschiff. Die Lage drohte außer Kontrolle zu geraten. Polizei und das Militär bildeten augenblicklich einen Schutzwall um das UFO. Auf Anordnung der Polizei brachte die Feuerwehr, wenn auch widerwillig, die Spritzschläuche in Stellung. Es gelang ihnen nur mühsam, die wütende Menge zurückzudrängen. Hinter den Kulissen liefen die

Leitungen heiß. Wie sollte man nun weiter mit den Außerirdischen verfahren? Sollte man sie gefangen nehmen und als Verbrecher abführen, oder was? Nach vielem Hin und Her, wie vorauszusehen war, ordneten, die für die Sicherheit des Landes zuständigen Behörden an, dass die Eindringlinge korrekt und ohne Gewalt gefangen zu nehmen sind. Vorerst müsste man sie unter Bewachung in die Quarantänestation einliefern. Zutritt zu ihnen hätten nur die Angestellten der Station und militärische Sicherheitsbehörden. Ein schwer gesicherter Sperrkreis würde umgehend um die Station gezogen. Es dauerte nicht lange und Männer in Schutzanzügen betraten die Wiese, begaben sich zu den Affen und hoben sie auf. Die Helme hatte sie immer noch nicht abgenommen, und so trug man sie mit den Helmen zu den Spezialwagen. Erstaunlicherweise leisteten sie in keiner Weise Widerstand. Es kam zu einem Zwischenfall, als zwei Mann Mister Uffo aus Brunkens Armen reißen wollten. Der Bootsmann stand auf, schaute die Männer von oben an, die respektvoll etwas zurücktraten und brachte »seinen« Affen persönlich zum Fahrzeug. Der Abschied gestaltete sich wiederum herzzerreißend, doch es half nichts, auch Mister Uffo musste in den Wagen. Als einer der Schutzanzugträger darauf hinwies, auch Herr Brunken sollte mit in die Quarantänestation, weil es Kon-

takt mit dem Affen hatte, wäre das beinahe in
eine Schlägerei ausgeartet. Er versprach, sich am
nächsten Tag freiwillig dort untersuchen zu lassen. Nach einigem Widerstreben willigte sie ein.
Die ersten Spezialisten traten an die Luke, leuchteten hinein und verschwanden wieder. Sie be-
ratschlagen, wie weiter zu verfahren sei, zumal
sich bisher keine Möglichkeit bot, in das Innere
zu steigen. Die Affenluke erwies sich als viel zu
klein für diesen Zweck. Der Bootsmann hatte
Mühe, sich zu Hanni, Martin und Paulsen
durchzuschlagen.

Immer wieder musste er sich Beschimpfun-
gen wie »Mörderfreund«, oder »Verräter« gefallen lassen. Nur seiner kräftigen Statur verdankte
er es, dass man ihn nicht körperlich angriff.
Außer Atem erreichte er die drei, die ihn aufgeregt mit Fragen überfielen.

»Ja, dass das mein Mister Uffo ist, habe ich
sofort erkannt und nicht nur an seinem roten
Haarbüschel«, grinste er. »Eines ist mir aber auf-
gefallen«, setzte er mit leiser Stimme hinzu, »er
scheint sehr geschwächt zu sein und seine Augen
hatten allen Glanz verloren. Ich denke die ganze
Bande ist schwer krank und musste deshalb ihre
Mission beenden. Sicher hat Mister Uffo, der, wie
es aussieht, der Kommandant der Invasion ist,
uns nicht angeflogen, um Hilfe zu erhalten. Eher
vermute ich, bestand seine Absicht darin, das

Raumschiff unversehrt in unsere Hände gelangen zu lassen. Nach dem Verbrechen mit der Seuche hätten sie nur von Wissenschaftlern solange medizinische Hilfe erhalten, bis die Untersuchungen abgeschlossen wären. Danach hätte man sie vermutlich getötet.«

»Das ist eine mögliche Erklärung«, stimmte Martin zu, »warten wir ab, was die Untersuchung ergibt.« Paulsen verabschiedete sich und eilte zur Redaktion. Der Abend nahte, und sie beschlossen, diesen denkwürdigen Tag bei einem guten Glas, sei es Bier oder Wein, ausklingen zu lassen. Man einigte sich und steuerte umgehend die Gaststätte »Zum alten Hafen« an.

Sie suchten sich ein gemütliches Plätzchen unter dem Ölbild mit dem Segelschiff aus. Nachdem die bestellten Getränke auf dem Tisch standen, räusperte sich der Bootsmann mehrfach. Hanni ahnte zuerst, dass er einiges auf dem Herzen hatte und munterte ihn mit den Worten auf:

»Mir scheint, Sie bedrückt etwas, oder irre ich mich?«

»Ja, Sie haben es bemerkt und ich sage ihnen jetzt worum es sich handelt.« Nach diesen Worten zog er ein kleines Päckchen, das nicht größer als, eine halbe Streichholzschachtel war, aus der Jackentasche und legte es auf den Tisch.

Da lag es, klein, etwas angeschmutzt und unscheinbar.

»Das hat mir Mister Uffo noch in die Hand gedrückt, ehe er in den Wagen musste.« Hannis fragenden Blick erwiderte der Bootsmann mit einem Nicken.

Hanni konnte ihre Neugier nicht mehr zügeln, griff danach und als sie es sich genauer angesehen hatte, meinte sie:

»Das ist ein Stück mehrfach gefaltetes Papier«, und begann es mit spitzen Fingern auseinanderzufalten. Martin und Brunken beugten sich nach vorne, um einen Blick auf den Inhalt zu werfen. Martin äußerte sich enttäuscht: »Ich hätte mir gewünscht etwas lesen zu können. Sieht vielmehr wie ein Rebus aus.« Hanni schaute auf die Zeichnungen.

»Ja, das ist ein Bilderrätsel, und ich denke, dass es nicht so schwer sein sollte, es zu entschlüsseln.«

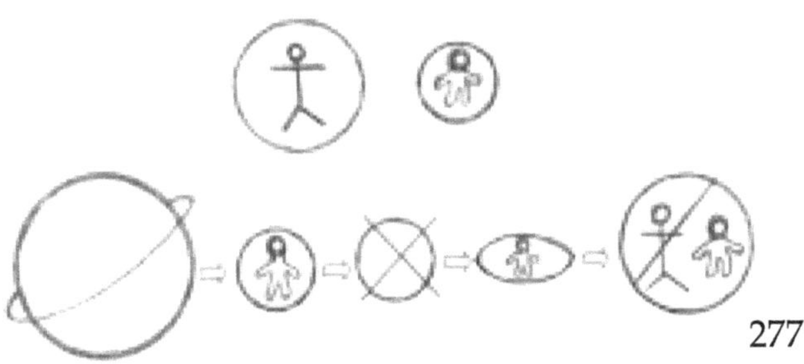

Sie überlegten, und nach mehreren Deutungen, hob Martin die Hand und versuchte die Lösung zu formulieren.

»Die große Kugel mit dem großen Mann ist die Erde und wir.

Die kleine Kugel mit der kleinen Figur im Raumfahreranzug ist die Heimat der kleinen Affen. Die noch größere Kugel ist ein vermutlich ein Planet, der auf den kleinen Affenplaneten zurast und, wie wir an dem durchgestrichenen Affenplaneten sehen, zerstört, oder bald zerstören wird. Deshalb mussten sie sich eine neue Heimat im All suchen und trafen auf unsere Erde. Sie waren gezwungen, uns zu vernichten. Das ist eindeutig im letzten Bild der Erde zu sehen, wo wir, der Mensch, durchgestrichen ist und durch den kleinen Raumfahrtaffen ersetzt wurde. Mister Uffo hatte geahnt, dass wir seine Schrift nicht verstehen und hatte, damals im Labor, die leicht entschlüsselbare Zeichnung angefertigt. Er wollte damit ausdrücken, dass ihnen, den kleinen Affen, nur diese Möglichkeit geblieben war, um selbst zu überleben, uns zu vernichten.«
Hanni hatte sich, nachdem sie einen tiefen Schluck aus dem Glas genommen hatte, entspannt zurückgelehnt und ergänzte die Worte Martins mit:

»Schlussendlich hat die kleinen Affen das Schicksal härter getroffen als uns. Sie waren gezwungen eine neue Heimat zu finden. Ich denke, dass sich die Affen die Krankheit, die sich jetzt bei ihnen zeigt, bereits auf ihrem Heimatplaneten zugezogen haben. So wie es aussieht, wird der Riesenplanet, der mit ihrer Heimat kollidieren wird, auf den Affenplaneten treffen, wo bereits alles Leben durch den Grippevirus erloschen ist.«

Brunken hatte sich schweigend der Erklärung angehört und meinte nachdenklich:

»Ich denke, er wollte nicht gehen, ohne dass wir seine Beweggründe erfahren, so schlimm sie auch für uns waren.« Nach einer längeren Pause, in der sie ihren Gedanken nachgingen, meldete sich der Bootsmann mit den Worten:

»Bitte verstehen Sie mich, aber ich möchte das Blatt Papier als letzten Gruß von meinem Mister Uffo, nicht morgen auf allen Titelseiten der Zeitungen wiedersehen.

Die Vermutung, dass die kleinen Affen Probleme auf ihrem Heimatplaneten haben, wird allgemein sowieso vermutet. Deshalb werde ich das Papier als Mister Uffos Vermächtnis an mich nehmen, und solange ich lebe, sicher verwahren.«

Hanni fasste sich zuerst und meinte sichtlich gerührt:

»Das verstehe ich und denke,wir sollten Ihre Entscheidung akzeptieren.« Sie faltete das Blatt Papier wieder zusammen, reichte es ihm mit den Worten:

»Wir haben es nie gesehen«, über den Tisch. Solange der Bootsmann lebte, wurde Mister Uffos Vermächtnis nie wieder angesprochen.

*

Die Sensation war perfekt. Das Führungs-UFO landete in Deutschland. In der Zwischenzeit gelang es, einen kleinen, dünnen Techniker durch die Luke ins Innere des UFOs zu schieben. Nach wenigen Minuten jedoch, bestand er darauf, umgehend wieder das Raumschiff zu verlassen. Er berichtete, dass er mindestens sechs weitere, tote Affen in den vordersten Räumen gesehen habe und es röche nach Verwesung. Vermutlich gäbe es noch mehr Leichen. Erst als man ihn mit einer Atemschutzmaske mit Sauerstoff ausstattete, fühlte er sich bereit, wieder ins Objekt zu klettern. Nach einer Stunde hatte er es geschafft. Eine Luke, groß wie eine Stubentür, klappte auf und der Techniker flüchtete nach draußen. Dann begannen Männer in Schutzanzügen die toten Affen im Raumschiff zu suchen und herauszutragen. Nach mehreren Stunden hatte man insgesamt fünfundzwanzig gefunden.

Sie berichteten, sie hätten Mengen von Gerätschaften entdeckt, deren Verwendung sie nicht kannten. Die Luken schloss man nur so weit, dass sie jederzeit wieder von außen geöffnet werden konnten. Wissenschaftliche Erkenntnisse über die Raumfahrttechnik der Weltraumaffen sollen auch anderen Ländern weitergegeben werden. Zur Sicherung des Raumschiffes begann kurz danach, eine Firma einen sicheren Zaun um das Areal zu ziehen. Was mit dem riesigen Flugobjekt viel später geschehen sollte, müsste noch entschieden werden, hieß es.

Das Ergebnis der Untersuchung, das aber mehr die Wissenschaftler und Ärzte aufhorchen ließ, bestand darin, dass die Affen an einer schweren Form eine Virusgrippe erkrankt und bereits einige dadurch verstorben waren. Brunken, hatte sich, wie zugesagt, in der Quarantänestation untersuchen lassen und bekam diese Neuigkeit als erster mit. Bei ihm lagen keine Befunde vor. Auf der Fahrt zurück nach Rostock trat er so unvermittelt auf die Bremse, das ein hinter ihm fahrendes Auto nur mit Mühe einen Zusammenstoß vermeiden konnte. Virusgrippe hatten die Ärzte herausgefunden? Seine Gedanken eilten zurück bis zu dem Tag, an dem er mit dem fiebrigen Kopf zum letzten Mal Mister Uffo besuchte. Hinter ihm hupten die Autos, dass er weiterfahren musste. Immer wieder schüttelte er während der Fahrt den Kopf. Sollte es wirklich so gewesen sein, dass ich damals mit meiner Virusgrippe, wie sich nachher herausgestellt hatte, Mister Uffo angesteckt habe? Hatte er den Virus auf seinem Heimatplaneten womöglich weiterverbreitet? Das bedeutete, dass ich, Lars Brunken, schuld daran sein könnte, die Affen ausgerottet zu haben. Zuhause angekommen rief er ohne zu zögern Masurek an und bat, vorbeikommen zu dürfen, es eile. Hanni und Martin empfingen ihn herzlich und warteten darauf, was er Wichtiges zu erzählen hätte. Er berichtete die Geschichte von Anfang bis Ende. Danach blieb es eine Weile still im Raum. Dann platze Hanni mit einem Satz heraus, der ihnen die Tragweite der Geschichte erst richtig zu Bewusstsein brachte.

»Herr Brunken, es sieht so aus, als hätten sie die Welt gerettet!«, das waren ihre Worte. Was für eine Story, dachte Martin. Die glaubt uns niemand. Es sei denn, wir können beweisen, dass der Virustyp, an dem Brunken damals erkrankte, derselbe ist, der die Affen getötet hat. Hanni und Martin versprachen, sich bei der Quarantänestation zu erkundigen, um welchen Influenzavirus es sich bei den Affen handelt. Aufgrund ihrer früheren Besuche und durchgeführten Recherchen konnten sie gewiss sein, diese Auskunft zu erhalten. Sollte es tatsächlich derselbe Typ sein, meinte Martin, müsste die Öffentlichkeit über die Wahrheit informiert werden. Augenblicklich hob der Bootsmann die Hand und stoppte die wachsende Begeisterung mit den Worten:

»Halt, so habe ich es nicht gemeint, als ich den Verdacht äußerte, es könnte derselbe Virustyp sein. Wenn es sich herausstellte, dass es so ist, dann sollten wir dankbar sein, dass ich damit, ohne es zu ahnen, einen Beitrag zur Rettung der Welt beigetragen habe. Vergessen Sie bitte nicht, dass unsere Mannschaft und ich Schuld daran tragen, die verseuchten weißen Affen nach Deutschland gebracht zu haben. Ich sehe meinen kleinen Beitrag zu Rettung nur als ausgleichende Gerechtigkeit an und das wäre wahrhaft eine ausreichende Genugtuung auf meine alten Tage.«

Es blieb eine Weile still im Raum. Wie so oft, ergriff Hanni zuerst das Wort:

»Herr Brunken, das ist so bescheiden, dass mir die Worte fehlen. Wenn Sie es wünschen, werden wir das respektieren und nichts darüber berichten. Mir tut es in der Seele leid, diese Wahnsinnsgeschichte, nicht veröffentlichen zu dürfen.« Er blieb eine Weile schweigsam, schaute sie nachdenklich an, räusperte sich und machte einen Vorschlag, der den beiden ein wenig unter die Haut fuhr.

»Sie sind beide noch jung, und ich meine, es ist immer noch Zeit, meine Geschichte zu veröffentlichen, wenn ich nicht mehr auf der Erde weile.«

Nun nahm Martin das Wort und versprach für diesen Fall, seinen wichtigsten und spannendsten Artikel zu schreiben. Lars Brunken nickte zufrieden und verabschiedete sich. Es dauerte zehn Tage und das Ergebnis der Untersuchung der Affen lag vor: Es war tatsächlich der seltene Virustyp, mit dem sich Brunken damals infiziert und Mister Uffo angesteckt hatte. Warum die Inkubationszeit bei den Affen so überaus lange dauerte, und ob sie sich, mit mäßigem Erfolg wie sich herausstellte, versuchten zu behandeln, wird immer ein Rätsel bleiben.

Hanni und Martin beschlossen, später, wenn es den Bootsmann nicht mehr gäbe, eine Gedenktafel an seinem Haus anzubringen. Im Text stünde, dass sein Verdienst für die Menschheit darin bestand, die kleinen Affen mit dem Grippevirus infiziert zu haben. Dadurch wurden sie vernichtet und die Erde gerettet. Ob im Text stehen sollte, dass dies zufällig geschah, wollten sie sich noch überlegen.

In der Quarantänestation schloss sich der Kreislauf, der hier vor langer Zeit begonnen hatte. Die Helfer der Veterinärmediziner sperrten

Mister Uffo genau in den Käfig ein, in dem er schon früher auf seine Untersuchungen wartete, bevor er auf die ›Anja‹ kam. Die vier anderen Weltraumaffen brachte man separat unter, nachdem man sie ebenfalls von Helmen und Anzügen befreit hatte. Der Zustand der Tiere war erbarmungswürdig. Sie konnten weder stehen noch selbstständig sitzen. Die Untersuchungen mussten aus diesem Grund in aller Eile vorgenommen werden. Das Ergebnis erwies sich als eindeutig, alle hatten sich mit dem Grippevirus angesteckt, der von Lars Brunken, über Mister Uffo auf ihren Planeten eingeschleppt wurde. Die allgemeine Schwäche ließ vermuten, dass der Virus, für sie absolut tödlich war. Man beschloss trotzdem, den Affen hoch dosierte Virostatika zu spritzen. Antibiotika wären hier wirkungslos, weil sie nur gegen Bakterien wirkten. Der erste Affe, den man spritzte, starb unter Krämpfen innerhalb weniger Stunden. Mit verschieden Gegenmitteln behandelte man die drei Affen, um eventuell ein Heilmittel für Mister Uffo herauszufinden, vergeblich. Lars Brunken hatte telefonisch mehrfach darum gebeten, seinen Affen noch einmal sehen zu dürfen. Da lehnte man mit der Begründung ab, er, Herr Brunken, könnte sich erneut anstecken. Kurz darauf verstarb Mister Uffo, nach einer wirkungslosen Injektion eines Virostatikums, als letzter der Weltraumaffen auf der Erde. Bald nach dem Ende der kleinen Affen tauchten Gerüchte auf, ein Assistent in der Quarantänestation hätte die Spritzen heimlich mit einem Gift versetzt, sodass sie tödlich wirkten. Man vermutete einen Racheakt, weil aus seiner Familie mehrere Personen am Affenvirus starben.

*

Ihre Verlobung, die im engen Kreise stattfand, lag ein halbes Jahr zurück und Hanni meinte, es wäre an der Zeit, über einen Hochzeitstermin nachzudenken. Beide suchten die notwendigen Papiere zusammen, und begaben sich zum Standesamt Rostock. Zur großen Freude bekamen sie einen kurzfristigen Termin. Bald darauf fand die Zeremonie im kleinen Saal im Erdgeschoss des Kerkhoffhauses statt. Paulsen und Brunken, die Trauzeugen, fanden, die beiden Jungvermählten wären doch so ein hübsches Ehepaar. Hanni klein, zierlich mit langen gelockten, rotblonden Haaren und dazu, recht kontrastreich, die groß gewachsene Gestalt von Martin mit seinen schwarzen Haaren. Zur Feier kamen auch Martins Verwandten aus Zehna, die ihnen für die schlimme Zeit Obdach gewährt hatten. Die kleine, aber gemütliche Hochzeitsfeier fand, in einem Restaurant im Stadtzentrum statt. Als man den Nachtisch reichte, erhob sich der Bootsmann klopfte an sein Glas und hielt eine kurze, launige Rede an das Brautpaar. Sie schloss mit den Worten:

»Es ist nicht wichtig, wie weit der Weg ist, wichtig ist, mit wem du ihn gehst«. Es folgte ein dreimaliges Hoch auf das junge Paar.

*

In Rostock stand das Flugobjekt im Mittelpunkt. Monate vergingen, in denen Militärexperten und Wissenschaftler verschiedenster Fachrichtungen das UFO gründlich untersuchten. Erstaunt mussten sie anerkennen, dass diese kleinen Affen uns technologisch weit voraus waren. Die Grundlagen des roten Laserstrahls hatte man herausgefunden. Drei ungelöste Rätsel blieben vorerst übrig. Welchen Antrieb das Raumschiff hatte, aus welcher Legierung die Außenhaut bestand und wie der Tablet-PC funktionierte. Hier wären weitere Untersuchungen notwendig. Nachdem man die toten Affen entsorgt hatte, reinigte und desinfizierte man die Raumanzüge, und verkaufte sie. So erwarb sogar das UFO-Museum in Roswell in New Mexico endlich ein echtes Ausstellungsstück. Das Interesse, sich das UFO ansehen zu können, wuchs. Besucher vom In – und Ausland sagten sich an.

Die Anfragen häuften sich und die Stadt Rostock beschloss, daraus Gewinn zu ziehen und das Raumschiff dem Publikum zur Besichtigung zugänglich zu machen.

Ein Andenken-Shop bot kleine UFO – Nachbildungen, mit und ohne Affen, Bildbände und Heftchen mit der Geschichte der Affeninsel an. Den Tag der Ausstellungseröffnung kündigten das Fernsehen, die Zeitungen, und Plakate werbewirksam an. Durch seine guten Beziehungen zur Stadtverwaltung hatte Paulsen Freikarten für Hanni, Martin, Brunken und sich erhalten. Sie standen am Tag der Eröffnung in der vordersten Reihe der Gäste. Eine Kapelle spielte auf, man hielt kurze Reden und dann durften die ersten Besucher das UFO betreten. Das Innere wurde von indirektem Licht geheimnisvoll erhellt. Angespannt und immer wieder aufs Neue erstaunt, schauten sich unsere vier Raum für Raum an. Zum Ende des Rundgangs betraten sie das Kontrollzentrum des Raumschiffs. Plötzlich begann Brunken zu schwanken und seine rechte Hand krallte sich schmerzhaft in Martins Arm. »Mein Gott, was ist mit Ihnen?«, rief Hanni erschrocken aus. Wortlos und mit deutlich zitternder Hand, wies der Bootsmann auf eine Gestalt, die neben dem Steuerpult stand. Da stand ein Weltraumaffe in voller Montur. Unverkennbar der Kommandant, wie das Emblem auf der Brust des blauen Anzugs zeigte. Was ihn zum Wanken gebracht hatte, war Mister Uffo. Durch den Helm schaute er mit starren Glasaugen auf den Bootsmann. Ja, es war wirklich sein Mister Uffo mit dem roten Haarbüschel auf der Stirn. Brunkens Gesicht sah kreidebleich aus. Paulsen und Martin wollten ihm unter die Arme greifen, um zu helfen. Doch er wehrte sie ab, schüttelte den Kopf und verließ mit schleppenden Schritten, ihre Begleitung ablehnend, den Raum.

»Das hat den alten Mann tief getroffen«, stellte Hanni erschrocken fest. Paulsen fasste sich als Erster: »Morgen werde ich sofort der Sache nachgehen, um herauszubekommen, wie der arme Uffo hierhergekommen ist.« Sichtlich von der Szene mitgenommen, verließen sie das UFO.

Wie konnte das geschehen? In der Quarantänestation kam ein Doktor auf die Idee, den letzten Weltraumaffen, nicht wie die anderen, zu verbrennen, sondern der Nachwelt zu erhalten. Der Vorschlag fand allgemeine Zustimmung und die Mannschaft der Station legten das Geld für den Tierpräparator zusammen. Die Ausstellungsmacher waren hellauf begeister, als sie den Kommandanten in voller Montur erhielten.

*

Das ist nun über zehn Jahre her. Die Wunden, die die Pandemie und die Angriffe der Weltraumaffen geschlagen hatten, begannen zu heilen.

Hanni und Martin freuten sich über ihren fünfjährigen Sohn, den sie zu Ehren von Herrn Brunken, den Namen Lars gaben. Der Wetterbericht sagte einen sonnigen Frühlingstag mit einer leichten Brise voraus. Martins alte Hansa-Jolle war in Windeseile segelfertig und kurz darauf hieß es »Leinen los«. Am Kai vom Frachthafen, sahen sie die Spitzen der Ladebäume und einen Teil der Brücke der ›Anja‹ immer noch aus dem Wasser ragen. Sofort standen die Bilder von früher vor ihren Augen und sie konnten nicht glauben, dass alles solange her sein sollte. Der Bootsmann starb vor einem Monat und Martin durfte jetzt endlich die unglaubliche Geschichte von ihm, dem Affen Mister Uffo und der Virusgrippe erzählen.

Die Stunden flogen dahin, die Sonne berührte allmählich den Horizont, ein kühler Wind sprang auf und Lars begann zu frieren. Von Möwen begleitet segelten sie zurück.